아주 가느다란 명주실로 짜낸

헨리 제임스 산문선

아주 가느다란 명주실로 짜낸

정소영 엮고 옮김

엘리엇은 자신의 비평이 시 창작 과정의 부산물이어서 그 한계가 분명하다며 이를 '작업실 비평(workshop criticism)'이라 부른 적이 있지만, 소설 쪽에서 긍정적 의미의 작업실 비평을 떠올려 보면 제임스의 「소설이라는 예술」이나 「『한 여인의 초상』 뉴욕판 서문」만큼 영향력 있는 글도 드물다는 생각이다. 너무 늦은 번역이지만(덕분에 적임자를 만나 원문의 섬세함이 보존됐다), 이제라도 나와서 반갑다. 소설도 예술이라는 당연한 사실을 증명하기 위한 이토록 정교한 수고가 당시에만 필요했다면 다행이겠으나 그렇지 않기 때문이다. 왜 어떤 소설만이 예술이며 다른 것은 아닌지를 분별하는 것이 불가능하거나 권위적인 일이라고 믿는 동시대인들이 적지 않다. 제임스에 따르면 소설에선 (플롯이 아니라) 인물이 먼저이고, (도덕이 아니라) 진실이 중요하다. 인간의 내면으로 미끄러지듯 들어가, 인생의 진실 쪽으로 부서지듯 나오는 소설. 나는 이 기준을, 인류가 지켜야 할 불씨처럼, 백 수십 년 전의 제임스에게서 건네받는다. _**신형철** 평론가 헨리 제임스 같은 작가는 전형적인 골칫거리다. 안 읽고 넘어 가기엔 고전이고 읽기엔 시간과 노력이 든다. 백 년 전에 죽은 상류층 백인 남성 소설가의 작품을 고전이라는 이유만으로 다시 읽어야 할 이유가 있을까. 이런 고민을 해결하는 가장 좋은 방법은 산문을 읽는 것이다. 그런데 산문을 읽기 시작하면 깨닫게 된다. 소설이 그 어떤 예술보다 진지한 예술이라는 사실을. 최소한 헨리 제임스는 그렇게 믿었다. 삶의 총체성을 담아낼 수 있는 유일한 장르가 소설이라 믿었고 자신의 믿음을 전하기 위해 필사적이었다. 그러니 우리는 소설 앞에서 진지해야 한다. 소설 앞에서 진지하다는 것은 곧 삶을 진지하게 대한다는 의미이므로, 간혹 우스꽝스럽게 보이는 이 진지함이 실은 혼란스럽기 그지없는 삶에서 중심을 잡을 유일한 방법이므로. 그렇게 헨리 제임스의 산문을 읽는 것은 우리가 삶을 대하는 가장 진지한 방법 중 하나가 된다. _**정지돈** 소설가

여러 겹 삶의 직물을 지어내는 일

위대한 작품이 그 명성에 버금가는 대중성을 누리는 일이 흔치는 않지만, 이른바 세계문학전집에 들어가는 영미 작가 가운데 명성에 비해 실제로 그 작품을 읽고 즐기는 독자가 적은 작가를 꼽자면 헨리 제임스는 분명 최상위권에 들지 않을까 싶다. 대표작 중 하나인 『한 여인의 초상』이나 제임스 작품세계에서 독특한 자리를 차지하는 『나사의 회전』은 그나마 대중적 인지도가 있다. 하지만 예를 들어 걸작으로 평가되는 후기 삼부작은 악명 높은 난해함 탓에 '걸작'이라는 명칭이 무색하게 독자에게 거의 외면당한다. 당대에도 초기에는 대중과 평단 양쪽의 관심과 사랑을 받았지만, 후기로 갈수록 충성스러운 독자층은 점점 줄어들었다.

사실 제임스는 '작가의 작가'로 평가되며 후대 작가들에게 큰 영향을 주었다. 제임스 자신이 편지에서 하루에 다섯 쪽 씩 매일 읽으라고 권했다는 『대사들』을 비롯하여 『비둘기의 날개』,『황금 주발』, 그리고 후기 단편들이 지나치게 난해한 것도 소설이라는 장르의 가능성을 최대로 끌어올리려는 실험의 일환이었기 때문이다.

제임스가 살았던 19세기 중반에서 20세기 초는 과학기술의 발전과 소비자본주의의 출현으로 서구의 일상적 삶에 전면적인 변화가 일어났던 시기로, 신문과 잡지를 비롯한 출판시장도 전례 없이 확대되면서 글을 써서 생계를 이어가는 전업 작가가 본격적으로 등장했다. 제임스는 전업 작가로 독립적인 삶을 꾸려나가기 위해 평생 노력했고, 스무 편이 넘는 장편소설과 백 편이 넘는 단편소설, 그 외에 수많은 비평문과 여행기에 이르는 방대한 작품세계가 그 결과라 할 수 있다. 보스턴과 뉴욕의 상류층 삶을 다루는 '점잖은 전통'에 속하는 작가로 여겨지지만 사실 누구 못지않게 당대 삶의 양상과 시대의 변화에 민감했고, 문학 특히 소설이라는 장르의 역할과 가능성에 대한 탐구를 창작과 연결해 문학 이론과 비평 분야에서도 중요한 자리를 차지한다.

스웨덴보리 사상에 빠진 신학자였던 부친 덕에 제임스는 어린 시절과 십 대 시절에 유럽에서 많은 시간을 보내며 정규교육 대신 이른바 '세계시민(cosmopolitan)' 교육을 받았다. '세계시민'은 철학적 개념으로서는 고대 그리스까지 거슬러 올라가고 이후 여러 갈래로 나뉘어 쓰였지만, 18세기 이후로는 주로 불편부당하고 열린 정신을 지칭했다. 제임스에게 세계시민이란 자국 중심주의에서 벗어나 모든 민족의 장점과 미덕을 알아차리고 감상할 수 있는 안목을 갖춘 인물을 뜻했다.

　제임스는 작가의 길에 들어선 뒤 유럽에서 살 궁리를 하던 중 런던의 한 출판사와 출판 계약을 맺으며 런던에 정착했고, 세상을 뜨기 1년 전에 영국으로 귀화했다(1차대전 중의 불가피한 선택이었다). 제임스가 미국을 '버리고' 유럽으로 향한 이유는 『호손론』('세일럼의 물웅덩이에서 꽃이 피어나듯'이라는 제목으로 이 책에 발췌하여 실었다)의 유명한 (혹은 미국인에게 악명 높은) 대목에서 쉽게 추측할 수 있다. 발달한 문명의 표시라 할 항목 가운데 미국에 부재하는 것들을 열거하는 그 대목은 신생국 미국이 예술가에게 얼마나 척박한 장소인지를 생생히 보여준다. 제임스는 예술이란 오랜 세월 영양분이 축적된 비옥한 토양에서 자라난 나무가 비로소 피워내는 꽃이기에 문명의 핵심이자 증명이라고 생각했던 것이다. 미국은 역사가 짧은 신생국이기도 했지만, 또한 청교도의 정착으로 시작된 청교도의 나라이기도 했다. 종교와 관련 없는 유희와 예술 활동을 모두 배척한 청교도의 금욕주의는 엄혹했던 초창기를 지나서도 지속되었고, 이민자들이 급증하고 산업화와 경제발전을 이룬 뒤에도 막스 베버가 말한 프로테스탄티즘의 윤리와 자본주의 정신의 결합을 효과적으로 실현하면서 다른 방식으로 강화되었다.

제임스 자신이 미국을 버린 미국인이라 호손이 대표하는 미국성에 비판적이었다는 주장도 없지 않지만, 그는 늘 미국과 미국적 특성에 관심을 두었고 미국인도 유럽인도 아닌 관점에서 미국 사회를 냉철하게 바라보고자 했다. 그런 과정에서 신세계 미국과 구세계 유럽의 교류와 충돌을 담아내는 '국제 주제'가 제임스 작품의 주요 특징이 된 셈이다. 미국은 과학기술의 발전에 힘입어 19세기 중반부터 영국과 유럽 나라를 제치고 급속한 경제발전을 이루었고, 물질적으로 풍요로워진 미국인들은 유럽의 문화를 경험하고 배우겠다며 대거 바다를 건넜다. 제임스는 이들이 유럽에서 경험하는 여러 상황을 그려서, 활기차고 자신만만하지만 순진한 미국을 오랜 역사와 관습과 세련된 문화를 지녔지만 교묘하고 노회한 유럽과 대비한다.

'국제 주제'는 당시 인기 많은 소재였지만, 젊은 여성을 주인공으로 내세웠다는 점에 제임스의 독특함이 있다. 그는 1907년부터 1909년 사이에 출판된 24권짜리 『뉴욕판 전집』을 위해 각 작품을 손보고 '서문'을 붙였는데 그 가운데 가장 많이 수정한 작품이 1881년에 출간된 대표작 『한 여인의 초상』이다. 이 작품의 서문에서 그는 '주제넘은 젊은 여성'을 주인공으로 내세우는 일이 얼마나 중요하면서도 어려운 일이었는지 설명한다. 소설 장르의 발전에는 무엇보다 여성 독자가 핵심적이었고 그 바탕에서 많은 뛰어난 여성 작가들이 탄생했지만, 제임스 시대에도 여성이 독자적인 주인공의 자리를 차지하는 일은 여전히 드물었다. 제임스는 남성 작가이면서 두드러지게 여성 주인공을 많이 내세웠을 뿐 아니라 상당한 공감을 보내기도 했는데, 거기에 평생 결혼을 하지 않았다는 사실까지 더해져 그의 성 정체성에 대한 추측도 무성하다. 증명하기 힘든 개인적인 요소를 논외로 하자면, 여성 주인공을 향한 제임스의 유난한 애정은 근대 이후 여성이 중요한 주체로 등장한 전반적인 경향과 미국의 특수한 상황으로 설명할 수 있다.

여성화의 시대로 지칭되기도 할 만큼 근대는 실질적으로나 상징적으로나 여성의 존재감이 여러 면에서 두드러지던 시대였고, 19세기 중반 이후 구세계 유럽을 제치고 자본주의 경제의 선두로 나선 미국에서 특히 그랬다. 신생국 미국에서 '미국 여성'은 구세계 유럽에 대해 미국의 민주주의와 미국성을 대표하는 기호로 기능했다. 주로 American girl로 지칭되어 특히 젊은 미혼 여성이 그 역할을 맡았는데, 여전히 신분제와 관습의 지배를 받는 유럽 여성과 달리 자유롭고 자기 주장이 강하면서 거침없이 행동하는 모습이 미국적 가치를 대변했다. 일찍부터 부모의 영향권에서 벗어나 자유와 독립의 길을 걷는 미혼의 여성이 대외적인 선전용이라면, 결혼과 동시에 엄격한 의무와 제한에 묶여 도덕과 양심을 대변해야 하는 기혼 여성에게는 대내적인 사회통합의 역할이 주어졌다. 제임스가 작품을 수정하면서 후기작의 주인공들과 비슷해질 만큼 주인공 이저벨의 의식적인 측면을 강화한 것도 이러한 상징성을 강조하기 위해서였을 것이다.

1904년, 예순 살이 넘어 이십여 년 만에 미국을 찾은 제임스는 그곳에서 근대 사회와 근대적 주체가 새로운 국면에 들어섰음을 목격한다. 일 년가량 순회강연을 하며 미국 여기저기를 다닌 경험을 기록한 글을 여러 잡지에 실은 뒤 1907년에 『미국의 풍경』이라는 제목의 단행본으로 출간했다. 사진과 광고 등 이미지의 점증하는 영향력을 비롯한 사회의 변화에 아주 민감한 제임스였지만, 현격히 달라진 첨단 자본주의 미국 사회를 직접 경험하면서 상당한 충격과 경이감을 느꼈고 그것이 이 책에 고스란히 담겨 있다. 근대를 대표하는 건축물인, 유리와 강철로 지어진 '고층 건물'은 지금까지와는 전혀 다른 미적 원칙과 안목을 대변할 뿐 아니라, 공적인 영역이 삶의 곳곳을 파고들어 유럽에서 여전히 중시되던 '사적인 삶' 영역의 자리가 점점 협소해지는 상황을 보여준다. 또한 조직화에 능한 미국 정신을 목격하며 그가 떠올리는 꼭두각시 인형의 이미지는 사회라는 기계의 부품으로 전락했으면서도 스스로 자유롭고 독립적인 존재로 여기는 근대 주체의 모순성을 짚는다.

「다시 찾은 뉴욕」이 실린 『미국의 풍경』은 문학 관련 글도 아니고 독자가 보통 기대하는 여행기와도 다르다. 게다가 후기에 쓰인 글이라 제임스 후기 소설과 마찬가지로 길게 이어지는 복잡한 문장에 추상적인 사고가 담겨 읽기에는 상당히 버겁다. 그 점을 잘 알면서도 이 글을 넣은 이유는, 소설가나 문학비평가였을 뿐 아니라 당대 사회의 속성과 인간관계의 특성을 예리하게 간파한 사회비평가이기도 했던 제임스의 면모를 단편적으로나마 소개하고 싶어서였다. 사실 제임스에게는 소설을 쓰는 일이 곧 사회적 관계와 그 중요한 면모를 인식하는 일이었다. 「소설이라는 예술」을 비롯한 여러 글에서 소설이라는 장르의 중요성과 잠재성을 거듭 강조한 것도 소설이 본질적으로 삶의 재현을 통해 사회를 해석하고 분석하는 일이라고 보았기 때문이다.

　「소설이라는 예술」에서 제임스는 당시 대중적 인기를 누리던 소설가 월터 베전트의 동명의 강연에 대한 논평의 형식을 빌려 소설이 문명의 꽃이라 할 예술의 당당한 일원이라는 주장을 펼친다. 주로 베전트의 진술을 반박하는 식이라 제임스 자신의 주장이 정연하게 전개되지 않는다는 인상을 줄 수도 있는데, 이 글의 논점을 대략 두 가지로 추린다면, 첫째로 삶의 재현을 본질로 한다는 점에서 소설도 미술과 마찬가지의 예술성을 지니고, 둘째로 소설가에게는 어떤 제약도 없는 창작의 자유가 주어져야 하며 작품은 오롯이 그의 결과물인 '실행'으로 평가되어야 한다는 주장이다.

선사시대 동굴벽화만 봐도 인간에게 '재현' 욕구는 근본적이라 할 텐데, 문학은 고대 이래로 의심의 대상이거나 부차적 존재로 취급되는 일이 잦았다. 그것은 일단 시각적 재현인 그림과 달리 문학은 언어를 매체로 삼기 때문이고, 또한 무엇보다 상상력의 산물이자 수사학적 언어 유희로 여겨졌기 때문이다. 이와 달리 실제 있을 법한 이야기를 통해 당대의 삶을 생생하게 보여주는 근대 소설은 재현적 성격이 강했다. 하지만 동시에 신흥 부르주아 계층을 위한 오락의 성격도 강해서 진지한 예술 활동이라는 대접을 받기 어려웠고, 특히 문학의 유머를 즐기던 영국에서는 소설가 자신이 소설을 가벼운 오락 정도로 치부하는 경향도 있었다.

19세기 중반 이후 등장한 사실주의 개념과 함께 소설은 삶의 재현이라는 진지한 예술적 특성을 의식적으로 주장하기 시작했다. 『애틀랜틱 먼슬리』의 편집자였던 윌리엄 딘 하우얼스는 제임스의 친구이자 든든한 지지자로 당시 사실주의를 열렬히 주창하면서 특히 제임스를 유망한 사실주의의 대표자로 꼽았다. 하지만 제임스가 이해하는 '재현'은 '핍진성'을 강조하는 당시 경향과는 좀 거리가 있었다. 제임스는 '현실성'보다는 '현실의 분위기'라는 표현을 쓰고, '환영'(illusion)이라는 단어를 즐겨 사용한다. 적절한 번역어를 찾기 힘든 '환영'이라는 단어는 한마디로 현실로 착각할 만한 것을 뜻하는데, 거울을 들이댄 듯 현실과 똑 닮아서가 아니라 그 자체로 살아 존재하는 듯한 생동감을 지닌다는 점에서 그렇다. 그래서 제임스에게는 실제로 있을 법한 일인가 아닌가라는 통상적인 기준이 중요하지 않고, 사실성의 기준에서 상대적으로 자유로운 로맨스와 사실적인 소설의 구분이 무의미한 것이다.

소설이 또다른 현실을 창조한다는 이러한 생각은 『한 여인의 초상』 서문에서 '소설의 집'이라는 비유로 표현된다. '소설의 집'에는 창문이 무수히 많고 창문마다 맨눈으로, 혹은 망원경을 들고 밖을 내다보는 사람들이 있지만, 바깥으로 드나들 수 있는 문은 없다. 곧 소설이란 현실 속에 서 있는, 현실을 바라보는 소설가의 의식으로 지어진 구성물로 무엇보다 작가의 인식과 상상력이 핵심적이다. 이런 점에서 제임스의 소설이론은 객관적 현실의 반영에서 주관적 인상으로 소설의 강조점이 옮겨 가는 전반적 변화의 시작점을 나타내지만, 특정한 인상을 조밀한 의식과정 속에 짜 넣는 작업이 두드러지는 후기 작품도 파편적 인상이나 모자이크식 구성을 특징으로 하는 모더니즘과는 좀 다른 면이 있다.

20세기 초에 난해한 모더니즘이 등장한 하나의 이유는, 당시 사회와 삶의 규모가 확대되고 복잡해지면서 겉보기로는 획일화되고 단순화되어가는 삶의 표면을 뚫고 일상의 경험을 넓고 깊게 이해하기가 점점 어려워졌기 때문이다. 제임스가 'see'

라는 행위, 즉 바라보고 인식하는 행위가 갈수록 삶에서 중요해진다고 보았던 것도 그런 까닭에서다. 제임스가 선호했던 제한적 3인칭 시점은 한 인물의 시각으로 제한되는 1인칭 시점이나 작가가 모든 것을 설명해주는 전지적 3인칭 시점과 달리 특정한 장면이나 상황의 구성을 통해 각 인물의 특성과 그들 간의 관계, 거기서 나타나는 삶의 양상 등을 보여준다. 「소설이라는 예술」에서 미술과의 친연성을 주장하는 까닭도 한편으로 미술과 동등한 '예술성'을 확보하기 위함이면서 다른 한편으로 소설은 무엇보다 이미지와 장면으로 구성되어야 한다고 보았기 때문이다. 제임스는 각 인물이 특정한 장면에서 중요한 면모를 읽어내고 깨닫는 과정을 독자가 함께 경험하고, 더 나아가 인물과 그 인물이 제시되는 상황까지 읽어내기를 바란다. 소설을 통한 이러한 사고의 훈련은 다시 실제 삶의 면면을 바라보고 인식하는 훈련이 되고, 소설에 요구되는 도덕의식은 단지 그것뿐이다. 그래서 제임스에게 도덕의식은 선악이나 옳고 그름의 잣대가 아니라 '흔들려 깨워진 지성'이었던 것이다. 소설에서 위로나 공감을 구하려는 독자에게 제임스 소설이 제공할 것은 많지 않겠지만, 흑백으로 가를 수 없는, 거미줄처럼 얽힌 복잡한 삶을 대면하는 법을 알고 싶은 독자라면 제임스에게서 읽어낼 것들이 여전히 많으리라 믿고 싶다.

* * *

제임스의 방대한 작품세계에서 몇 편의 산문을 골라내기란 쉽지 않은 일이라 글의 선택은 아무래도 주관적 판단에 많이 좌우되었다. 소설 비평의 중요한 글인 「소설이라는 예술」과 「『한 여인의 초상』 서문」(글 제목은 '삶이 알아서 그 안에 숨결을 불어넣어')은 당연히 들어가야 했지만, 단행본으로 나온 것만도 열 권이 넘는 비평문과 여섯 권 이상의 여행기에서 몇 편만 고르려면 기준이 필요했다. 일단 꼭 넣고자 했던 「『한 여인의 초상』 서문」과 『미국 풍경』(글 제목은 '너희를 다시 세운 건 다시 허물기 위해서일 뿐')을 제외하고 읽기 힘든 후기 글은 웬만하면 넣지 않았다. 같은 지역을 여행하고 쓴 여러 편의 글 가운데 초기의 글을 골랐고, 제임스에게 커다란 영향을 주었던 발자크에 관해 쓴 여러 비평 중에서는 짧은 전기에 가까운 「오노레 드 발자크」의 한 장을 실었다. 발자크 비평으로는 말년에 미국에서 했던 강연인 「발자크의 교훈」이 중요한 문학비평으로 여겨지는데, 당시는 발자크에게서 배우는 일이 긴요해진 상황이라 그 강조점이 옮겨갔을 뿐 초기의 견해에서 크게 달라지지 않았다. 따라서 발자크의 생애를 다루며 작품세계를 조명한 초기 글이 독자들에게 다가가기 쉬우리라고 보았다. 같은 이유로 짧은 단행본 길이의 전기인 『호손론』에서도 그의 작품을 자세하게 다루는 뒷부분 대신 호손이 살았던 사회와 그 인물됨이 잘 나타나는 앞부분을 넣었다.

아무리 초중반 글을 주로 실었더라도 이 책에 실린 글 가운데 독자들이 요즘 식의 '산문'이나 '에세이'처럼 읽을 만한 글은 별로 없을지도 모르겠다. 시대적인 차이가 당연히 첫째 이유일 테고 앞서 여러 번 언급한 제임스 글의 스타일도 주요 이유겠지만, 번역과 관련된 이유도 없지는 않다. 특히 「다시 찾은 뉴욕」을 비롯한 후기 글의 경우 독자의 이해를 돕기 위해서는 원어의 단어를 풀어서 설명하거나 좀더 이해하기 쉬운 문장으로 바꾸는 이른바 '의역'을 하는 편이 나았을 것이다. 그런데 그렇게 하지 않은 이유는, 언어를 매체로 하는 문학이 본질적으로 그러하겠지만 제임스의 작품은 특히 단어의 선택이나 표현 방식이 중요하고, 어렵더라도 곱씹으며 읽다 보면 그만큼 보람도 있으리라 보았기 때문이다. 제임스가 남긴 방대한 양의 글을 생각하면 여기 실린 글이 터무니없이 적은 양이지만, 소설에서 나타나는 면모와는 다른 면모가 조금이라도 전달되었으면 하는 바람이다.

목차

/

1부

/

프랑스에서

지갑과 이름과 가문의 세계

오노레 드 발자크

1.

오노레 드 발자크는 1799년 투르에서 태어나 1850년 파리에서 생을 마감했다. 일류 명사들은 대부분 쉰하나의 나이에도 앞으로 더 내놓을 것이 많으니, 발자크가 아무리 그의 재능을 엄청나게 끌어다 썼더라도 그 나이에 생산력을 다 소진했다고 볼 이유는 없다. 결국 못 나오고 말았지만 앞으로 쓰겠다고 약속한 소설이 서문마다 잔뜩 있으니 말이다. 그렇지만 아직 할 일을 남겨두고 그가 세상을 떠서 전적으로 유감스럽다는 마음은 아니다. 이미 쓸 만큼 썼고, 어쩌면 너무 많이 썼다. 소설마다 비교할 수 없이 촘촘한 조직을 지녔지만 여전히 작가에게 여유 시간이 부족했다는 기색이 배어 나온다. 사실 세상을 뜨기 얼마 전에 그의 운명이 달라지기는 했다. 부유한 여성과 결혼하여, 이제 상상력의 움직임보다 더 빨리 펜을 놀리지 않아도 되는 상황을 맞았다. 여유로워진 발자크—최고의 영감이자 삶의 미적 혼합물인 위대한 돈 문제와 늘 함께했던 발자크가 상대적으로 이상적인 기반을 얻게 된 상태—가 과연 『가난한 부모』(*Les Parents Pauvres*)나 『고리오 영감』(*Le Père Goriot*)보다 본질적으로 더 훌륭한 작품을 창작했을까 상상해보자니 흥미롭다. 아마 그러지는 못했을 것이다. 공식과 딱지를 찾는 일을 즐기는 텐[1]은 발자크를 가장 완벽하게 표현할 수 있는 말은 사업가, 그것도 빚에 시달리는 사업가라고 썼다. 전반적으로 만족스러운 정의다. 그가 상황에 의해 어떤 인물이 되었다는 사실만이 아니라 성향상 어떤 인물이 되었는지도 알려주기 때문이다. 빚에 시달리는 상태를 발자크 자신이 얼마나 좋아했는지는 알 수 없으나, 물품 제조와 판매 과정 자체를 좋아했고 그래서 빚을 다 갚았더라도 여전히 상점을 운영했으리라는 것은 꽤 확실하다.

그는 서른 살 이전에 여러 필명으로 장편소설을 스무 편가량 발표했는데, 이는 철저한 무명이었던 그가 지저분한 파리 다락방에서 가난에 쪼들리며 썼던, 그야말로 그럽스트릿[2]의 생산물이었다. 최근 이 초기 작품 몇 권이 재출간되었는데, 그 가운

---

[1] Hippolyte Taine. 프랑스 사상가, 비평가, 역사가. (이하에서 특별히 언급하는 경우를 제외하고는 모두 옮긴이의 주석이다.)

[2] the Grub Street. 삼류작가와 시인 지망생, 저가 출판사와 책방 등이 모여 있던 런던 빈민가로, 가난한 작가나 그들의 생활을 지칭하는 용어가 되었다.

데 가장 괜찮은 것조차 읽기가 힘들다. 그보다 더 혹독한 도제 과정을 거친 작가도 없을 것이고 명성의 사다리 맨 아래 칸에서 희망도 없이 그렇게 오래 머물었던 작가도 없을 것이다. 초기의 이 무능은 언뜻 보면 이례적으로 여겨지지만 사실 부분적으로만 그렇다. 그렇게 혈기왕성한 천재가 자기 일을 하면서 주로 실험을 통해 배웠지 통찰력에서 배운 바가 별로 없다는 사실, 할 수 있는 것을 알아내기 위해 할 수 없는 것들을 일일이 다 시험해봐야 했다는 사실, 이런 점은 설명이 필요해 보인다. 하지만 그 설명은 간단한데, 쓰고자 열망했던 그런 종류의 소설을 어리석게도 그 나이에 쓰려 했기 때문이다. 날개를 사용하지 못했다는 뜻이 아니라, 그저 아직 날개가 자라지 않았다는 뜻이다.

위대한 시인의 날개는 대체로 아주 일찍부터 자라기 시작한다. 하지만 산문작가는, 산문의 원천을 탐구하는 자는 인물 됨됨이가 어느 정도 형성된 후에야 날개를 펼칠 수 있다. 예리한 관찰자라면 아마 서른 살 이전에 쓰인 소설은 대체로 신뢰가 가지 않는다고 말할 것이다. 바이런과 셸리, 키츠, 라마르틴, 빅토르 위고, 알프레드 드 뮈세 등은 갓 스무 살에 충분히 공명하는 가락을 지어냈다. 그에 비해 월터 스콧, 윌리엄 새커리, 조지 엘리엇, 조르주 상드 등은 적어도 서른 살은 되어서야 작품을 써내기 시작했는데, 전주곡이 아예 없었거나 혹은 아주 짧은 전주곡 이후에 걸작을 내놓았다. 그들이 그때까지 기다린 것이 좋은 일이었으니, 발자크가 그랬다면 말할 수 없이 더 나았을 것이다.

발자크는 두드러지게 사회적인 면이 강한 소설가다. 당대 프랑스 문명의 무수한 실제 사실을 재현하는 데 소설가로서의 강점이 있는데, 그것은 끈덕진 경험을 통해서만 배울 수 있다. 발자크의 영감과 재료와 기반은 19세기 프랑스의 풍요로운 세상이라는 외부에 존재했다. 만약 되지도 않을 상상의 이야기들을 종이에 쏟아낸 대신 잠시 멈춰 서서 주변 사회와 다른 관계를 맺었다면 아주 큰 이득을 얻었을 것이다. 앞으로 보게 되겠지만 그의 태도에 있는 가장 큰 전반적 결점은 신선한 공기의 부재, 사심 없이 관찰한 흔적의 부재인데, 우리 식의 표현을 빌리자면 일찌감치부터 장사에 눈독을 들여서 그렇다. 안목 있는 위대한 예술가라면 다들 아마추어적인 면이 약간—아주 약간—은 있는데, 발자크에게는 그런 것이 전혀 없고 그의 안목만큼 신뢰하기 힘든 것도 없다.

하지만 그는 글을 쓰지 않을 수 없었다. 가족들은 그가 변호사가 되길 바랐지만 그는 소설가를 택했다. 법 공부를 어지간히 한 뒤의 일이라 이해하기 힘든 법적 절차를 〈인간 희극〉[3]에 녹

3 〈인간 희극〉(La Comédie humaine)은 발자크가 엮어낸 총서의 제목으로, 총 90

여냈고, 세상이 지금껏 보아온 어떤 작가보다 다작의 삶을 시작했다. 가족은 그에게 주던 생활비를 끊고는, 배를 주리면 제풀에 지치려니 했다. 하지만 그는 꿋꿋이 버텨냈고, 1830년에 처음으로 성공의 길에 발을 들여놓았다. 그사이 여러 번 상업적 투자를 했는데 하나같이 실패해서 막대한 액수의 빚만 지게 되었다. 죽는 날까지 그는 변제되지 않은 채무에 시달렸고 끊임없이 새로운 투기와 투자를 시도했다. 자신의 금전적 곤경을 실제보다 더 부풀려, 신비롭고 영웅적일 만큼 대단하게 내보이는 일을 즐겼다는 것은 분명 사실이라 본다.

쉼 없이 일했지만 그가 받은 보수는 지금 미국의 기준으로 보자면 보잘것없었다. 고즐란[4]이 단언한 바에 따르면 한창때에도 일 년 수입이 1만 2,000프랑을 넘는 적이 드물었다고 한다. 『외제니 그랑데』(*Eugénie Grandet*)의 원고에 3,000프랑을 요구하자 『르뷔 드 파리』(*Revue de Paris*) 편집자가 말도 안 된다고 고함을 쳤다는 사실을 알기 전까지는 믿기 힘든 액수다. 평생 부유함과 돈 모을 방법을 꿈꿨고 유쾌한 감각적 사치를 맘껏 즐겼던 성향, 그리고 〈인간 희극〉이라는 일종의 위대한 금전적 건축을

여 편의 소설과 에세이 등이 수록되었다.

4   Léon Gozlan. 발자크와 알고 지냈던 프랑스 언론인이자 소설가로 『슬리퍼를 신은 발자크』를 썼다.

이 빈약한 재정 상태와 대조해보면 측은한 마음도 든다.

돈은 발자크 소설에서 가장 보편적인 요소다. 들락날락하는 다른 요소들은 많지만, 돈은 언제나 한 자리를 차지한다. 이후 커다란 야망이 성취되고 사회기록자인 양 하는 태도도 완벽해질 텐데, 다른 어떤 방면보다 이 방면에서 완벽했다. 그의 소설에 어떤 인물이 등장하건 그가 재산을 어떻게 투자했는지 상세한 설명이 뒤따르지 않는 경우는 드물다. 또한 그는 그 인물의 내면 감정만큼이나 오르락내리락하는 집세에도 공평하게 주의를 기울인다. 어떤 대상이 거론되면 반드시 그 가격을 알려주는데, 그가 언급하는 대상은 어디서든 쌔고 쌨다. 남성 인물과 마찬가지로 여성 인물도 돈 이야기를 하고, 단지 돈만 아는 졸렬한 여성(이런 여성 인물은 수두룩하다)만이 아니라 매력적인 인물이나 여자 주인공, 고귀한 귀족부인도 그렇다. 지체 높은 여성의 완벽한 본보기로 등장하는 인물인 모소프 부인은 남편이 종사하는 농업과 관련된 경제적 문제를 훤히 꿰뚫고 있다. 간혹 치마 입은 변호사로 보이기까지 한다. 〈인간 희극〉을 이루는 이야기마다 각자 주인공이 있지만, 전체를 아우르는 가장 중요한 주인공은 20프랑짜리 금화다.

무명으로 열심히 노력하던 초기에 그래도 그가 이룬 것이 하나 있다. 파리를 속속들이 알 수 있는 기초를 놓았고 그것이 〈인간 희극〉의 기반—거대한 모자이크 노면—이 된 것이다.

파리는 그의 세계, 그의 우주가 되었다. 문학 분야에서 그 위대한 도시를 향한 그의 열정은 런던을 향한 새뮤얼 존슨의 애정에 비길 만하다. 파리가 직접적으로 제시되지 않았을지라도 어디나 훨씬 더 선명하게 암시되어 있다. 이 눈부신 양화(陽畵)에 대응하는 거대한 음화(陰畵), 즉 그가 아주 정교하게 그려내는 시골 생활은 언제나 도심대로의 시각에서 관찰된다. 발자크가 프랑스 아닌 다른 나라를 재현했다면, 그의 상상력이 영국이나 독일에 발자국을 남겼다면, 깊이를 알 수 없는 파리 시민의 성향이 더욱 강렬하게 부각되었으리라는 것은 그를 아는 사람에게는 당연지사다. 하지만 그가 영국이나 독일을 우리가 말하듯이 조금이라도 '현실적으로 알았다'는 증거는 전혀 없다. 영국의 헌법과 독일 지성에 관한 완벽한 이론을 갖고 있었다지만 그런다고 달라지는 것은 없다. 발자크의 이론은 왕왕 그의 무지와 정확히 비례하기 때문이다.

문명세계를 이루는 존재는 파리와 지방 말고도 많다는 사실을 그는 어떤 식으로도, 특히 직접적인 방식으로는 인지하지 못했다. 그래서 했던 말을 거듭 되풀이하는 방법으로 실제 하지 않았던 여러 가지 일—예를 들어 출판사 대표에게 백마를 선물했다든지—을 했다고 스스로 믿었던 것처럼, 파리가 인간 역사의 축이라는 한결같은 가정의 정당성을 의심하게 만들 광대하게 펼쳐진 런던이라는 도시가 300마일 거리에 실제로 존재한다는 사실을 태연자약하게 부정하기 위해서는 영국이 신화적인 나라라는 혼잣말을 자주 반복하기만 하면 되었다. 위대한 천재 치고 그 정도로 단 하나의 지역에 매인 경우는 없었다. 셰익스 피어, 스콧, 괴테 모두 자기 고향의 분위기를 풍기지만 그들은 어디라도 잠시 시선을 고정하면 쉽게 다른 지평을 불러낼 수 있는 능력이 있었다. 어쩌면 발자크의 창작력은 강렬함의 측면에서 득을 본 대신 규모 면에서 잃은 것이 있는지도 모른다. 어쨌든 〈인간 희극〉이 한없이 상연되는 무대로 그가 떠올린 곳은 만리장성으로 둘러싸여 있었다. 중앙집중적인 프랑스 이론과 상상력이 그보다 더 동조한 경우는 없었다.

발자크의 서신이 출간되면 그가 성인이 된 후 첫 십 년 동안 어떤 삶을 보냈는지를 알 수 있을 테니 흥미로운 일이다. 그는 아주 일찍부터 백작부인과 공작부인을 내세우는 작품을 쓰기 시작했다. 명성을 얻은 뒤에 쓴 글에서도 포부르생제르맹[5]의 주민들을 주로 묘사하는 방식을 보면, 그 삶이 작품 속에서 차지하는 비중이 실제 그의 경험에서 차지하는 비중보다 훨씬 크다고 믿지 않을 수 없다. 그가 과연 상류층의 사교계에 들어갔을까? 그 분야를 전체적으로 조망할 수 있는 시점에서 그들의 관

5 Faubourg St. Germain. 귀족들이 모여 살던 파리의 한 구역으로 현재 파리 7구에 해당된다.

습을 관찰했을까? 그는 유명해지고 나서야 귀족의 칭호를 쓰기 시작했다. 젊은 시절에는 그저 발자크 씨였다. de가 대표하는 혈통[6]이 사실은 작품의 주인공들을 위해 그가 만들어낸 것만큼이나 허구적이라는 의심은 충분히 해볼 만하다. 발자크는 근본적으로 뼛속들이 평민이었다. 평민 출신이라는 결정적인 증거가 얼마나 풍부한지 곧 알게 될 것이다.

소설 주인공인 외젠 드 라스티냐이 그랬듯 그 역시 부케르 저택 같은 곳에서 살았을 수도 있다. 하지만 라스티냐처럼 보손 부인을 찾아가고 그러면 부인이 친절하게 맞아주었을까? 발자크의 인물됨을 알아보려면 그것을 거의 전적으로 작품 속에서 찾아야 한다고 방금 말했지만, 사실 그의 작품에는 특이하도록 개인적인 면모가 드러나지 않는다. 정신에 대해 말해주는 것은 엄청나게 많지만 삶에 대해서 암시하는 바는 별로 없다. 그보다 덜 전기적인 작가는 상상하기 힘들 정도다. 그것이 그의 천재성의 어마어마한 범위, 무엇과도 비길 수 없이 생생한 상상력을 증명하는 것은 분명하다. 아는 것만큼이나 스스로 창조한 것도 **그에게 실제적**이었고, 말하자면 그의 경험에는 상상의 경험이 수천 겹 덮여 있다. 실제 인물은 되찾을 수 없을 만큼 예술가

6 de는 보통 귀족의 성에 붙이는 단어로, 여기서는 원래 Honoré Balzac이던 이름을 Honoré de Balzac로 바꾼 일을 의미한다.

속으로 모습을 감췄다.

하지만 젊은 시절의 그가 가끔씩 굶주리면서 빌붙어 생활했고 귀족 응접실보다 거리에서 벌어지는 일에 더 친숙했다는 증거는 넘치도록 많다. 여하튼 돌아다니면서 무엇을 마주치든 자세히 관찰했다. 한 작품에서는 남들의 대화를 엿듣기 위해 거리에서 행인들을 따라다니는 젊은이가 등장한다. 적어도 이 부분은 자전적이고, 텐의 말에 따르면 그 젊은이가 바로 '자신의 천재성과 그 천재성에 대한 의식에 집어삼켜진', 아직 쓰지 않은 모든 〈인간 희극〉을 간직한 오노레 드 발자크다. "그 이야기를 들으면 난 그들의 삶과 하나가 될 수 있었다. 그들의 누더기를 내 몸에 걸치고, 다 떨어진 신발을 신고 그들의 발로 걸었다. 그들의 욕망과 결핍, 모든 것이 내 영혼 속으로 들어오고 내 영혼이 그들의 영혼 속으로 들어갔다. 그것은 깨어 있는 상태로 꾸는 꿈이었다." 자료를 모으는 발자크의 모습을 이렇게 잠깐 들여다볼 기회는 무척 드물기에 특히 흥미롭다. 수년 동안 조용히 본능적인 사색에 빠져 수많은 시간을 보냈음이 틀림없다. 훔볼트[7]의 『우주』(*Cosmos*)가 숱한 여행을 함축하듯이 그의 소설도 준비를 위한 자료 조사, 사회를 대상으로 한 식물 채집과 지질 조사와 화석 수집의 시기를 함축하니 말이다.

---

7 Alexander de Humboldt. 독일의 자연과학자, 지리학자.

우연찮게도 발자크의 일화는 대부분 창작할 때의 일이라, 으레 등장하는 장면이 흰색 수사의 옷을 입고 한밤중에 침대에서 나와 어두컴컴한 방에서 작업하는 모습인데, 한번 시작했다 하면 삼 주 동안 꼼짝 않고 글을 썼다고 한다. 야외의 발자크라 부를 만한 면모는 기록에 남은 것이 거의 없다. 고즐란의 회상에 주로 등장하는 장면은 도미니크 수사의 흰색 복장과 어두컴컴한 방과 커피를 계속 들이키는 모습이다. 누구나 할 수 있는 만큼, 해야 하는 만큼 일한다. 그러니 『가난한 부모』를 쓰기 위해 곰 가죽을 걸쳐야 했더라도 그는 전혀 주저하지 않았으리라 믿는다. 좌우간 〈인간 희극〉의 행간마다 도미니크 수사의 복장과 어두컴컴한 방이 문득문득 독자의 눈에 들어오고, 그래서 활짝 열린 창문과 좀 덜 돌발적인 복장을 갈구하게 되는 것도 사실이다. 그러다가 사실주의 소설가는 점성술사나 연금술사가 아님을 떠올리게 된다.

1830년 발자크는 『나귀 가죽』(*La Peau de chagrin*)을 출간한다. 그에게 명성을 안겨다 준 연작의 첫 번째 작품이다. 그 후로 이십 년 동안 쉼 없이 작품을 써냈다. 작품의 수준을 고려하면 그 양이 실로 놀라울 정도다. 절대적으로 많은 양의 작품을 생산하는 비슷한 부류의 작가들이 없진 않다. 알렉상드르 뒤마, 조르주 상드, 앤서니 트롤로프 등도 다작으로 이름난 작가들이다. 하지만 그들의 작품이 말하자면 느슨하게 짜인 반면 발자크의 작품은 짜임새가 촘촘하다. 소설의 조직이 늘 보기 드물게 탄탄하고 견고하다. 모든 부분이 금으로 짠 천은 아닐지 모르지만 늘 금속성의 엄밀함을 지닌다. 수십 번은 고쳐 썼을 것이라, 가벼운 문학에 속한다고 결코 말할 수 없다. 그의 책장을 들춰만 봐도, 물의 맑기야 어떻든 적어도 물살이 빈약한 법은 없다는 사실을 알 것이다. 알렉상드르 뒤마가 장황하게 이어가는, 조각조각 분리된 한 무더기의 대화 같은 것은 없다. 그런 구조물과 진정한 서사적 건축은 시냇가에 줄줄이 던져놓은 징검다리와 화강암 다리만큼이나 다르다.

발자크는 언제나 명확하다. 그의 글을 따라 읽으며 '그렇다'와 '아니다'라고 말할 수 있다. 진위를 확인해야 할 사항들이 가득하고, 간혹 소설에 합당한 이상의 주의를 기울여야 해서 오락가락하고는 핼럼이나 기조의 책[8]만큼 읽기 힘들지만 아마 쓰기도 무척 힘들었으리라 인정할 수밖에 없다. 그래서 발자크의 다작이 더욱 경이롭다. 그 결과물이 입맛에 맞건 아니건 적어도 창작 과정이 피상적이지 않다는 사실은 느낄 수 있으니 말이다.

그의 전성기는 1830년에서 1840년까지였다. 그 십 년 사이

---

8 헨리 핼럼(Henry Hallam)은 영국의 역사가로 영국 헌정의 역사에서부터 유럽 근대문학사까지 다양한 분야의 역사를 다뤘다. 프랑수아 기조(François Guizot)는 프랑스의 역사가이자 정치가로 1848년 2월혁명 당시 수상으로 있다가 영국으로 망명했다.

에 자신의 가장 완벽한 작품을 쏟아냈다. 『외제니 그랑데』『절대의 탐구』(La Recherche de l'absolu) 『고리오 영감』『총각파티』(Un Menage de Garçon) 『골동품 진열실』(Le Cabinet des Antiques)은 초기작에 해당한다. 『비아트릭스』(Béatrix) 『모데스트 미뇽』(Modeste Mignon) 『암거래』(Une ténébreuse Affaire) 『잃어버린 환상』(Les Illusions perdues) 『두 신부의 편지』(Mémoires de deux jeunes mariées) 『지방의 뮤즈』(La Muse du Département) 『아르시의 국회의원』(Le Député d'Arcis)은 후기작에 해당한다. 발자크는 항상 단순하고, 그 의미를 따져본다면 흥미로울 만한 의미에서 늘 타락한 인물이다. 하지만 『절대의 탐구』와 『고리오 영감』—순수하다는 칭찬을 얼마나 들었는지 작가 자신이 진저리를 쳤다는 『외제니 그랑데』는 여기 넣지 않겠다—은 어떤 상대적인 단순함과 순수함이 있다. 반면 『두 신부의 편지』『비아트릭스』『모데스트 미뇽』의 경우 독자는 세련된 기교에 빠져 허우적거린다.

전성기의 전반기 작품이 전체적으로 후반기 작품보다 우월하긴 하지만, 두세 작품은 그에 해당하지 않는다고 덧붙여야 한다. 1835년 출간된 『골짜기의 백합』(Le Lys dans la vallée)은 『비아트릭스』와 짝을 이룰 만큼 수준이 떨어지기 때문이다. 반면 작가가 세상을 뜨기 얼마 전 완성한 『가난한 부모』와 『농민들』(Les Paysans)은 여러 면에서 아주 두드러진 성취를 보여준다. 발자크의 단편은 대부분 1840년 이전에 쓰였는데, 그 안에 걸작이 얼마나 많은지는 독자들도 잘 알 것이다. 「샤베르 대령」(Le Colonel Chabert)과 「성년 후견」(L'Interdiction)도 있고, 「버림받은 여인」(La Femme Abandonnée)과 「농가주택」(La Grenadière)과 「전언」(Le Message) 그리고 「마라나 여인들」(Les Marana)과 (대중적인 12절판으로) 함께 묶이는 훌륭한 단편소설들이 있다. 발자크 소설을 얼마나 오래 붙들고 있는가는 작품의 길이와 비례하지 않는다. 「투르의 목사」(Le Curé de Tours)는 아주 짧지만 그것을 읽는 동안은 『아르시의 국회의원』의 책장은 들춰보지도 않게 된다. 그리고 『나귀 가죽』을 읽느라 너무 진이 빠져 「인생의 첫 출발」(Un Début dans la Vie)에서 위안을 찾는 문학 탐험가가 한두 사람이 아닐 것이다.

발자크가 〈인간 희극〉의 계획을 얼마나 일찍 세웠는지는 알 수 없다. 하지만 자기 작품의 통일성을 설명하면서 각 이야기는 하나의 거대한 건축물의 벽돌이고 건축물 전체는 당대 문명의 완벽한 초상을 목적으로 한다고 적었던 서문, 그 놀라운 선언이 처음 나온 것이 1842년이다. (놀랍다고 했지만 그렇다고 그것을 다 이해한다는 말은 아니다. 이 글에서 거론된 내용 대부분을 거기서 쉽게 찾아낼 수는 있겠지만 말이다. 말과 실재의 차이를 분별하지 못하는 독자라면, 발자크가 심각하게 철학적인 이야기를 시작하는 순간 바로 책장을 덮어야 한다.) 그는 공식적인 역사가들이 알려줄 가치가 있는 생활방식에 대해 전혀 정보를 제공하지 않았다면서 그런 누락은 변명의 여지가 없다고 불평했는데, 이는 충분히 근거 있는 불평이었다. 또한 미래의 세대는 "나라별로 큰 차이도 없는 사실을 순서대로 늘어놓거나 이제 쓰임새도 없는 법률의 참뜻을 찾거나 정도를 벗어난 이상한 길로 민족들을 이끄는 이론을 상술하거나 어떤 형이상학자들처럼 존재가 무엇인지 설명하려는" 그런 저자들보다 제대로 만들어진 소설의 증언에 더욱 관심을 보일 것이라고 했다.

그런 확신에 고무되어 발자크는 하나의 이야기나 이야기 모음을 통해 19세기 전반기 프랑스 삶과 생활방식을 단계별로 상술하는 임무를 떠맡았다. 분량에서나 철저함에서나 완전을 기하기 위해—전반적으로만이 아니라 세세한 구체적 항목에서도—핵심적인 면은 하나도 빼놓지 않고 모든 전형적인 특성을 환히 밝히고, 아무리 자잘하고 별 볼일 없는 것이라도 프랑스인의 삶에서 일말의 역할을 한다면 모든 감성과 생각, 모든 인물과 장소와 대상을 재현하자. 그의 기획은 자그마치 그 정도였다. 어마어마한 과업이었지만, 처음에 보기엔 그가 필요한 장비를 과소평가했던 것 같진 않다. 어느 만큼의 재능이 요구되는지 본인도 잘 알았고 필요한 지식을 얻는 것도 가능하다고 보았다. 그 지식은 거의 백과사전식이었지만, 그의 강점 가운데 생생한 상상력 다음으로 중요한 것이 실제 사실을 파악하는 능력이었다. 현재 우리 문명의 배후에는 거대하고 복잡한 기제, 정부와

경찰, 예술, 직업, 상업의 기제가 존재한다. 발자크는 그 사이에서 편안하고 즐겁게 돌아다녔다. 그것들이 그의 위대한 건축물의 기본 골조를 이루었다. 오류 없는 보편적 정확성을 내세우는 그의 태도에는 현학성이 제법 들어 있지만, 적어도 우리가 따져 볼 수 있는 한 그의 정확성은 비범한 수준이라, 발자크를 다룰 때는 어느 쪽에서든 현학성을 참작해야만 한다.

그는 틀을 만들었다. 작업장을 여러 널찍한 부분으로 나눠 늘어놓고, 각각을 다시 나누고는, 거푸집에 내용물을 채우고 밀어서 빼낸 뒤 단단히 포장한다. 똑같이 생긴 판본의 뒤표지에 각 범주가 나올 수도 있다. '사생활 장면' '지방 생활의 장면' '파리 생활의 장면' '정치 생활의 장면' '군 생활의 장면' '시골 생활의 장면', 이런 식으로 말이다. 몇 개 더 덧붙인다면 '철학적 연구'(이 거창한 범주에 들어가는 것으로 생동감 있는 『절대의 탐구』가 있다)와 '분석적 연구'도 있다. 그다음으로 더 세분화된 항목에 '독신자들' '지방의 파리 시민' '연적(戀敵)' '잃어버린 환상' '정부(情婦)의 화려함과 비참함' '가난한 부모' '현대사의 이면'이 있다. 이 멋진 명명 방식은 소급적 효과가 있었다. 〈인간 희극〉의 구상 자체가 작품 활동 중반에야 구체화되었고, 많은 구성 부분이 말하자면 '사후 공범'으로, 거대한 모자이크에 가능한 한 잘 끼워 맞춘 조각인 셈이다. 하지만 간혹 유난히 괴리가 도드라질지라도 별로 대수롭지는 않다. 발자크의 가장 흥미로운 점은 성취가 아니라 시도이기 때문이다. 본인이 아주 적절하게 표현했다시피 '주민등록부와의 경쟁', 미국에서 말하는 식으로는 시민권 등록에 대한 대립항을 만드는 것이 그가 시도했던 일이다.

그는 완벽한 사회체계, 인구조사 담당자들이 이해하는 것에 상당하는 지위와 직업의 위계를 창조했다. 그의 소설을 펼쳐보면 알겠지만 없는 것이 없다. 왕(『절대의 탐구』에 루이 18세가 등장해서 꽤 참신한 재담을 선보인다), 행정부, 교회, 군대, 사법부, 귀족, 부르주아, 프롤레타리아, 농민, 예술가, 언론인, 문필가, 배우, 아이들(『피에레트』*Pierrette*의 주인공은 어린 여자아이이고 『인생의 첫 출발』의 주인공은 어린 부랑아다), 별별 규모의 상점 주인, 범죄자, 거기에 어떤 부류에도 속하지 않는 비정규적인 수많은 사회성원들까지. 이 모두가 발자크의 손에서 유기적 전체를 이룬다. 함께 움직이고 어딜 보나 살아 있다. 피가 온 몸을 돌고 구불구불 이어지는 동맥이 각 부분을 이어준다. 영문학 역사상 고정 자산이자 영원한 재고품으로서의 등장인물을 창조하려는 제한된 시도가 두 번 있었다. 새커리가 자신의 훌륭한 등장인물 가운데 몇몇을 중복 등장시켰고 트롤로프도 프루디 주교와 그랜틀리 부주교를 빈번하게 등장시켜 현실적인 분위기를 강화했다. 하지만 발자크의 과도한 철저함, 그 환상적인 응집성에 비하면 그 정도는 희미한 그림자에 지나지 않는다. 오직 프랑스의 두뇌만이 이 모두의 체계를 지어내는 일을 지속할 수 있다.

상상력 분야의 〈인간 희극〉은 과학 분야에서 콩트의 '실증주의 철학'과 아주 유사하다. 두 위대한 작업 모두 완벽성과 대칭을 향한 열정, 경구처럼 깔끔한 체계를 만들려는 열정, 곧 불확정적이고 공식화되지 않은 것을 참지 못하는 프랑스적 특징을 보여준다. 프랑스 정신은 무엇이든 무미건조한 모호함 속에 내버려두느니 필요하다면 차라리 사지를 절단해서라도 공식 속에 꾸겨 넣고자 한다. 그 정리의 힘(일반적으로는 아주 훌륭한)을 행사할 수 있는 최대 한계가 인식 가능한 것의 한계다. 그 결과 프랑스 사람의 전망과 체계 속에서 관습적인 무한이라고 부를 만한 것이 종종 눈에 띄는 것이다. 당연히 19세기 문명이 무한하지는 않지만, 영어를 쓰는 우리가 두루 살펴봐도 뭔가가 너무 많고, 아주 복잡하고 멀리 뻗어나가며 무척 암시적이고 얼마나 굉장한지—가장자리는 안개에 가린 듯 부옇고 저 멀리에서 반향이 들려온다—상상력이 그에 압도되고 짓눌려 그것을 하나의 전체로 파악하려는 시도 앞에서 움츠러들게 마련이다. 발자크라는 인물로 나타난 프랑스의 상상력은, 그 자신도 그렇게 말하겠지만 그것을 수월하게 장악하고, 그 문제가 덜 광대하다고 보지 않으면서도 당대 문명을 사실상 해결 가능한 문제로 여긴다.

누구라도 프랑스의 상상력과 영국의 상상력 가운데 어느 쪽이 더 강력한지 담판을 보자고 나선다면 그는 경솔한 인물일 것이다. 한쪽은 엄청나게 많은 장애물을 보고 다른 쪽은 엄청나게 많은 해결책을 본다. 한쪽은 무수한 그림자를 보고 다른 쪽은 무수한 빛을 본다. 발자크가 자신의 거푸집에서 응축하고 굳혀서 내놓은 〈인간 희극〉이 원본에 비해 무척 축소된 복사본이라도 그 거푸집이 어쨌든 어마어마한 규모라고 인정하지 않을 수 없다. "좋아. 크다고 말할 수는 있겠지만 보편적이라고 할 수는 없어." 영국의 상상력은 그렇게 말할 테고, 공평한 비평가는 그에 동의할 것이다. 그러면서도 모든 것을 할 수 있다고 스스로 설득하는 편리한 능력 덕에 발자크가 그만큼을 이룰 영감을 얻었다는 사실을 남몰래 떠올린다.

발자크는 자기 분야에 관한 방대한 지식을 갖췄을 뿐 아니라 철학, 곧 견해의 체계가 필요하다는 사실도 인식했다. 그쪽 방향으로도 장비를 챙겼다. 양으로만 따지자면, 그보다 더 많은 견해를 제공받은 사람은 없었다. 그에게는 사방천지 삼라만상에 대한 견해가 있고, 우주와 관련해서도 완벽하고 일관된 이론이 갖춰져 필요할 때면 언제나 써먹을 수 있었다. 텐이 그를 지칭하며 말하기를, "전체적인 시각이 곧 탁월한 정신의 표식"이라고 했다. 발자크에게 그런 방향의 자산이 얼마나 풍부했는지 따져보면 그를 역사상 가장 위대한 정신이라고 할 만하다. 그렇게 무수한 주제에 대해 언제든 견해를 밝힐 태세가 된 인물을 달리 떠올릴 수가 없으니 말이다. 전반적으로 보아 아리스토

텔레스인들 발자크만큼 전체적인 시각을 많이 가졌을지 의심스럽다. 플라톤이나 베이컨, 셰익스피어, 괴테, 헤겔조차 남부끄러운 잠깐의 멈칫거림이나 실수, 보기 흉한 공백이 있고, 꼴사납게 허를 찔리는 부분이 있다. 하지만 〈인간 희극〉의 공연자인 발자크는 자기 책임을 한 치의 어긋남도 없이 미리 재놓았고, 만사가 어떠한지뿐 아니라 어떠해야 하는지도 다 알아야 한다고 스스로 다짐했다. 그렇게 해서 탁월한 철학적 소설가가 되었다.

그의 책장마다 도덕적·정치적·윤리적·미적 공리가 잔뜩 들어 있다. 그의 서사는 형이상학적이고 과학적인 여담의 무게 아래서 신음한다. 그의 철학과 과학의 가치는 따로 다루어야 마땅한 주제다. 여기서는 단지 그가 다른 방면에서 그랬듯 이 방면으로도 완벽했다는 것이 공식적인 사실임을 지적하고자 한다. 물론 가장 앞줄에는 그의 정치적·종교적 견해가 자리하고 있다. 그것은 '군주제와 가톨릭교회라는 두 가지 영원한 진리'에 닻을 내리고 있다. 달리 말하면 발자크는 열정적인 보수주의자, 일종의 골수 토리당원이었다. 구수한 로맨스 작가로서 이러한 믿음을 택한다는 것이 무엇을 의미하는지를 스스로 아주 잘 알았음은 그의 책을 대충 읽어봐도 확실해질 것이다. 철학과 도덕, 종교에 관한 그의 견해는 그의 정치적 입장과 생생하게 조응하는 면이 있다. 대략적으로 말하자면 그는 미덕을 거의 믿지 않았고 미덕을 찬미하는 일은 더더욱 없었다. 그는 워낙 거대하고 다양해서 그 안에는 별별 모순된 것들이 잔뜩 들어 있다. 독자가 오래도록 들여다본다면 모든 가능한 감정 양상의 표본을 내어주는 몇 안 되는 최고 천재들의 특성을 지녔다.

그는 미덕과 천진함과 순수함을 가장 생생한 형태로 재현했다. 세자르 비로토, 외제니 그랑데, 코르몽 양, 그라슬랭 부인, 클라스 양, 모소프 부인, 포피노, 즈네스타스, 사촌 퐁스, 슈무케, 슈넬, 조셉 브리도, 윌로 양, 이들을 비롯한 많은 인물들은 놀랍도록 선할 뿐 아니라 놀랍도록 성공적으로 그려진다. 그 인물들은 그렇게 선하지만, 요케르 양이나 마르네프 양, 보트랭, 필리페 브리도, 드 로세피드 양처럼 그들보다 형편없는 동료들과 마찬가지로 살아 움직이고, 실제와 같은 환영을 만들어낸다. 확실히 발자크는 온정과 건전한 선량함이 워낙 두드러진 인물이라 꾸밈없고 대책 없는 삶의 현현의 매력을 느낄 수 있었을 것이다. 『결혼 생리학』(*Physiologie du Mariage*)과 『우스운 이야기』(*Contes drolatiques*)에서 나타난바, 인간의 육욕적인 본성의 기상천외한 탐구로 그를 이끌었던 원기 왕성한 기질과 극히 야성적인 기운, 영국적 의미의 유머라기보다는, 감상적인 측면에서 건조하지만 지적으로는 더 명민한, 온갖 괴기스러움과 진귀함과 불결함을 즐기는 것에 가깝고, 늘어진다 싶을 때라도 라블레를 모방하고 단어를 고문하고 이름을 줄줄이 엮고 현학적으로 명랑하고 고풍스럽게 유쾌한, 프랑스에서 '유머러스하다'고 부를 만한 것을 한동안은 유지할 정력을 여전히 지니는 그 건장하고 자연스러운 유머, 그 모든 것의 도움으로 발자크는 단순하고 원초적인 삶을 한껏 감상할 수 있었다. 그것도 얼마나 열렬히 즐겼는지 강렬함의 차원에서 오직 타락과 세련됨을 즐긴 일에 못 미칠 뿐이었다.

사실 못 미친다는 말은 어폐가 있다. 그런 면에서도 발자크는 다른 어떤 면에서와 마찬가지로 강인하고 솔직하기 때문이다. 한없이 단순한 인물들이 그의 최고의 인물이라고까지 말하고 싶어진다. 거기에 들인 노력에 비례하여 생동감도 무척 풍부하다. 『외제니 그랑데』의 헌신적이고 건장한 하녀인 '큰 나농' 같은 인물이 좋은 사례가 될 수 있다. (여담이지만 『고리오 영감』의 실비와 크리스토프부터, 개처럼 충성을 다 바친 끝에 하인으로서의 독립성마저 빼앗긴 『골동품 진열실』의 공증인 슈넬까지 발자크 세계엔 좋은 하인들이 가득하다.) 발자크가 가장 잘 재현하는 것은 극히 단순한 미덕, 그리고 단순하다고도 복잡하다고도 할 수 있는 악덕이다. 고상한 미덕과 지적인 미덕은 성공하지 못한다. 우월한 인물들이 사리를 따지기 시작하면 가망이 없다. 도덕군자연하는 위선자가 되거나 그보다도 더 형편없어진다.

선한 여성 인물 가운데 가장 순수하면서도 동시에 가장 총명한 인물로 만들려 했던 모소프 부인은 일종의 기상천외한 괴물이 되었다. 그에 비견할 인물이라고는 『아르시의 국회의원』에 등장하는 모범적인 레스토라드 부인뿐인데, 그녀는 잘 알지도 못하는 부인에게 편지를 써서 자신의 '의무를 등한시하게' 만드는 어떤 신사분에게 '내주어도 될 것인지'(본인의 표현에 따르면)를 두고 찬반 의견을 구구절절이 늘어놓는다. 그 신사는 말에 밟힐 뻔한 부인의 어린 딸을 재빨리 구해낸 뒤 한동안 부인이 산책을 하거나 말을 타고 나가는 길목마다 툭하면 나타나 그녀를 무척이나 성가시게 했다. 부인은 그가 자신의 '위신'을 노린다고 곧바로 가정한다. 하지만 그는 갑자기 사라졌고, 그제야 그녀는 그가 "자신의 훌륭한 행위에 먹칠을 할까 두려워 감정을 희생"했음을 깨달았다. 이 매혹적인 상황에서 그녀의 '위신'은 흔들리기 시작하고, 그녀는 순진하게 이렇게 부르짖는다. "하지만 이런 입장에서만 그는 내가 상대할 수 있는 남자가 되었을 테고, 그러면 레스토라드 씨 당신은 확실히 조심해야 했을 거예요!" 그런데도 레스토라드 부인은 흠잡을 데 없이 고상한 부인이자 어머니로 제시된다. 그리고 『두 신부(新婦)의 편지』에서는 사치스럽고 열정적이고 현학적인 루이즈 드 쇼류―수녀원에서 교육을 받고 나와서는 자신이 '박식한 처녀성'을 가졌다고 편지를 쓴 젊은 여성―와 대립되는 역할로 등장한다.

발자크 안에는 즉흥적인 작가와 사색적인 작가, 두 종류의 작가가 있다. 전자가 훨씬 유쾌하지만, 후자가 더 비상하다. 어마어마한 수준의 완벽성을 목표로 삼고 보편적 철학을 장착한 것은 사색적 관찰자였다. 앞서 나는 발자크가 미덕을 거의 믿지 않았다고 말했는데, 그것은 이런 면의 발자크를 염두에 둔 말이었다. 하지만 발자크의 믿음이 섬세한 땅이라는 사실을 인정할 수밖에 없고, 따라서 특정한 시각에서는 그에 대해 말을 아끼는 편이 더 나을 것이다. 그가 개인적으로 지닌 진지한 믿음은 아주 간단한 공식으로 압축할 수 있다. 웅대한 소설을 쓰는 일이 가능하고 자신이 바로 그 일을 할 사람이라고 믿었다는 것이 그것이다. 달리 표현하자면, 그는 인간 삶이 한없이 드라마틱하고 다채롭다고, 그리고 자신에게는 그런 사실을 파악하는 비교할 수 없이 뛰어난 분석적 인지력이 있다고 믿었다. 그 밖의 확신은 전부 여기에서 나왔고 겸허히 그 뒤를 따랐다. 만약 어떤 인물이 천재적이라는 말이 곧 본인의 창작력과 동일하다는 뜻이라면, 발자크만 한 천재는 지금까지 없었을 것이기 때문이다.

지금까지 나타난 바에 따르면, 군주제 사회가 다른 어떤 사회보다 다채롭고 발자크가 다루기 좋은 사회였음은 의심할 바 없다. 따라서 발자크는 열정에 넘치고 신이 난, 상상력을 지닌 군주제 지지자일 수밖에 없었다. 그의 소설을 아무리 뒤져봐도 엄밀한 종교적 감성이라고 할 만한 기미가 나타난 적이 있었는지 기억이 없다. 반면에 사회체제로서의 가톨릭교회에 바치는 아주 멋진 찬사는 수시로 마주친다. 산맥이 평지보다 다채롭듯이 위계적 사회가 '집합적 사회'보다 훨씬 다채롭다. 주교, 대수도원장, 신부, 예수회 등은 소설에서 매우 유용한 인물이고 가톨릭교회의 도덕성은 무한한 명암을 제공한다.

『금색 눈의 소녀』(*La Fille aux yeux d'or*)에는 젊은 주인공의 개인 교사를 맡은 신부의 초상이 나온다. "포악하지만 신중하고, 회의적이지만 학식이 있으며, 신뢰할 수 없지만 정감 있고, 정신만큼이나 육체도 튼튼한 이 신부는 학생에게 진정 얼마나 유용했는지, 자신의 악덕에 얼마나 순순히 따르고 모든 종류의 권력을 계산하는 데 뛰어났는지, 인간적인 책략을 써야 할 필요가 있을 때면 얼마나 웅숭깊고 식탁 앞이나 도박장이나, 또ㅡ어딘지 모르겠지만 그런 곳에서는 얼마나 젊음이 넘쳤는지, 1814년 고마운 마음이 가득한 앙리 드 마르세가 볼 때마다 마음이 약해진 물건이라고는 사랑하는 주교의 초상화뿐이었다. 그것은 천재성을 발휘하여 로마 가톨릭 사도 교회를 구할 훌륭한 인물 유형인 이 고위 성직자에게서 물려받아 개인 재산으로 지닐 수 있는 유일한 품목이었다." 작품 어디서나 마주치는 그의 종교적 감정을 여기서도 충분히 가까이서 목격한다고 해도 과언이 아니다. 독자는 그것이 가톨릭교회의 엄청난 세속적 권력, 모든 부류의 사람을 부리고 온갖 수단을 사용하는 기술에 대한 의욕적인 동의라는 것을 알게 될 것이다.

발자크는 신기하고 뜻밖이기만 하다면 어떤 도덕성이든 기꺼이 받아들였다. 그러니 비타협적이 아닌 미덕은 아무 의미가 없다는 비교적 무채색인 사고보다는, 상황을 고려하고 이중성의 장점을 인정하는 행동이론에 그가 더 공감했던 것은 당연지사다. 인간 삶을 충분히 살펴본 사람이라면 다 그렇듯이 그에게도 대부분이 지닌 이기심이 가장 강하게 다가왔고, 그것이 인류의 가장 보편적인 특성으로 여겨졌다. 이기심은 위험할 정도로 물불 안 가릴 수 있지만, 강력한 왕권과 뛰어난 법정—라스티냐과 트라이야가 전자의 지지자이고 모프리뉴즈 부인과 데스파르 부인은 후자의 조력자다—이, 그리고 방금 역사의 한 장을 들췄을 때 나타난 바의 무늬를 지닌 수많은 주교들을 거느린 총명하고 인상적인 교회가 어느 정도 이를 규제하고 심지어 훈육할 수 있다고 발자크는 믿었다. 여기에 그가 '전기(電氣)'와 동물자력론[9]에 대단한 관심이 있었다는 말을 덧붙인다면, 발자크 철학의 가장 두드러진 지점을 짚은 셈이다.

이렇게 말하면 이따금 훨씬 의미심장해지는 문제를 다소 단순하게 전달하는 일일 수는 있다. 하지만 이질적인 조합인 그의 견해를 정밀하게 분석해봐야 이보다 더 뚜렷한 결과가 나오지 않는다는 주장도 가능하다. 그의 상상력은 워낙 비옥하고 정신은 쉴 새 없이 움직이며 호기심과 기발한 발상은 한이 없고 구

---

9   animal magnetism. 몸의 자력에 관한 18세기 이론.

문의 활기는 워낙 두드러져서, 가는 곳마다 얼마나 대단한 먼지 바람을 일으키는지 그를 처음 읽는 독자는 그로부터 사고의 협곡이 생겨나고 저 멀리 사고의 길이 뻗어가고 그 속으로 지혜의 섬광과 일제사격이 쏟아지는 느낌이 들 수도 있다.

하지만 드라마 작가이기를 그만두는 순간 그는 순전한 사기꾼이 된다. 그만큼 활기찬 정신치고 그렇게 엉망진창 미련한 문구를 정교하게 공들여 만들어내기는 힘들 것이다. 그런 것이 빽빽하고 조밀하게 언어를 조직하며 몇 장에 걸쳐 이어지는데, 독자가 아무리 찾아봐야 쓸 만한 진실의 꽃송이는 거의 보이지 않는다. 전부 거짓으로 들린다. 그저 허풍 가득한 가식일 뿐이다. 그가 추상을 다루려 할 때마다 그 가정이 늘 그에게 죽어라 맞선다고 말할 수도 있을 것이다. 발자크의 다른 면도 다 그렇겠지만, 분별력 있는 독자가 가차 없이 사기꾼 같다고 명명한 그 점을 다 설명하려면 이 한정된 지면으로는 모자랄 것이다. (그래도 분별력 있는 독자라면 가차 없음을 후회하지는 말았으면 한다. 발자크 본인도 가차 없고, 그런 인물을 다루려면 그의 무기를 사용해야 하니까. 강도를 조금씩 낮추거나 우의적으로 글을 쓴다는 건 얼토당토않다. 발자크 자신이 그런 식의 글을 쓴 적이 없으니까.)

요는 그 자신이 가장 완벽하게 사기를 당한 당사자였다는 것이다. 자신의 웅장한 헛소리를 믿었고, 이를테면 묻어가는 식으로 그것을 지어냈다면, 잘 믿는 그의 성격과 창작이 발을 맞췄다고 하겠다. 간단히 말하자면 그가 도덕적으로나 지적으로 피상적이라서 그렇다. 프랑스식 표현을 빌리자면, 강인한 인물이라면 도대체 받아들이지 않을 만큼 얄팍한 개념에 돈을 쏟아부었다. 그의 천재성의 도덕적·지적 분위기는 특이하도록 조야하고 탁하다. 그곳에서 진실의 꽃이, 아니 어떤 자연의 꽃도 피어나지 못하는 것은 놀랄 일이 아니다. 이런 점에서 발자크와 다른 위대한 소설가의 차이는 아주 두드러진다. 새커리나 조지 엘리엇, 조르주 상드, 투르게네프를 가까이할 때 우리는 그양심과 정신으로 들어가고, 그들을 주로 위대한 양심이자 위대한 정신으로 여긴다. 반면에 발자크의 경우 우리는 위대한 기질, 엄청난 천성으로 들어가는 것 같다. 그를 대하는 시간의 반정도는 그를 보기 드문 육체적 현상으로 받아들이게 된다. 그의 원기 왕성한 상상력은 일종의 육체적 기능 같아서, 민첩함과 섬세함보다는 감지할 수 있는 덩어리와 용량으로 우리에게 다가온다.

이렇게 해서 그가 미덕을 믿지 않고 이기심에 경의를 표한다고 했던 앞서의 발언으로 다시 돌아간다. 그에겐 타고난 도덕의식이 없고, 그것이 소설가에게는 심각한 결점이라는 생각이 들지 않을 수 없다. 그릇된 도덕성이든 참된 도덕성이든, 그것을 존중하는 작가의 태도는 일종의 필수적인 향수처럼 우리를 맞는다. 셰익스피어에게서 그런 향수를 찾을 수 있고, 소위 냉소주의가 있음에도 새커리에게서도 찾을 수 있다. 조지 엘리엇이나 조르주 상드, 투르게네프의 경우엔 아주 강력하다. 다들 도덕적 문제에 관심을 보이고 도덕적 이상을 머리에서 떨치지 못한다. 정신의 남쪽 비탈이라고 부를 만한 이 영역이 발자크의 경우 척박하기만 하다. 왜 그렇게 척박한지 얼마간은 그 이유를 설명할 수도 있을 텐데, 바로 그가 아주 거대하긴 해도 전체가 한 조각으로 완벽히 잘 들어맞기 때문이다. 그는 장점을 팔면서 자신의 결점도 받아들이게 만든다. 그에겐 현재 지상의 삶에 대한 인식이 있고 그것이 초월되는 적은 없기에 그의 천재성 안에서 다른 모든 것에 그늘을 드리운다. 피안이라는 관념에 유달리 골몰하는 사람들이 많지는 않지만, 발자크만큼 그런 관념에 완전히 초연한 사람도 없을 것이 분명하다. 우리가 인지하는 이 세계, 우리의 지갑과 이름과 가문(혹은 가문이 없는)의 세계, 주택과 의복, 7퍼센트의 세계이자 다종다양한 인간 얼굴을 한 이 실질적인 세계가 전례 없이 절박한 힘으로 그의 상상력을 내리누른 것이다. 물론 우리 대부분에게 그 세계는 충분히 실제적이지만, 발자크에게 그것은 이상적으로 실제적이었다. 매력적이고 흥미진진하게, 절대적으로 실제적이었다.

　모든 문학작품을 통틀어 **사물**에 대한 그의 강력한 열정, 물질적 대상, 가구, 가구용 직물, 벽돌과 모르타르에 대한 그의 열정과 조금이라도 닮은 것은 전혀 없었다. 그런 사물을 담고 있는 세상이 그의 의식을 전부 채웠고, 가장 치열하게 **존재한다**는 것은 그저 그런 사물들 사이에 오롯이 편안히 자리하는 것을 의미했다. 사실 발자크는 초자연적인 것에 상당한 관심이 있었다. 『나귀 가죽』『루이 랑베르』(*Louis Lambert*)『세라피타』(*Seraphita*) 등에서 이는 아주 효과적으로 표현되기도 한다. 하지만 그것은 에드거 앨런 포의 특성과 마찬가지로 모험적 상상력의 차원이다. 철저히 냉정해서 그의 도덕적 삶과는 아무런 관계도 없다.

이 세상에서 살아가기, 성공하기, 있는 감각을 다 동원하여 살아가기, 많은 **사물**을 갖기—이것이 발자크에게는 무한이었다. 바로 이 영역에서 그의 심장이 팽창했다. 그러니 그에게 인류의 삶이 이런 방향, 즉 개인적인 향유를 위한 무수한 탐욕의 방향으로 일로매진하는 것으로 보인 것도 당연했다. 이러한 열정의 우두머리라 할 구두쇠의 열정을 묘사하는 일에서 그에 견줄 만한 사람은 하나도 없다. 〈인간 희극〉 어디를 들춰도 구두쇠를 볼 수 있고, 그 구두쇠의 초상은 어김없이 경이로운 수준이다. 앞 다퉈 쟁탈전을 벌이는 상황에서는 온화한 특성이 가장 중요한 자리를 차지할 수가 없고, 그 광경을 지켜보는 발자크도 그런 특성은 거의 고려하지 않는다. 가장 눈에 띄는 것은 힘과 간계(奸計), 즉 사다리를 올라가려고 기를 쓰며 흙더미의 꼭대기까지 올라가 돈주머니를 그러쥘 수 있는 능력이다. 이런 목표와 관련해서 보면 인간 본성에서 바람직한 것은 오로지 힘이고, 감정도 이득을 가져오는 실질적 힘일 때만 바람직하다고 여겨진다. 목적의식의 힘이야말로 최고로 바람직한 것이고, 그것의 탁월한 표현이 나타날 때마다 관객들은 발걸음을 떼지 못한다. 그것은 격렬하고 영악하거나, 간절하고 인내심 있는 두 가지 주요 방식으로 나타나는 듯하다. 발자크는 두 가지 방식 모두 무척 즐겼지만, 전반적으로 보아 후자가 더 드라마에 어울린다고 보았고 그래서 선호했다. 거기엔 표리부동이 들어올 여지가 있고, 인간의 성취 중에서 발자크가 그보다 명백하게 경의를 바친 것은 별로 없다. 자신의 소중한 '교회 인물들'에게 이를 넉넉히 뿌려주었고, 여성들은 다들 표리부동으로 이루어져 있다.

만약 그가 인간 삶의 용도로 어떤 기능을 가장 높이 치느냐는 질문을 받았다면 아마 위장의 능력이라고 대답했을 것이다. 그는 그것이 모든 우월한 사람들의 표식이라고 보았고, 어디에선가 말하기로는 가족의 품에 있는 젊은 시절에 그것을 행사하는 일만큼 인격을 훌륭하게 형성하는 것이 없다고도 했다. 발자크의 이런 태도에는 가식과 현학의 요소가 있다. 그가 표리부동을 찬미하는 까닭은 그런 행동을 하는 것이 독창적이고 담대하기 때문이다. 하지만 또한 그것이 다른 어떤 것보다 더 훌륭한 장점, 곧 다채롭다는 면을 지니고 있기 때문이기도 하다. 표리부동성은 정직함보다 더 다채롭다. 선의 아름다움이 직선이 아닌 곡선에 있는 것과 마찬가지로. 따라서 발자크는 행위에 대해

도덕적 판단을 내리는 대신 주로 미적 판단을 우리에게 건넨다. 그에게 감명 깊은 행동은 동기가 고상해서 특별한 행동이 아니라 배후에 엄청난 의지와 욕망의 힘을 지닌 행동, 그로 인해 눈에 확 띌 만큼 훌륭하게 도드라지는 행동이다. 그것이 훌륭한 희생이나 훌륭한 헌신, 믿음에 따른 훌륭한 행동일 수도 있겠지만, 아마 훌륭한 거짓말, 훌륭한 살인, 훌륭한 불륜이 되지 않을까 싶다.

모리스가 용서했을 법한 수고로움

프랑스 여행 스케치

1장

투렌(Touraine)이 프랑스의 정원이라는 말로 글을 시작하려
니 무안해진다. 이미 오래전에 생기를 잃은 말이기 때문이다.
하지만 투르(Tours) 도심에는 달콤하고 화사한 기운이 있어서
과수원이 주위를 둘러싸고 있음을 알 수 있다.[1] 무척 정감 있는
작은 도시다. 비슷한 크기의 도시치고 이보다 더 농익고 완전한
도시는 얼마 없다. 혹은 지금 자기 모습에 이보다 더 만족하거
나 더 큰 장소의 책임을 부러워하는 마음이 이보다 없는 도시가
없다고 해야 할까. 진정 명랑한 주의 주도라 할 만하다. 힘들이
지 않고도 풍요롭게 잘사는 지역, 온화하고 편안하고 낙관적이

---

1 투렌은 프랑스 북서부의 오랜 전통을 가진 지역으로, 지금은 네 개 주로 나뉘었
고 투르는 그중 한 주의 주도다.

고, 약간 께느른한 견해를 지닌 지역. 한 소설에서 발자크가 말하길 진정한 투렌 사람이라면 즐거움을 얻으려 애써 노력하거나 다른 곳으로 찾아가는 일조차 하지 않을 거라고 한다. 이 정겨운 빈정거림이 어디에서 나온 건지 이해하기는 어렵지 않다. 투렌 사람에게 변화란 손해만 가져올 뿐이라는 막연한 확신이 있었음에 틀림없다.

행운의 여신이 그곳을 잘 보살펴주었다. 강둑을 차지하고 앉은 투렌의 기후는 온화하고 적당하고 사근사근하다. 강물이 이따금 시골마을로 범람하는 건 사실이지만 강물이 휩쓸고 지나간 자리가 얼마나 쉽게 복구되는지, 그런 침해도 그저 건전한 긴장감을 가질 수 있는 기회(수많은 좋은 것들이 확고한 지역이니까)로 여겨질 법도 하다. 종교와 사회 면에서나, 건축이나 요리 면에서나 유서 깊은 훌륭한 전통에 둘러싸여 있다. 게다가 자신이 뼛속 깊이 프랑스라는 만족스러운 느낌이 있다. 노르망디는 노르망디고 부르고뉴는 부르고뉴고 프로방스는 프로방스다. 하지만 투렌은 본질적으로 프랑스다. 그곳은 라블레와 데카르트와 발자크의 땅이고, 좋은 책과 좋은 동료의 땅이자 훌륭한 식사와 훌륭한 주택의 땅이다. 어디에선가 조르주 상드는 프랑스 중부 지형조건의 온화함, 그 편리한 특성에 관해 이렇게 멋지게 적었다. "유연하고 따스한 기후, 잠깐이지만 풍부히 내리는 비."

1882년 가을의 비는 좀 더 오래 내렸고 더 풍부했다. 그러나

날이 화창할 때면 그보다 더 매력적인 날씨는 있을 수가 없다. 상쾌하고 화사한 빛이 내리쬐는 포도밭과 과수원은 윤택해 보였다. 어디나 개간이 되어 있었지만 어디나 수월하고 편안해 보였다. 눈에 띄는 궁핍함은 없었다. 검소함과 성공도 좋은 안목으로 모습을 내보였다. 여성들의 흰 모자가 햇빛을 받아 반짝였고 잘 만든 나막신이 단단하고 깨끗한 길 위에서 경쾌하게 또각거렸다.

투렌은 오래된 대저택의 땅이다. 건축의 표본이 될 만한, 거대한 세습 재산을 모아놓은 박물관과도 같다. 하지만 농부들은 프랑스 대부분의 다른 지역 사람들만큼 소유의 사치를 누리지는 못한다. 그 나름대로 약삭빠른 보수적인 표정을 보일 만큼은 누리고 있지만 말이다. 장이 서는 마을, 흥정이 벌어지는 작은 광장에서 낯선 이방인은 농부의 셔츠 위쪽 주름진 갈색 얼굴에서 그런 표정을 자주 찾아볼 수 있다. 이와 더불어 이곳은 유서 깊은 프랑스 군주제의 심장이다. 군주제가 화려하고 고색창연했기에, 르와르강 수면 위에 반사된 화려함이 여전히 반짝반짝한다.

프랑스 역사상 가장 충격적인 몇몇 사건이 바로 그 강둑에서 일어났고, 르네상스가 만개하면서 르와르강이 물을 댄 땅에서도 한동안 화려한 꽃이 피어났다. 흔히 하는 말로 딱히 눈에 띄는 구석이 없는 풍경이 르와르강 덕분에 위대한 '스타일'을 지니고, 강물을 따라 투렌의 초록빛 지평선보다 더 시적인 저 너머까지 시선이 나아간다. 그러다가도 흐름이 고르지 못해서, 군데군데 강폭이 확 좁아지며 물길의 온갖 조야함이 그대로 드러나는 것이 간혹 눈에 띈다. 강이라면 자신이 물을 대는 장소를 무엇보다 괜찮은 분위기로 감싸주리라 기대하게 되니, 그것이 강으로서는 틀림없이 커다란 결함이다. 어쨌든 내가 마지막으로 보았던 강 모습이 그러했다. 강물이 가득 찬 고요하고 힘찬 강이 천천히 커다란 굴곡을 이루며 흘러가고 자기가 받은 하늘빛의 반을 다시 되비쳐냈다.

앙부아즈의 흙벽과 다랑이밭에서 내려다보는 강줄기만큼 멋진 광경은 없을 것이다. 어느 근사한 일요일 아침, 온화하게 반짝이는 가을 햇빛이 가득한 사이로 그 높은 위치에서 내려다본 강은 너그럽고 인정 많은 강줄기의 본보기로 보였다. 투르에서 가장 매력적인 곳은 당연히 강이 내려다보이는 그늘진 선창이다. 선창 건너편으로는 정겨운 생심포리앙 지구가 있고 그 뒤로 다랑이밭이 오르막을 이루며 펼쳐진다. 정말이지 투렌에서는 어디를 가든 늘 곁에 강이 흐른다는 점이 르와르강이 지닌 매력의 절반은 차지할 것이다. 블루아부터 앙제까지 이어지는 제방은 강을 보호하거나 혹은 강가 시골마을을 지켜주는데, 그 자체로 아주 멋진 길을 이룬다. 건너편에도 도로가 있어 내내 길동무가 되어준다. 넓은 길을 따라갈 때 넓은 강은 아주 멋진 벗이다. 발걸음이 가벼워져 길이 짧게만 느껴진다.

투르에서 여관이 모여 있는 구역은 따로 있지만, 시내와 역 중간에 아주 괜찮은 여관이 하나 있다. 그곳에서 일하는 사람들이 얼마나 유별나게 친절한지 여기서 충분히 소개할 만하다. 그 친절이 거의 부자연스러울 정도라 처음에는 호텔에 뭔가 큰 결함이 있어서 종업원들과 객실 청소부들이 미리 잘 보이려는 게 아닌지 의심스럽기까지 했다. 특히 종업원 하나는 내가 지금껏 만나본 가장 뛰어난 사교성을 지닌 인물이었다. 그는 아침부터 밤까지 마치 팽이가 윙윙 돌아가듯 제대로 알아들을 수 없는 친절한 말을 입에 달고 살았다. 하지만 나중에 알고 보니 이 '우주 호텔'에 사악한 비밀 같은 것은 없었다는 말을 덧붙여야겠다. 난방이 과도한 방에서 미지근한 저녁을 먹는 일 정도는 무척 언짢지만 동시에 부득이한 일이라는 것이 요즘 여행객에게 딱히 비밀도 아니니 말이다.

이 밖에도 투르에는 기념비적 장소인 양 내세우는 '로얄로 (Rue Royale)'가 있다. 백 년 전에 놓인 거리로, 천편일률적인 주택들이 현란한 18세기 외양을 적당한 규모로 보여준다. 로얄로는 종교적 건물이 아닌 것으로 시내에서 가장 중요한 건물인 법원 청사에서 시작해 르와르강을 가로지르는 긴 다리까지 이어진다. 널찍하고 견고한 이 다리에 대해 발자크는 「투르의 사제」 (Le Curé de Tours)에서 "프랑스 건축사에서 가장 훌륭한 기념비적 건축물 중 하나"라고 단언했다. 법원청사는 1870년 가을 레옹 강베타(Léon Gambetta)가 상황에 쫓겨 열기구를 타고 파리를 떠나 투르로 온 뒤, 보르도에서 의회가 구성될 때까지 행정부를 운영했던 곳이다. 그 참혹한 겨울에 독일군이 투르를 점령했다. 독일군이 점령한 지역이 얼마나 많았던지 믿기 힘들 정도다. 프랑스 어느 지역을 가든, 혁명과 독일 침공이라는 두 가지 중요한 역사적 사건을 마주치지 않는 곳이 없다 해도 딱히 과장은 아닐 것이다. 혁명의 흔적은 무수한 상처와 멍과 불구로 여전히 남아 있지만 1870년 전쟁의 가시적 표시는 다 사라졌다. 지금은 워낙 부유하고 활기찬 나라라 상처를 치유할 수 있었고 고개를 꼿꼿이 들고 다시 미소 지을 수 있었으므로, 더는 그 어두운 그늘이 드리워 있지 않다. 하지만 눈에 보이지 않아도 여전히 귀에 들리기는 해서, 속속들이 프랑스인 이 지역이 몇 년 전만 해도 외국군의 군홧발 아래 놓여 있었다는 사실을 떠올리자 살짝 몸서리가 난다. 보아하니 속속들이 프랑스였더라도 그것이 안전장치는 못 되었나 보다. 승승장구하는 침략자에게는 오히려 도전의식을 북돋웠을 테니까. 하지만 그 후로는 평화롭고 풍요로운 시기가 이어졌고, 투렌의 정원과 포도밭에 둘러싸인 이곳에서 그 일은 그렇잖아도 전설이 많은 지역에 또 하나의 전설을 더한 듯하다.

그건 그렇고 내가 법원청사와 로얄로를 거론한 것은 이 파란만장한 역사를 끄집어내기 위해서가 아니었다. 투르의 고지대 거리에서 가장 내 흥미를 끄는 것은, 다리를 향해 오른쪽 보도를 따라 걷다가 고개를 들면, 건너편으로 오노레 드 발자크가 처음 세상 빛을 보았던 집이 있다는 사실이다. 격정적이고 복잡한 그 천재는 성격 좋고 풍미 가득한 투렌의 자식이었다. 여기에는 좀 이례적인 면이 있다. 잠깐 생각해보면 그의 성격과 고향의 성격 사이에서 모종의 관련성을 찾아낼 수도 있지만 말이다. 열성적이고 근면하고, 대단히 성공했지만 늘 불행했던 인물이라 때로 아주 다른 종류의 영향을 받지 않았나 싶기도 하다. 하지만 그에게는 한껏 즐기는 아주 쾌활한 면도 있었다. 이 지역의 고택과 수도원에 대한 낭만적이고 쾌락주의적인 연대기인 『우스운 이야기』(Contes drolatiques)에서 그런 면이 나타난다. 더구나 그가 태어난 땅의 흙 속에는 엄청난 역사가 묻혀 있다. 발자크는 짐짓 군주제 지지자였을 뿐 아니라 진심으로 그렇기도 했고, 역사의식이 몸에 배어 있었다.

로얄로 39번지―로얄로의 다른 모든 지하층과 마찬가지로 이 집 지하층에도 상점이 자리 잡고 있다―는 일반인에게 공개되지 않는다. 그래서 『골짜기의 백합』(Le Lys dans la vallée)의 저자가 앞으로 별스러운 것들을 보고 상상하게 될 세상에 태어나 처음 눈을 떴던 방이 예전 그대로 있는지 어쩐지 알 수가 없다. 만약 그대로 있다면 난 기꺼이 문지방을 넘어 안으로 들어

가리라. 혹시라도 남아 있을 위대한 소설가의 유물 때문이 아니고, 네 벽 안에 거주할 법한 어떤 신령한 덕목 때문도 아니다. 그저 수수한 네 벽을 바라보기만 해도 분명 그의 인간적 분투에서 강렬한 인상을 받을 것이라 그렇다. 성숙한 시각을 지닌 발자크는 셰익스피어 이래 사람 사는 이야기를 들려주려 했던 그 누구보다 풍부히 인간사를 흡수했다. 그리고 그의 의식이 처음 깨어났던 아주 소소한 장면은 그가 이후 거쳐간 어마어마한 영역의 한 끝을 이룬다. 고백하건대, 난 그가 '일렬로 지어진' 주택에서, 그것도 그가 태어났을 당시 고작 이십 년 정도 된 집에서 태어났다는 사실이 좀 충격적이었다. 너무 모순되지 않는가. 커다란 영광을 점지 받은 주거지가 칙칙하게 색 바랜 오래된 건물이 아니라면 적어도 단독주택이어야 마땅하니 말이다.

「라 그레나디에」라는 단편소설 속에는 로얄로 끝자락의 광장에서 르와르강 건너편을 바라보는 멋진 묘사가 나온다. 강 바로 앞에 지어진 시청과 박물관, 프랑수아 라블레[2]와 르네 데카르트의 대리석상으로 장식된 그 한 쌍의 건물에서 내려다보이는 광장은 자못 웅장하다. 몇 년 전에 세워진 라블레 상은 꽤 훌륭한 작품이다. 반면 데카르트 상은 그 받침대에 '나는 생각한다 고로 존재한다'라는 글귀를 새기는 용도에 불과하다. 그 두

2 François Rabelais. 16세기 프랑스의 작가로 『가르강튀아 팡타그뤼엘』을 썼다.

조각상은 경이로운 프랑스 정신이 왕래한 양극단을 표현한다. 만약 투르에 발자크의 조각상을 놓는다면 두 조각상 중간에 놓아야 할 것이다. 그가 감성의 세계와 형이상학적 세계 사이에서 어떻게든 행복한 중도의 자리를 고수해서가 아니다. 그래도 그의 천재성의 반쪽은 이 방향을, 다른 반쪽은 반대 방향을 보았다고 말할 수는 있을 것이다. 프랑수아 라블레를 바라보는 면이 전반적으로 해가 드는 쪽이다. 그러나 투르에 발자크 조각상은 없다. 박물관의 음울한 방에 다소 교묘하고 조잡한 흉상이 하나 있을 뿐이다.

방금 언급한 「라 그레나디에」의 묘사는 인용하기엔 너무 길다. 『계곡의 백합』의 일렁이는 조직 속에 짜여 들어간, 풍경화처럼 펼쳐지는 눈부신 대목을 인용하기에도 지면이 부족하다. 그 뛰어난 작품의 주인공인 모소프 부인이 사는 클로쉬구드의 아담한 저택은 투르에서 걸어갈 만한 거리에 있었고, 아마 현실의 원본을 그대로 모사했을 그 풍경은 지금도 찾아볼 수 있을 것이다. 하지만 난 찾아보려고도 하지 않았다. 투렌에는 역사적으로 기념할 만한 대저택이 많은데 소설에 등장하는 기념할 만한 대저택까지 찾아나서는 일은 과하다 싶어서다. 기껏해야 「투르의 사제」에 등장하는 음험한 노처녀인 마드모아젤 가마의 집을 알아내보려 한 것이 전부였다. 그 끔찍한 여성은 성당 뒤편의 조그만 집에 살았는데, 난 참 미련스럽게도 어느 집이 그 집일지 추측하면서 아침나절을 다 보냈다.

'라 그레나디에'를 건너다보려고—사실 또렷하게 보이지는 않았다—잠깐 멈춰 선 작은 광장에서 성당으로 가려면 부두를 오른쪽에 두고, 근사한 언덕이 보이지 않는 쪽으로 나아가야 한다. 강 건너편 저 멀리서 시내를 마주보는 그 언덕에는 정원과 포도밭, 띄엄띄엄 자리한 저택, 돌기와를 얹은 저택의 박공과 작은 탑, 회색 난간이 달린 테라스, 진홍색 담쟁이가 늘어진 이끼 낀 담장 따위가 옹기종기 모여 있다. 거기서 방향을 돌려 요즘 투르 시민에게 '기 망루'(Tours de Guise)로 알려진, 오래된 요새의 유물인 튼튼한 중세의 탑이 있는 거대한 군대 막사를 끼고 다시 시내로 들어간다. 기 공작이 앙리 2세의 명령에 의해 블루아에서 살해당한 뒤 그의 아들인 젊은 조이빌 왕자가 그 탑 안에 2년 이상 감금되어 있다가, 1591년 어느 여름밤에 옥리의 코앞에서 탈출했다. 그 용맹한 기상이 시무룩한 표정의 감옥에 위업의 기억을 새겨놓았다.

투르에는 다섯 연대가 주둔하고 있어서 빨간 바지를 입은 군인들이 시내를 오간다. 항해의 조짐이 없는, 노 젓는 배조차 없고 통이나 꾸러미도 없고, 짐을 싣고 내리는 일도 없으며 하늘을 배경으로 보이는 돛도 없고 허공으로 증기가 뿜어져 나오는 일도 없는, 장사와 관계 없는 깨끗한 부두에서 어슬렁거리는 군인을 볼 수 있다. 그곳에서 가장 활발히 이루어지는 일이라면 별 소득도 없이 끈덕지게 지속하는 낚시인데, 그 일에서라면 예술을 위한 예술의 애호가인 프랑스인이 어떤 다른 민족보다 탁월하다. 커다란 주머니에 든 물건의 무게에 짓눌리는 군인들이 너르고 무심한 강물에 찌를 담그고 무한정 자리를 지키는 낚시 장인들에게 존경심을 보이며 하나씩 지나쳐간다. 방향을 다시 틀어 부두를 등진 채 조금만 더 가면 성당에 다다른다.

4장

투르에서 해야 할 일은 소풍이다. 해야 할 소풍을 다 하고 나면 무엇이든 맞설 수 있는 태세가 된다. 이 땅엔 성물(聖物)이 지천이라, 시내에서 어느 방향으로든 한 시간만 마차를 타고 나가면, 주거 건축이나 기독교 건축, 작은 탑이 솟은 저택, 혼자 서 있는 탑, 박공이 있는 마을 등 어떤 장면의 특이한 조각을 만난다. 하지만 할 일을 다 한다 해도—내 경우는 전혀 이렇지 않았지만—그것을 다 말해줄 수 있는 것도 아니니, 소풍에도 중요한 소풍이 있고 덜 중요한 소풍이 있어 다행스러운 일이다. 중요한 소풍은 한두 주에 다 둘러볼 수 있다. 하지만 투렌의 여름날(틀림없이 유쾌한 계절이다)에는 다른 소풍에 할애할 시간이 그리 많지 않다. 파리에서 투르로 온다면 블루아에서 며칠 지내는 것이 가장 효율적이다. 블루아강 변의 투박하지만 매력적인 작은 여관에 묵으면 프랑스에서 간헐적으로 경험하는 친숙한 환대를 어느 정도 맛볼 수 있는데, 프랑스 여러 지방에서 몇 주를 보내고 나면 여관이 프랑스에서 만날 수 있는 최고의 숙소 형태임을 알게 된다. 나 자신은 그런 효율성을 실행에 옮기지 못했다. 당일치기로 투르에서 블루아에 갔을 뿐이다. 하지만 그런 위업을 두 번 이루긴 했다.

블루아는 요즘 말하는 식으로 아주 정감 있는 작은 마을이라 혼자 가더라도 사람들과 어울리며 한 주를 보낼 수도 있다. 르와르강의 북쪽 강둑에 자리한 이 마을은 해가 잘 드는 남향으로 밝고 맑은 얼굴을 내보이고, 빛을 받아 반짝이는 강물에 비치는 하얀 마을이 다 그렇듯이 유쾌한 느긋함이 풍긴다. 하지만 이렇게 신선한 표정을 내보이는 것은 블루아의 강가 정도다. 낡고 얇은 책에 양피지로 표지를 입힌 것처럼, 안쪽은 본래의 갈색이다. 군이 실망스러운 점을 하나 꼽자면, 특별히 이곳을 찾은 목적인 성이, 내가 늘 당연시했던 것처럼 강이 내려다보이는 강가 절벽에 서 있지 않았다는 것이다. 마을을 내려다보고는 있지만 강가에서는 성이 거의 눈에 띄지 않는다. 그 특별한 행운은 앙부아즈와 쇼몽만이 누리고 있다.

블루아 성은 프랑스 이 지역의 오래된 국왕 처소 중에서 가장 아름답고 정교한 축에 든다. 따라서 자세한 묘사라는 특권을 누려 마땅하겠다. 문턱을 넘어서자마자 프랑스 르네상스가 밝은 햇살처럼, 폭풍우처럼 쏟아진다. 하지만 글로 묘사할 수 없을 만치 화려해서 두드러지게 밝은 부분만 고를 수밖에 없겠다. 지금 눈앞에 보이는 성이란, 인정사정없이 복구된 문화재를 뜻한다는 사실을 일단 전제해야 한다. 복구 작업은 아낌없이 이루어진 만큼이나 기발하기도 하지만, 상상력의 입장에서는 오싹해지기도 한다. 아마 마을의 거리를 따라 성으로 다가가면서 맨 처음 드는 기분이 바로 그럴 것이다. 강에서 멀어지며 올라가는 작은 길은 낭만적인 가파름의 분위기를 풍긴다. 사실 날개처럼 양편으로 갈라지는 높은 계단(기념비적 계단)으로 이어지는 길 하나는 아주 성공적으로 그런 효과를 주어서, 까닭은 모르겠지만 막연하게나마 로마 아라첼리 옆의 캄피돌리오 언덕[3]을 연상시킨다. 그 성에서 현재 뒷면(내가 본 것으로는 유일하게 복제된 면이다)으로 나타나는 부분이 복원의 흔적을 비할 수 없이 자신만만하게 내보인다. 발코니가 딸린, 안으로 움푹 들어간 창문뿐인 긴 파사드가 웬만한 언덕의 정상처럼 우뚝 솟아, 지반까지 멋지게 곤두박질하는 인상을 준다. 움푹 들어간 만입형 창문은 색색으로 환히 빛난다. 창문을 빨간색과 파란색으로 새로 칠하고 금색 인물을 양각으로 새겼다. 하나같이 유구한 기억으로 거뭇한

3 로마의 대표적 명승지로서 미켈란젤로가 설계했다는 광장으로 유명하다.

왕궁 벽에 뚫린 구멍이라기보다는 극장 귀빈석을 닮았다.

하지만 그럼에도 불구하고, 게다가 투렌의 다른 몇몇 성(어마어마한 샹보르Chambord는 항상 예외지만 그 성은 투렌에 없으니)과 마찬가지로 기대한 만큼 거대하지도 않지만, 블루아 성에서는 가장 환대하는 분위기가 덜한 면모가 오히려 아주 인상적이다. 어디나 그렇지만 여기에서도 주안점은 날램과 우아함이다. 그리고 적절한 비율에 조각이나 색이 더해진 만입형 창문은 인간적 장식이 없는 빈 구멍이다. 그것을 완성하려면 프랑수아 1세나 디안 드 푸아티에,[4] 어쩌면 앙리 3세 같은 인물의 조각상이라도 있어야 한다. 동물의 우리처럼 보이는 금박 입힌 빈 공간의 아래쪽이 풀무더기에 살짝 덮여 있어서 벽면이 튀어나올 듯한 인상이 더 강하다. 반면 오른쪽으로는 아주 현대적인 부분이 이어져 있는데, 그 건물은 1635년 오를레앙 공 가스통이 세운 것으로 아주 높고 단단한 토대 위에 서 있다. 이 무미건조한 대저택—안뜰에서 봐야 제대로 볼 수 있다—은 프랑수아 만사르[5]의 대표작 중 하나다. 우월한 당대의 우월한 방식으로 왕궁 전체를 다 뜯어고치지 않은 건 그나마 신의 가호가 있

4 Diane de Poitiers. 프랑스 귀족부인으로 앙리 2세의 애첩이 되어 권력을 휘둘렀다.

5 François Mansart. 17세기 프랑스 건축가로 프랑스의 바로크 건물에 신고전주의를 도입했다. 프랑수아 1세의 명을 받은 오를레앙 공의 요청으로 블루아 성을 증축했다.

었기 때문이리라. 원래 그의 계획은 그러했으니 말이다. 그는 타고난 얼간이였고 이 귀중한 기획이 그에게 맞는 일이었다. 계획대로 실행되었다면 분명 역사에 남을 최악의 잘못을 저지르는 결과를 낳았을 것이다. 부분적으로만 실행된 터라 전적으로 유감스러운 정도는 아니다.

성의 안뜰에 서서 프랑수아 1세의 멋들어진 별관—어디를 보나 자유롭고 흥겨운 창작물인—을 보다가, 자로 그어놓은 듯한 줄과 빈 공간으로 이루어진 만사르의 육중한 별관으로 시선을 옮기면, 사적인 면이 가장 적은 예술 장르인 건축에서조차 뭔가 전달할 것이 있을 때의 장점과 그저 부정성의 집합이 되고 마는 안목의 어리석음에 대해 곰곰이 생각하게 된다. 가스통의 별관은 그 자체만 보면 루이 14세 시대 건축의 특성이었던 '아취(雅趣)'가 꽤 풍겨난다. 하지만 웃음기 가득하고 생기 있는, 활짝 피어난 이웃과 대조해보면, 영감과 계산이 서로 얼마나 다른지를 오롯이 보여주기도 한다. 어쨌든 다른 존재의 가치를 더욱 높여주니 그것이 왜 거기 있느냐고 불평할 마음은 별로 없다.

그런데 지금 우리는 담장을 뛰어넘어 안뜰로 들어간 셈이다. 그보다 통상적인 방식은 처음 언급했던 건물을 끼고 돌아 왼쪽으로 이어지는 현대의 테라스를 따라가다가 상당히 높이 자리한 작은 광장으로 돌아 올라가는 것이다. 그 광장은 뒷면(내가 뒷면이라고 불렀다)에서 내다보이는 다소 평범한 공간이 그

렁듯이 분주한 통행로는 아니다. 환하고 적막한 공간, 잔디를 심었어야 마땅한 직사각형의 텅 빈 작은 광장은 왕궁의 정문, 곧 루이 12세의 별관의 배경으로는 탁월하다. 여기서 복원작업이 듬뿍 이루어졌다. 하지만 그것은 아마 그 불행한 건물에 한참 동안, 더욱 듬뿍 가해졌던 훼손을 고려하면 불가피한 일이었을 것이다. 폐허가 되도록 오래 방치되었고, 방치되지 않은 경우라고는 세대를 이어가며 군인들이 들어와 근사한 방을 막사로 삼아 험하게 다뤘을 때뿐이었다. 회반죽을 칠하고 마구 도려내고 더럽혔으니, 블루아 성은 그저 목숨만 연명했다고도 할 수 있다. 앙부아즈의 역사도 매한가지고, 샹보르도 어느 정도는 그러하다.

그래도 9월의 화창한 아침에 내가 바라본, 새로 단장한 루이 12세 건물의 파사드는 보기만 해도 기분이 좋았다. 투렌의 온화하고 밝고 흥겨운 기운 속에서는 어느 것이든 내보이고 어느 것이든 말을 건다. 이 아름다운 건물 전면의 안목과 적절한 비율과 색감은 참 매력적이고, 그 위에 순전히 주거용 건축을 선호하는 새로운 정서—예술이 마음껏 빠질 수 있는 평온하고 안전한 건축—가 젊음과 기쁨의 분위기를 더했다. 이후 오랫동안 블루아 성이 안전하지도 조용하지도 않았던 것은 사실이다. 하지만 그런 위협은 내부에서, 성 안에 사는 인물의 사악한 욕정에서 생겨났지 외부의 침입이나 포위로 인한 것은 아니었다. 붉은 벽돌로 지어진 루이 12세 건물의 전면 여기저기를 보라색이 가로지른다. 그리고 자주색 점판암을 얹은 높은 지붕에는 멋지게 다듬어진 굴뚝과, 꼭대기에 세운 뾰족한 첨탑과 아치 장식, 루이의 호저(豪猪)와 브르타뉴의 앤이 고안한 흰색 족제비와 꽃줄 장식이 도드라진다. 이렇게 장식된 지붕의 색조가 벽의 부드러운 빛을 완성한다. 르네상스의 장밋빛 여명을 받아들이기 위해 팽창하기라도 한 양 커다란 멋진 창문이 활짝 열려 있다.

그런 점에서라면 투렌 대저택의 창문들은 하나같이 근사하다. 튜더 시대 건축과는 달리 위편 두 귀퉁이를 둥글게 굴려서 네모진 딱딱함을 완화한 모양인데, 그래서 표정이 풍부한 창 위에 놓인 선이 그려놓은 눈썹처럼 보인다. 전면의 낮은 문 위쪽으로 높고 깊은 벽감이 있고, 화려한 지붕이 달린 벽감 안에는 뻣뻣한 천을 씌운 말을 뻣뻣하게 타고 앉은 선한 루이 왕의 옆모습 조각상이 있다. 백성의 아비라고 불렸던 선한 왕이었지만 (내 생각에 여러 세금을 면제해줬음에 틀림없다) 혁명을 무사히 통과할 만큼 선하지는 못했다. 방금 언급한 조각상도 사실 혁명기에 파괴되어, 나중에 복제품을 만들어 세운 것이다.

그 아래를 지나 안뜰로 들어가면 16세기가 주위를 에워싼다. 인간적 열정이 표면 가까이 자리한 한 시대의 얼굴이 풍부한 표정을 담고 창문에서, 발코니에서, 조각상의 무성한 이파리에서 이쪽을 내다보고 있다고 말한다 해도, 상상력을 발휘한 표현으로 봐줄 수 있지 않을까 싶다. 안뜰을 향한 루이 12세의 별관 1층은 깊숙한 아케이드다. 오른쪽으로는 프랑수아 1세가 세운 별관이 있는데, 성으로 올라오다 보면 뒷부분이 보이는 건물이 그 건물이다. 절묘하고 호화로우며 초월적인 이 건축물에서 프랑스 르네상스의 가장 흥겨운 표현을 볼 수 있다. 자수 무늬 조각으로 덮여 있는데, 어느 부분이나 금 세공인의 작업이라고 해도 될 정도다.

한가운데에, 아니 약간 왼쪽으로 치우쳐 유명한 나선계단이 있다(그럴듯하게 복원되었는데 종교적인 면에서는 그렇지 않다). 그 장소를 가장 험하게 사용했던 시대에도 막연한 찬탄을 보냈을 것이 분명하다. 그 계단은 깎은 원기둥 모양에 널찍하게 구멍을 뚫어놓아 트여 있다. 이 계단도 그렇고, 발코니와 기둥과 거대한 중앙의 원주마다 아름다운 상이, 기이하고 기발한 모양이 구석구석 조각되어 있다. 그 가운데 최고는 프랑수아 1세의 위대한 문장(紋章) 도마뱀이다. 블루아에는 굴뚝이고 문이고 벽이고 어디에나 도마뱀이 있다. 성의 이 구역에는 예술에 대한 사랑이 특히 두드러졌던 왕의 분위기가 선명하게 찍혀 있다. 전면 꼭대기에 길게 이어 붙인 처마 돌림띠는 마치 기다란 팔찌를 펼쳐놓은 것 같다. 다락방의 창문은 성인을 모시는 제단 같다. 괴물 석상과 커다란 메달과 작은 조각상과 꽃술 조각은 비바람과 세월에 마모될 건물 외벽이 아니라 귀중한 보석함에 어울릴 정교한 장식이다.

내부는 상당 부분 새로 복원되었고, 모두 색색으로 복원했다. 틀림없이 엄청난 노력과 비용을 들였겠지만, 필시 과도하다는 인상을 줄 것이다. 전반적으로 새것 같은 느낌이라 불협화음, 가락이 맞지 않는 음처럼 들린다. 어둑어둑한 과거를 부자연스럽도록 눈부시게 환한 불로 밝혀놓은 느낌이다. 루이 필리프의 통치 기간에 시작된 이 참담한 복원 과정—참담하면 할수록 늘 그로부터 더 나은 사례를 상상해낼 수는 있다—이 얼마나 과도하게 이뤄졌는지, 실내에서 과거의 색이 그대로 보존된 부분이라고는 손바닥만큼도 찾아볼 수가 없다. 근대에 들어 워낙 험하게 사용하여 전체적으로 그 흔적이 있으니 다시 멀쩡해 보이도록 하기 위해 뭔가 수를 써야 했던 것은 사실이다. 똑똑한 의사가 목숨을 살린 것에 만족하지 못하고 젊음까지 돌려놓으려고 한 셈이니 그냥 그것이 유감스럽다고 할까. 그런 작업에서 일관성이란 위험천만한 유혹이다. 옛날 방이 말하자면 모두 새로 세례를 받았다. 성의 지리적 형태도 새로 바뀌었다. 위병소와 침실과 내실과 예배당이 모두 정체성을 되찾았다. 새된 목소리의 어린 소년이 기즈 공작[6]의 암살과 관련된 지점은 하나

6 기즈 공 프랑수아는 1519년 프랑스 태생의 귀족으로, 중세 가톨릭 권력을 상징하는 무소불위의 정치가였다. 왕권과의 다툼 속에서 위그노 전쟁을 촉발하기도 했

도 빼놓지 않고 이 방 저 방 데리고 다니며 일러주는데, 그 내용을 완벽하게 습득하기는 했다. 그곳에는 카트린 드 메디시스와 앙리 3세의 존재, 기억과 유령과 메아리와 가능한 초혼(招魂)과 부활이 가득하다. 온통 진홍색과 금빛이다. 벽난로와 천장은 웅장하고 화려하다. 돈을 많이 들인 대가극의 '무대'처럼 보인다.

먼저 얘기했어야 하는데, 아래쪽 안뜰을 들어서면 오를레앙 공 가스통의 별관 전면이 눈앞에 나타나서 그 장소 자체가 프랑스 역사 수업이 된다. 다른 구역에 비해 아름다움이나 품위가 떨어지지만 그래도 그 별관은 가스통에게는 과분하게 고상한 기념물이다. 남편으로서도 그렇지만 아비로서도 불행했던 앙리 4세의 둘째 아들이자 루이 13세의 동생, 그리고 프랑스 역사 상 가장 유명하고 가장 야심찼으며 가장 자기도취적이고 무엇보다 결혼에 실패한 처녀였던 '라 그랑 마드모아젤'의 아버지인 그는 리슐리에 추기경에 맞서 서투른 모의를 꾀하다가 말년을 블루아 성에서 유폐되어 보내야 했다. 그 과정에서 경솔함도 경솔함이지만 소심함과 잘못을 교정할 기회를 갖지 못한 불운도 그만큼 큰 역할을 했고, 무수한 어리석음과 치욕을 거친 후 더 나은 거처를 짓기 위해 유폐되어 있던 아름다운 건물을 허물겠다는 계획—시작은 했지만 끝내지는 못한—에 그 모두가 적절

으며 그 전쟁의 여파로 1563년 암살당한다.

하게 집약되었다. 하지만 위엄은 갖추지 못한 채 그곳에 살았던 오를레앙 공 가스통과 함께 블루아 성의 역사도 쇠퇴한다.

　그 성이 흥미를 불러일으켰던 때는 종교전쟁 시기다. 당시 앙리 3세가 주로 머물러, 타락하고 파란만장한 통치의 주요 사건이 벌어지는 무대가 되었다. 앞서 말했듯이 성은 건축가와 장식 미술가들이 지나치리만치 복원해놓았다. 관람객은 화려하지만 채광이 좋지 않은 텅 빈 방(가구는 새로 들여놓지 않았다)을 돌아다니며 그 나름대로 머릿속에 복원 구상을 떠올려본다. 남아 있는 것의 도움을 받아 상상력을 동원하는 것이다. 당대의 형태를 취하고 당시 옷을 입은 16세기의 삶을, 격동과 열정, 사랑과 증오, 배반과 거짓, 정직과 믿음, 개인적 발전의 범위, 본성 전체의 표현, 장려한 의복, 고상한 말투, 뛰어난 안목, 비할 바 없이 화려한 그림 같은 광경을 떠올려본다. 그 그림은 움직임이 가득하고 대조적인 빛과 어둠이 가득하다. 무엇보다 혐오스러운 것이 가득하다. 그 모두에 대단한 신학적 동기가 뒤섞여 있으니 하나의 완벽한 드라마가 되기에 모자람이 없다. 극적인 사건으로 보자면 기즈 공작의 암살만큼 완벽한 일화가 또 어디 있단 말인가? 암살을 당한 자의 오만불손한 풍요로움, 암살을 행한 자의 약점과 악덕과 폭력성, 음모의 완벽한 실행, 이후 점점 쌓여간 참혹한 사건들, 이런 것들 덕에 범죄물로 치자면 그것이 고전적인 작품이 된 것이다.

하지만 블루아 성을 너무 심하게 대해서는 안 되겠다. 어차피 재미를 위해 찾은 거니까. 이 모든 사악하고 불길한 과거에 둘러싸여 이 방문이 비극이 되겠다 싶으면, 그런 인상을 지울 훌륭한 방법이 있다. 블루아에서 즐길 수 있는 유쾌한 촌극이 있는 것이다. 그 지방에서 이뤄지는 수공업이 있는데, 그 방법과 상황이 무척 매력적이다. 활기 있는 작은 선창을 따라 강을 내려가다 보면 마을에서 꽤 벗어날 즈음 르와르 강변길이 구불구불하고 아기자기해지면서 저만치 곳을 돌아 사라지는 지점에 이른다. 길이 어떻게 되었나 궁금해지겠지만, 거기에 정신이 팔려 강물을 내려다보고 서 있는, 산뜻한 작은 마당에 둘러싸인 수수한 하얀 저택을 그냥 지나쳐서는 안 된다. 바로 그곳에 파이앙스[7] 예술가가 살기 때문이다.

간판이라고는 없고, 건물도 독특하게 사적인 공간으로 보인다. 하지만 대문에서 종을 울리면 당신을 내치지는 않을 것이다. 그러기는커녕 놀랄 만큼 멋진 도자기 물품이 가득한 위층 응접실—어딜 봐도 상점으로 보이지는 않는다—로 안내할 것이다. 도자기 그릇마다 예전 모양과 색깔과 정교한 문양을 세심하게 재연한 최고의 물품이다. 그리고 그곳의 장인은 프랑스에

7 프랑스의 대표적인 도기 기술로, 이탈리아 마졸리카 도기가 그 원형이다. 본래는 약하게 구운 도기를 말했지만, 근래에는 강한 유리 재질의 식기류를 통칭한다.

서 종종 찾아볼 수 있는, 뼛속까지 예술가인 인물이다. 작품도 정말 독창적이지만, 오는 사람을 참 따뜻하게도 맞아준다. 그런 인물이 만든 작품이라 더 마음에 든다고 해도 지나친 말이 아닐 것이다. 반짝거리는 유약이 발리고 온갖 형상이 들어 있고, 서로 비슷한가 하면 전혀 다른, 화병, 찻잔, 유리병, 램프, 접시, 장식용 접시 따위가 그가 자리 잡고 앉은 방 안 여기저기에 놓여 있다. 말하자면 팔 물건이자 집안 장식품이기도 하다.

누구나 알다시피 현 시대는 산문의 시대, 기계와 대량생산의 시대, 졸속 과정의 시대다. 그렇지만 총명한 율리스 씨의 집을 나서며 간직하는 인상은 열성적인 활동성은 덜하고 완벽함의 추구는 더하다는 인상이다. 함께 일하는 일꾼은 몇 명 없고 그들에게 충분한 시간을 준다. 그 장소는 마치 작은 삽화 같은 인상을 남긴다. 우리 근대 공업의 시커먼 연기도 북적거림도 추함도 없는, 넓고 맑은 강변의 길가에 자리한 정원 딸린 조용한 하얀 집. 내게 그것은 러스킨[8]에게 영감을 받았을 법한, 그리고 윌리엄 모리스가 용서했을 법한—거기까지 가긴 좀 그렇지만—수고로움으로 보였다.

8 존 러스킨은 1819년 영국 태생의 문예비평가로 산업혁명기 유럽의 노동 관념에 지대한 영향을 미쳤다. 윌리엄 모리스 등 후대 사상가, 예술가의 이념적 스승으로도 불린다.

장소의 초상

샤르트르, 에트르타

샤르트르

이제 한창인 파리의 봄은 매혹적이다. 해와 달이 경쟁하듯 눈부시게 빛나, 낮의 푸른 하늘과 밤의 푸른 하늘이 별반 다르지 않다. 하늘에는 구름 한 점 없고, 그 대신 막 돋아난 솜털 같은 여린 이파리들이 자그마하고 얇은 초록 구름처럼 나뭇가지마다 걸려 있다. 세상이 전부 거리로 나왔다. 카페 문 앞의 의자와 테이블은 겨울 내내 비어 있었지만 지금은 빈자리를 찾기 힘들다. 극장은 어느새 문을 닫았다. 계절과 어울리는 오락거리로는 샹젤리제의 인형극이 유일하다.

큰 비용을 들이지 않고 온화한 대기를 한껏 즐기기 위해, 일전에 오래된 마을 샤르트르(Chartres)로 나가 몇 시간을 보냈다. 아무 일도 없었다는 듯이 넘겨버릴 수 없는 시간이었다. 여기저기 돌아다니며 세상 구경하는 일만큼 좋아하는 것이 없는 사람이라, 평소보다 오래 한곳에 머물며 지내다 보면 하다못해 가까운 교외라도 기차를 타고 나가는 일이 그렇게 재미날 수 없다는 것을 경험으로 안다. 그리고 대기 속에서 변화를 느낄 수 있는, 거의 냄새를 맡을 수 있는 매혹적인 4월에 기차를 타면 순수한 즐거움이 거의 완벽에 이른다는 것도. 이런 감정에 얼마나 휘둘리는지 그것이 내게는 거의 병이라 할 만해서, 결국 뻔뻔하도록 낙천적인 기분으로 샤르트르로 나갔다. 나는 무엇이 되었건 재미와 즐거움을 만끽할 태세였기 때문에, 샤르트르 대성당이 실제로 훌륭한 건물이라는 점도 고마웠다. 그렇지 않았더라도 성당을 지나치다 싶게 찬탄했을 테고, 결국 뭔지 몰라도 미적 이단에 빠질 위험이 있었을 테니 말이다.

어찌나 금방 재미를 즐겼는지 말하기가 좀 창피할 정도다. 아마 재미는, 큰길에서 손을 들어 무개마차를 잡아 서부기차역으로 갈 때, 예술을 배울 때의 기억이 가득한 강을 건너 저 멀리 보나파르트가로 나아가 곧고 넓은 렌느가를 따라 몽파르나스대로로 가는 중에 이미 시작되었을 것이다. 물론 그런 식이라면 샤르트르에 도착할 즈음―한두 시간 걸린다―엔 이미 즐거움의 잔이 바닥날 것이다. 하지만 기차역에 내려 식당에 들어가 아침식사와 함께 톡 쏘는 와인 한 병을 마시자 그 잔은 다시 채워졌다. 프랑스에서 언제든 소풍 가는 일을 잔뜩 기대할 또 하나의 멋진 구실이 바로 그것이다. 어디를 가건 입맛대로 아침식사를 할 수 있다는 것 말이다. 아주 작은 역에는 식당이 없을 수도 있다. 하지만 식당이 있기만 하면, 고급스런 검은 드레스를 입은 싹싹한 젊은 여성과 열성적이고 재빠른 종업원으로 대표되는 문명의 세련됨이 확실히 자리 잡고 있으리라 믿어도 된다.

그런 아침식사를 하고 났으니, 마을이 자리한 가파른 언덕 꼭대기에 서서, 무리 지은 빨간 지붕이 굉장한 아름다움을 떠받치는 제단이나 되는 듯 옹기종기 모인 집들 위로 우뚝 솟은 성당을 바라보았을 때 잔뜩 기대해도 좋겠다는 생각이 든 것도, 프랑스에서 하는 말마따나 별일 아니었다. 역에서 나오자 눈앞에 펼쳐진 성당의 모습이 그러한데, 천천히 마을을 향해 올라가다 보면 어느새 시야에서 사라진다. 그쯤 되면 이곳 샤르트르가 햇볕이 내리쬐는 몇몇 트인 광장과 구불구불한 그늘진 거리가 있는 다소 추레한 작은 지방도시임을 깨닫게 된다. 가는 길에 한두 번 길을 잃지만, 푸른 하늘을 배경으로 눈부시게 빛나는 또렷한 회색 탑이 마침내 주택 틈으로 언뜻언뜻 몇 번 보이고 나면, 다시 앞으로 나아가고 또다시 용감하게 지름길로 들어서고 중간중간 끼어드는 모퉁이를 돌아서 순례의 목적지에 다다른다.

난 이 기념비적 건축물을 한참 바라보았다. 촛불 주위를 도는 나방처럼 뱅뱅 돌고, 멀찍이 걸어갔다 다시 걸어오기도 하면서 스무 군데 다른 지점에서 바라보았다. 시간대에 따라 달라지는 모습을 관찰했고, 햇빛 아래는 물론 달빛 아래에서도 보았다. 한마디로 일종의 친숙함이 생겨났다. 그러나 여전히 그에 대한 일관된 설명을 내놓기란 어림없는 일이다. 프랑스 성당이 대부분 그렇듯이 샤르트르 대성당도 거리에 바투 세워져, 위대한 영국 교회의 인상적인 분위기에 큰 공헌을 하는 잔디나 나무, 사제 관저나 참사회원실 따위의 배경이라고는 없다. 삼십년 전에는 기단 가까이 줄줄이 지어진 구옥의 뒷벽이, 조각이 새겨진 성당의 옆면을 가리고 있었다. 지금은 그 건물들을 다 철거해서, 상대적으로 말하자면 성당은 꽤나 외따로 있다. 하지만 성당을 에워싸는 작은 광장이 한심스럽도록 좁아서, 멀찍이 떨어져 탑을 살펴보려면 건너 주택에 등을 붙이고 서야 하는데, 그래도 제대로 보이지 않는다. 탑을 제대로 보려면 아마 열기구를 타고 올라가 푸르른 창공에 정지한 채 정면으로 보는 방법밖에 없을 듯하다. 그래도 그렇게 바로 아래쪽에서 올려다보면 까마득한 높이에 압도되는 느낌은 있으니 이로운 점이 없지는 않다.

　예전에 본 성당이나 교회 가운데 이만큼 아름다운 것은 있었지만, 수직으로 중첩되어 솟은 건물의 위용에 이렇게 매혹된 적은 없다. 한없이 위로 솟은 거대한 서쪽 면, 그 맑은 은빛 표면, 평온한 너른 공간에 웅장한 형상 서너 개가 자리한 모습, 단순함과 장엄함과 위엄, 그런 것들이 얼마나 강렬한 힘으로 가득 밀려드는지, 잠시나마 시각적 행위가 삶의 전부가 아닌가 생각하게 된다. 건축물이 주는 인상은 음악이 주는 인상처럼 다른 매체를 통해 해석될 필요가 거의 없다. 확실히 샤르트르 대성당의 파사드에는 말로 표현할 수 없는 조화로움이 있다.

영국 성당도 그런 경향이 있듯이 출입문은 다소 낮지만, 나란히 선 세 개의 문에 조각을 새긴 깊숙한 틀을 집어넣어, 여러 겹 아치 모양의 홈 안에 아래쪽 머리를 밟고 선 근사한 작은 조각상이 가득하다. 북쪽 탑을 제외하면 현재 성당은 13세기 중반에 지어진 것이라 내부에 빽빽이 들어찬 인물상마다 당대의 기괴함이 그득하다. 세 부분으로 이루어진 입구 위쪽으로는, 역시 세 부분으로 나뉜, 위를 둥글린 거대한 유리창이 달려 있는데, 대단한 규모로 보기에도 웅장하다. 창문 위로는 역시 어마어마한 둘레의 거대한 둥근 창문이 있다. 바큇살처럼 중앙에서 뻗어 나가는 두 겹의 조각장식이 높은 석조건물에 자리해서 그런지 마치 시간의 바퀴처럼 팽창하는 느낌에 상징성도 지닌다. 더 위쪽으로는 아름다운 처마장식을 받침 삼아 세워진, 섬세한 난간이 딸린 좁은 발코니가 양 탑 사이로 건물 전면을 가로지른다. 처마장식 위 난간에는 벽감이 있고 그 안에 왕의 조각상들이 자리를 잡고 있다. 열다섯 명일 것이다. 그 위의 박공 안에는 아기 예수를 안은 성모마리아상이 있고 꼭대기에 예수상이 있다.

이 모든 부분들이 얼마나 절묘하게 어울리는지, 한쪽으로는 시선이 닿는 곳마다 커다란 빈 공간이 수없이 펼쳐지는데 다른 쪽의 모습은 그런 빈곤함과는 거리가 멀다. 방금 언급한, 왕의 조각상 아래쪽의 좁은 발코니가 특히 내 마음을 끌었다. 워낙 높은 곳에 위치하고 있으니 실제 쓸모는 없지만, 다른 용도라면 왕의 조각상이 내려와 돌아다니라고 만들었을 법하다. 장엄한 파사드가 늦은 오후 햇빛을 받아 환히 빛날 때면, 그들이 짝을 지어 긴 발코니를 오르내리고, 난간에 팔을 얹고 돌 뺨을 손에 괸 채, 저 멀리 한때 자신들이 통치했지만 이제는 다 사라져버린 옛 프랑스 왕국의 풍경을 텅 빈 눈으로 내다보지 않을까 하는 상상이 든다.

대성당의 위대한 탑 두 개는 같은 부류의 탑 가운데서도 으뜸이다. 견고하고 단순한 탑이 얼마나 까마득히 솟아 있는지 눈으로 쫓기도 만만치 않다. 그러다가는 문득 화려하고 아름다운 건축적 곡예를 보여준다. 나중에 16세기에 지어진 북쪽 첨탑이 특히 그렇다. 비교적 차분한 다른 첨탑에 비해 이 첨탑은 꽃다발처럼 조각된 돌이 위로 갈수록 뾰족해지는 모양새다. 조각상과 버팀벽, 괴물 석상, 아라베스크 무늬와 덩굴무늬 장식을 층층이 연이어 쌓아 올려, 눈으로 그걸 쫓다 보면 결국 각각은 보이지 않고 일종의 건축적 레이스 장식을 떠올리게 된다. 건물 전면 다음으로 샤르트르 대성당의 자랑이라 할 것은 어둑한 현관을 앞에 둔, 세 부분으로 이루어진 익랑[1]의 두 출입문인데, 그 역시 온통 조각으로 가득하지만 여기서는 이를 자세히 소개할 겨를이 없다. 대성당의 옆면 어디를 보더라도 세월에 닳아진 조각들이 벽감 안에 있거나 밖에 솟아 있다. 밖으로 튀어나온 버팀벽의 전면마다 하나의 조각이 있는데 세월에 깎여 나가 모양을 분간할 수 없다.

규모와 장대함에서 성당 내부도 외부에 뒤지지 않아 전성기 고딕 건축의 완성을 보여준다. 하지만 견디기 힘들 정도로 추워서 재빨리 둘러보기만 했다. 봄에 쫓겨난 겨울이 어디로 가나 궁금했다면 그 답이 될 만했다. 겨울이 이곳 샤르트르 대성당으로 몸을 피한 게 아닌가 싶었으니까. 충분히 넓은 공간이니 다시 안전하게 밖으로 나갈 때까지 추위가 자기 상태를 그대로 잘 유지하고 있을 만했다. 예전에도 추운 교회나 성당에 들어가본 적이 있다고 생각했는데 웬걸, 어느 것도 샤르트르 대성당의 냉기에는 명함도 못 내밀 터였다. 신랑[2]에는 그 지역 중산층 신도를 위한 푹신한 작은 의자들이 가득 놓여 있었는데, 그들의 평안을 위해 바라건대 지금도 신앙심이 여전히 좋았던 옛날의 붉게 달아오른 안색이기를. 조금만 덜 추웠더라도, 어둑하고 싸늘

1 transept. 십자형 교회 건물에서 좌우 양측의 팔에 해당하는 부분을 가리킨다.

2 nave. 중앙 회랑에 해당하는 교회 건물의 중심부로, 익랑과 십자 형태로 교차한다.

한 공기 속에서 보라색과 오렌지색이 섞인 겨울 노을처럼 빛을 내던 휘황찬란한 스테인드글라스와, 성가대석을 둘러싼 어마어마한 조각 장식에도 마땅한 관심을 기울였을 텐데.

성가대석은 정말 보기 드문 작품이다. 성가대를 둘러싼 고딕식 칸막이에, 예수와 성모마리아 생애의 몇몇 장면들을 재현하는 16세기와 17세기의 정교한 얕은 돋을새김 장식이 가득하다. 멋진 조각도 여럿이고, 마치 은 사발에 조각을 한 듯한 반원형 구조물의 전체적인 효과는 더할 나위 없이 훌륭했다. 무척 오래된 지하실도 있고 분명 아주 볼 만한 곳일 테지만, 그쪽으로 안내하겠다는 성구 관리인에게 공손히 거절을 표하듯 추위로 이가 덜덜 떨렸다. 다시 따스한 바깥 공기로 나서니 얼마나 푸근하고 좋던지 그 이후로 내내 밖에만 머물렀다.

대성당을 빼면 샤르트르에는 진귀한 건축적 보물은 없지만, 가난에 찌든 누추한 삼류 수준에서나마 아름다운 장소라 공들여 살펴보니 보람이 없지 않았다. 16세기에 지어진 작은 생뻬냥 교회가 있는데, 쇠락한 모습의 파사드에 한쪽으로 지붕보다 낮은 작은 탑이 닮지 않은 쌍둥이처럼 하나의 긴 버팀벽으로 지붕에 연결되어 있다. 풀이 뒤덮인 일종의 벽감 속, 허물어져가는 르네상스 시기의 문간에 선 그것을 보니 이탈리아의 작은 마을에서 관광객들이 마주치곤 하는 건축물이 떠올랐다.

샤르트르의 거리는 대부분 가파른 언덕을 감아 오르는 구불구불한 길이다. 언덕 꼭대기 대여섯 군데에 작은 광장이 있는데, 그곳을 관통하여 흐르는 적막함과 따분함이 저수지처럼 고여 있다. 한 곳에는 제1공화국의 마르소 장군을 기리는 오래되고 지저분한 벽돌 오벨리스크가 서 있다. "16세에 군인이 되고 23세에 장군이 되고 27세에 사망하다." 이런 기념비를 예기치 않게 마주치면 마치 고요한 호수에 돌을 던진 듯 동그란 파문을 겹겹이 이루며 감정이 퍼져나간다.

샤르트르는 유구함의 인상을 주지만 그것은 세상에서 영락한 유구함이다. 여느 지방 도시마다 조용한 거리에서 멋진 모습을 자랑하는, 전면에 붙임기둥을 붙인 위풍당당한 작은 호텔은 찾아보기 힘들었다. 집들은 대개 작고 야트막하고 지저분해 보였다. 닳고 닳은 뾰족한 박공이 솟아 있고 위층이 돌출된 복층집들은 많지만 특색은 별로 없다. 프랑스나 영국의 작은 마을을 찾은 미국인이라면 으레 그렇겠지만, 엄청난 수의 상점과 번쩍거리는 그 외양은 놀랍기만 하다. 물건을 사려는 사람은 보이지도 않는데 너무 과하지 않나 싶다. 샤르트르에서는 상점들이 서로를 먹여 살리는 것이 틀림없다. 누가 사는지 모르겠지만 다들 물건을 파니 말이다.

인구가 몇 백 명 정도인데, 풍파에 시달린 눈썹 위로 예스러운 흰색 두건을 바투 잡아맨, 얼굴에 주름이 짜글짜글한 칠팔십 대의 가무잡잡한 농부 아낙네들이 대부분이다. 매일매일 한 조각의 빵을 얻으려 기를 쓰는 일이 사람을 아름답게 만들진 않으니, 세계 어디를 가건 노동에 찌든 할머니들은 아름다움과 거리가 멀다. 하지만 난 지금껏 샤르트르의 노파만큼 여성의 외양적 추함을 온갖 가능한 다양한 양태로 나타낸 경우를 본 적이 없다. 프랑스 하층 계급 아이들이 주로 입는 검은 앞치마를 두르고 꼭 끼는 검은 모자를 쓴 어린아이들의 손을 잡고 가는 노파들도 있었다. 그런 복장을 한 프랑스 아이들은 언제 봐도 고아처럼 보인다. 작은 당나귀를 끌고 돌길을 지나는 노파들도 있다. 작은 수레를 묶어 끌고 가기도 하고 그냥 등에 짐을 얹고 가기도 한다.

　샤르트르에서 본 네 발 달린 짐승이라고는 당나귀뿐이었다. '대 군주'와 '샤르트르 공작'이라는 이름의 두 여관의 다인승 마차가 서로 질세라 역에서 중앙광장을 사이에 두고 상대를 노려보고 있는 것을 보았을 뿐 달리 말이나 마차도 보지 못했다. 한 친구가 들려준 이야기에 따르면 몇 년 전 어느 날 밤에 샤르트르를 지나가는 길에 그곳에 사는 신사를 방문한 일이 있었다고 한다. 그사이 비가 억수같이 쏟아져 그 집을 나서려 하니 길이 물에 잠겨 다닐 수가 없었다. 탈것이라고는 없었으므로 그 친구는 다 젖어도 할 수 없겠거니 했다. 그때 집주인이 점잖게 이렇게 말했다. "당연히 가마를 타고 가면 되지." 가마가 대령했는데, 하인 몇 명이 자루를 붙잡고 친구가 들어가 앉았다. 그렇게 흔들거리며 '대 군주' 여관으로 되돌아—지난 세기로—갔다. 어쩌면 샤르트르의 삶에서는 여전히 이런 장면을 마주칠 수 있을 것 같다.

저녁식사 전에 마을을 둘러싼, 초목이 우거진 산책로—'마을 둘레길'이라고 부른다—를 걸었다. 대부분 무척이나 아름다운 풍경이었다. 샤르트르 성벽은 전체적으로 소실되었지만 군데군데 남아 마을을 그럭저럭 하나로 묶어주는 역할을 한다. 한군데는 특히 웅장했다. 미끈하고 단단하고 높은 성곽을 담쟁이가 뒤덮고, 위쪽으로는 오래된 수도원과 정원이 자리하고 있다. 성문은 하나만 남아 있다. 14세기에 지어진 좁은 아치형 문 양옆으로 멋진 원형 탑 두 개가 서 있고 앞쪽에는 해자가 있다. 그바깥쪽에 서서 약간 몸을 숙이면 백발의 이 오래된 아치가 마을 내부를 담는 최고의 액자가 되고, 안쪽 언덕 꼭대기에 서면 그안으로 푸른 하늘을 배경으로 한 거대한 회색빛 대성당이 보인다. 해자에는 물이 가득하고, 허물어져가는 성벽을 따라 좌우로 흐른다. 벽을 뚫고 가옥의 추레한 뒷면이 튀어나와 있는데, 벽에 작은 나무 발코니를 덧붙여 마을 빨래터로 쓰고 있다. 발코니에 바글바글한 세탁부들이 목을 길게 빼고 색색의 빨래를 누런 물에 담갔다 뺀다. 여기저기 끊어지고 땜질한 성벽과 가장자리에 잡초가 우거진 해자, 군데군데 눈에 띄는 색깔과 작은 나무 우리에 갇힌 흰색 모자를 쓴 세탁부들, 이 모든 광경을 발길을 멈추고 잠시 바라본다.

에트르타

트루빌에서 불로뉴에 이르는 노르망디와 피카르디의 해안
에는 '바닷가 기차역'이 연이어 있고 각자 특별하게 관광객의
마음을 끈다. 매력의 근거가 딱히 명백하지 않은 경우도 몇 있
다. 하지만 그곳에 도착했을 때 관광객들의 기운이 떨어졌다면,
그곳의 전반적인 물가도 떨어져 있다는 사실이 매력의 근거라
하겠다. 트루빌이나 디에프처럼 비싸고 화려한 장소도 있고 엔
캄과 카부르처럼 값싸고 을씨년스러운 장소도 있다. 그렇다면
값싸면서 쾌적한 곳도 있을 텐데, 내가 지금 이 글을 쓰고 있는
수수한 해변에서도 이런 특성의 유쾌한 조합을 찾아볼 수 있다.

에트르타(Étretat)에서는 가장 멋진 절벽 풍광—나 역시 그
것을 직접 보는 행운을 누렸다—을 즐길 수 있고 하루에 5프랑
반이면 좋은 호텔에서 아침과 저녁 식사를 할 수도 있다. 시내
의 정육점이나 제과점이나 구두수선집 위층에 방을 구할 수도
있는데, 가격이야 흥정하는 능력에 따라 다르겠지만 어떤 경우
라도 터무니없이 비싸지는 않다. 게다가 에트르타에서는 달리
돈 쓸 일이 없다. 오래된 옷을 입고 캔버스 신발을 신고 어부 모

자(흰색 플란넬로 만든 모자라면 시원하고 편리하고 보기에도 좋아서 나무랄 데가 없다)를 머리에 얹고, 자갈이 깔린 물가에 누워 절벽과 파도와 해수욕하는 사람들을 바라보며 하루의 대부분을 보낸다. 저녁에는 카지노 테라스에서 지인들과 담소를 나누거나 수도승처럼 시간을 보낸다.

에트르타는 관광지로 무척 유명하고 그럴 만도 하지만, 이 소박한 생활방식이 쇠퇴하는 징후, 그러니까 호화로움이 밀고 들어온다는 위협은 감지되지 않는다. 약간의 호화로움이라면 들어와도 별로 해롭진 않으리라. 우리가 지금까지 설탕 그릇에 비누를 보관하거나 열쇠로 문을 잠그는 대신 문 앞에 작은 돌을 놓고 살지 않았다면, 그건 결국 괜한 편견 탓임을 곧 깨닫겠지만 말이다. 파리의 시각에서 보자면 에트르타는 확실히 원시적이지만, 생활하기 불편하다는 경고를 듣고 찾은 '여름 휴가지'가 그렇게 세심하게 지정되고 조직되어 있는 것을 보고 미국인의 입장에서 기분 좋은 놀라움이 없다면 그건 가식일 것이다. 에트르타가 원시적일지는 모르지만 어쨌든 프랑스에 속해 있고, 따라서 에트르타는 '잘 관리되어' 있다.

프랑스 해수욕장이 대부분 그렇듯이 이곳도 역사는 짧다. 이십 년 전만 해도 이곳엔 어촌의 오두막이 옹기종기 모여 있었다. 예술가와 문학인 한 무리가 처음 들어와 정착했고, 알퐁스 카[3]가 그 열정적인 대변자였다. 속된 말로 하자면 그가 에트르타의 상품가치를 높였고, 현재도 이곳의 수호신이 되어 전설 속에서 살아간다. 시내 중심 도로에 그의 이름을 붙였고, 유명한 여관—고전적인 블랑케 호텔—의 박공에 달린, 색을 입힌 둥근 장식에는 짧게 깎은 머리에 턱수염을 길게 기른 그의 모습이 그려져 있다. 그의 사진과 생가 그림도 상점마다 잔뜩 쌓여 있다. 정령을 불러낸 마술사처럼 그는 허리 숙여 인사한 뒤 물러갔다. 하지만 예술가 동료들과 제자들이 여전히 출몰하고 또한 이곳은 연극계 인사들이 총애하는 곳이기도 하다. 그중에는 월계관을 쓰고 은퇴하여 이곳 빌라를 차지한 이도 서너 명 된다.

지금 이 글을 쓰는 내 방의 열린 창문으로, 옹기종기 모인 깨끗한 지붕들 너머 절벽 정상에서 마을까지 이어지는 산비탈의 초록색 옆면이 내다보인다. 오른쪽으로는 폭풍에 뒤틀린 오랜 참나무 수풀의 위쪽이 보인다. 수풀 한가운데에 갈색을 띠는 오래된 농장이 있다. 그러고는 매끈한 윤곽의 산비탈이 이어진다. 양옆으로 군데군데 낮은 관목이 있고 길은 주름살처럼 구불구불 이어지는데, 그 길을 따라 여기저기 밝은 색의 형상이 움직인다. 왼쪽으로는 절벽 가장자리 위편으로 어부들이 기리는 성모마리아가 모셔진 황량한 작은 예배당이 서 있다. 바로 그 지점에서 굴뚝 하나가 중뿔나게 솟아나 깎아지른 절벽 방향의

---

3   Jean-Baptiste Alphonse Karr. 19세기 프랑스 비평가, 소설가.

시야를 가로막아서, 저 멀리 띠 모양의 푸른 바다와 함께 절벽의 하얀 뺨만 살짝 보일 뿐이다. 그 왼쪽 옆모습이 환상적으로 멋지다. 하지만 걸림돌 없이 직접 보고 싶다면 가는 길도 멀지 않다.

모든 건물이 상점이고 상점마다 위층에 하숙집이 있어 하숙인이 사다리를 올라가 바닥 문을 통해 침대로 기어 올라가야 하는 알퐁스카 거리를 따라 삼 분만 걸으면 깎아지른 절벽과 에트르타의 이국적 삶이 펼쳐지는 자갈 깔린 자그마한 만에 닿는다. 만의 한쪽 끝으로는 옆면에 녹색 칠을 하고 검은색 돛을 단 소형 어선이 돌 위에 비뚜름하게 서 있다. 다른 쪽 끝에는 카지노가 있고, 그 앞쪽으로 비탈진 해변 위에 탈의장이 두세 줄로 늘어서 있다. 이 해변을 에트르타라고 해도 되겠다. 얼마나 가파르고 돌이 많은지 돌아다닐 수가 없다. 딱 하나 할 수 있는 일이라면 돌 사이에 캠핑의자를 잘 세우거나 자갈 사이에 앉을 만한 자리를 찾은 뒤 정해진 그 자리를 지키는 것이다. 하지만 에트르타에서 평온한 즐거움을 누리고 싶다면 가장 소중한 장소가 바로 그곳이다.

프랑스 사람들은 우리 식으로 해변에서 지내지 않는다. 그러니까 바라보거나 몸을 담그거나 발을 담그는 곳, 해수욕할 만한 시간에만 활기로 북적이다가 나머지 시간에는 자연의 고적함이 내려앉는 그런 곳으로 여기지 않는 것이다. 프랑스 사람들은 해변을 사랑하고, 추앙하고, 소유하고, 일용할 양식처럼 여긴다. 이곳 사람들은 아침부터 밤까지 해변에 앉아 지낸다. 온 식구가 파라솔과 담요와 책과 일거리를 들고 일찌감치 나와 자리를 잡는다. 여성들은 햇빛에 그을려도 개의치 않는다. 남성들은 연신 담배를 핀다. 아이들은 뾰족뾰족한 자갈 위에서 몸을 굴리며 어린 매처럼 태양을 쏘아본다. (내 눈에는 아이들이 좀 불쌍하다. 나무 삽이나 양동이도 없고, 삽으로 파고 뒤적거릴 모래도 없으니. 도랑이나 운하를 만들 수도 없고, 파도가 밀려와 그것들을 다 쓸어버리고 밀려가는 것도 볼 수 없으니.)

주로 하는 일로 가장 신나는 오락은 해수욕인데, 민족 고유의 특성을 예의 주시하는 이방인의 눈에는 특히 재미난 면(볼거리라는 측면에서)이 많이 보인다. 프랑스 사람들에게 해수욕은 아주 진지한 일이다. 이는 저녁시간에 카지노에서 열리는 희극 오페라 관람과 더불어 가장 선호하는 자연과의 교감 방식으로 꼽힌다. 해수욕하는 사람과 구경꾼들이 품위를 지키며 뒤섞여 있다. 황금시대의 자유분방함에 버금간다. 해변 전체가 대가족 파티가 되고 감미로운 친숙함이 가득하다. 이런저런 의상이 있지만 편안하기로 치면 잔뜩 껴입은 것보다는 최소한만 걸친 쪽이 낫다. 다들 짧은 흰색 천을 두르고 탈의실에서 나와, 천을 돌 위에 깐 뒤 물에 들어가기에 앞서 몇 분간 바람을 쐰다. 프랑스에서는 만사가 그렇지만 해수욕도 훌륭하게 관리가 되어 있어서,

오두막에서 나오는 순간부터 부모처럼 관장하는 정부의 견고한 손길을 느낄 수 있다. 정부는 무슨 일이 있어도 당신의 경솔함을 승낙하지 않을 것이다.

해변에는 해왕(海王)의 귀한 자손들—완전히 양서류에 버금간다—이 예닐곱 명 있어서, 이곳을 처음 찾은 사람을 즉시 불러서 수영을 할 줄 안다는 선서를 받는다. 수영을 못하는 사람이라면 여러 훌륭한 조언을 해준 뒤 물에 들어가 있는 내내 그들을 지켜본다. 게다가 무슨 일이든 부탁만 하면 다 들어준다. 머리에 물 한 양동이를 부어달라거나, 목욕 수건과 슬리퍼를 갖다달라거나 부인과 아이들을 물가로 데려다달라거나, 데리고 가서 물에 넣어주고 신나게 놀아주고 물속에서 잡아달라거나, 수영하는 법, 다이빙하는 법을 가르쳐달라거나, 한마디로 몸에서 물이 뚝뚝 떨어지는 보살핌의 천사가 되어 옆에서 지켜봐달라고 하면 다 해주는 것이다. 해변에서 얼마 떨어지지 않은 바다 위에 또 다른 다양한 바다 신들이 올라탄 보트 두 척이 있는데, 한결같이 그 자리를 지키면서 누구라도 너무 멀리 헤엄쳐 나오면 자기들이 모욕당한 듯이 군다.

프랑스 사람들은 대체로 수영을 아주 잘하기 때문에 멀리까지 나갈 온갖 구실이 있다. 남녀노소를 막론하고 다들 수영을 하고, 게다가 아무리 해도 지치지 않는다. 여성들의 용맹함은 특히 놀라웠다. 물 속에 높이 솟은 바퀴 모양 구조물 위에 달아놓은 두 개의 긴 다이빙보드에서 얼마나 깔끔하게 다이빙을 하는지 모른다. 해변에 비스듬히 기대 앉아 있다가, 자기 객실에서 나오는 아무개 양―무대 위에 등장했을 때 박수갈채를 보냈을 팔레루아얄 극장의 배우―을 우연히 볼 수도 있다. 그가 입은 수영복은, 하의만 보자면 내가 최소한이라고 했던 수준에도 한참 모자란다. 걸리적거릴 것 없이 드러난 팔다리를 살피며 해변으로 내려온다. "이 정도면 괜찮지 않아, 응?" 그렇게 말하고는, 거대한 시소처럼 한쪽 끝이 치켜 올라간 채 바닷물 위로 튀어나와 있는 다이빙보드 위를 잰걸음으로 걸어간다. 잠깐 균형을 잡고는 공중으로 펄쩍 뛰어올라 비할 바 없이 우아하게 공중제비를 넘고는 떨어진다.

팔레루아얄 극장의 유명배우는 이후 한 시간 동안 오 분 간격으로 이 연기를 반복하고, 당신은 조약돌을 물속으로 던져 넣으며 신기하고 미묘한 이런 문제를 곱씹어보게 된다. 몸을 대충 가리는 딱 달라붙는 옷가지 하나만 걸친 숙녀가 삼백 명이 지켜보는 앞에서 거꾸로 물속으로 곤두박질을 하는데도 그것이 예의범절에 전혀 어긋나지 않는 이유가 뭘까? 허공에서 몸을 뒤집어 머리가 위를 향하는 오 초쯤의 순간에만 부적절함이 생겨나는 것은 왜일까? 그 논리는 불가사의하다. 머리카락 한 올의 선으로 흑백이 갈라지는 것이다. 하지만 머리카락을 사이에 두고 한편에 미덕이 있고 다른 편에 악덕이 있다는 사실은 엄연하다. 다만 이곳에서 보내는 나날은 워낙 고요하고 환해서, 그 대기와 바닷물에 푹 잠기면 악덕도 묽어지면서 결백한 순수함이 되는 것 같다.

바다는 사파이어를 녹여놓은 듯 짙푸르고 경계를 이루는 바위투성이 흰 절벽이 은빛 액자를 이룬다. 다들 즐겁고 태평하고 온화하다. 해수욕을 즐기는 사람들은 인어처럼 편하게 물속에서 노닌다. 두 대의 경비보트를 탄 남자들이 발가벗은 것이나 다름없는 통통하고 발그레한 아이들 한 무리를 태우고 있다. 보트의 낮은 돛대 꼭대기에 화려한 끈과 대충 만든 꽃다발이 달려 있다. 보트 주위로 사람들이 물속에서 들락날락하면서 아이들과 장난을 친다. 이따금 잘 어울리는 몇몇 자세로 보트 옆면에 매달리는데, 그걸 보고 있으니 스틱스강 카론의 나룻배에 단테와 베르길리우스가 서 있고 지옥에 떨어진 자들이 배에 기어올라가려고 기를 쓰는 광경을 그린 외젠 들라크루아의 그림[4]이 낙원의 강물을 배경으로 다시 그려진 게 아닌가 하는 상상이 든다. 헤엄치는 사람들은 지옥이 아니라 천상으로 가는 사람들이고 야단스러운 프랑스 아가들은 아기천사인 식으로.

에트르타의 카지노는 대단하지는 않지만 꽤 괜찮은 건물이다. 해변 바로 위에 아주 널찍한 테라스가 있고 카페와 당구장,

4 〈단테의 배〉(La Barque de Dante, 1822)라는 작품이다.

그리고 극장이나 독서실이나 응접실로 사용할 수 있는 무도회장도 있다. 금빛을 칠하지도 않았고 거울도 없지만 안목이 아주 훌륭하다. 특히 무도회장은 솜씨가 일품인데 색을 입히지 않은 목재와 훌륭한 비율만으로 근사한 분위기를 연출한다. 그 주에 사흘 저녁은 금발의 청년이 하얀 넥타이를 매고 그랜드피아노로 왈츠를 연주한다. 하지만 젊은 프랑스 여성들은 공적인 장소에서 춤추는 일이 허용되지 않기 때문에 미국적인 '무도회' 분위기는 아니다. 다들 아쉬운 표정으로 각자의 모친 곁에 앉아 있을 뿐이다. 깜찍한 열일곱 살 소녀들이 붙박이처럼 가만히 앉아 있는 '무도회'를 상상해보라. 흥겨움의 임무는 서너 명의 발그레한 영국 처녀들과 역시 서너 명의 미국 처녀들이 맡는다.

또 다른 저녁에는 시시한 오페라 극단이 가벼운 가극 공연을 했는데 그것을 즐기는 특권은 카지노에 등록된 사람만 누릴 수 있다. 종소리와 함께 프랑스 사람들은 신이 나서 서둘러 입장하지만(7월과 8월에 매주 네 번씩이나!) 난 그 공연을 기록할 수가 없다. 간혹 환한 창문을 들여다보면, 저 멀리 조그맣게 보이는 무대 위로 짧은 치마를 입은 젊은 여성이 한 손은 가슴에 대고 다른 손은 앞으로 뻗는 모습이 눈에 들어올 뿐이다. 불쾌한 뜨거운 공기를 뚫고 빠른 꾸밈음이 유령처럼 희미하게 다가온다. 난 몸을 돌려 테라스로 걸어 나가 별에게 들려주는 바다의 노랫소리를 듣는다.

에트르타에는 테라스가 아니라도 낮 시간에 다닐 수 있는 산책로들이 있고, 멋진 절벽을 어느 정도 기리지 않고는 이곳에 대한 설명이 온전하다고 할 수 없다. 에트르타 절벽은 내가 지금껏 보아온 어느 절벽보다 아름답다. 작은 만의 양 끝에 자리한 환상적인 '바늘' 바위와 버팀벽 바위가 무심한 에트르타를 대단히 특별하게 만든다. 모래사장도 없는 해변인데, 자연을 사랑하는 마음이 한결같은 사람들은 길게 뻗은 무료한 자갈해변도 마다하지 않고 절벽 바로 아래까지 걸어가 고요한 동굴과 바닷물에 갈색으로 멋지게 물든 움푹한 장소를 찾는다. 바로 밑에서 올려다보면 절벽은 어마어마한 모습이다. 알프스에 버금가는 자세로 고개를 꼿꼿이 세우고 있다. 놀랍도록 희고 곧고 매끈하다. 옅은 색에, 세월이 흐르며 누르스름해진 대리석의 표면을 지녔고, 정상 부근 여기저기가 예스러운 첨탑이나 포탑처럼 불쑥불쑥 솟아 있다. 그러나 아래에서 올려다보는 것보다는 정상이 훨씬 더 좋다. 정상에 오르면 산들바람이 불고 수 마일에 걸친 잔디 깔린 내리막을 걸어 내려갈 수 있다. 육지 쪽으로는 오래된 농장을 둘러싼, 바닷바람에 덜 자라고 뒤틀린 숲(이곳 농장은 어느 곳이나 마치 잠자는 숲속의 공주의 성처럼 멋지게 숲의 품에 안겨 있다)이 있고, 내려가는 길에 풍파에 시달려 검게 탄 늙은 양치기와 양떼(그들이 나누는 대화, 그러니까 양치기가 떠드는 말은 아주 유쾌하다)라든지 바다 쪽으로 깊이 팬 골짜기를 종종 마주친다. 그

초록 골짜기 아래로는 바닷바람을 막으려 촘촘히 심은 나무가 둥글게 감싸는 아주 작은 농촌마을이 있다. 그렇게 남쪽이나 북쪽으로 가면 막힘 없이 르아브르나 디에프로 이어진다.

/

2부

/

이탈리아에서

여행이란 연극을 보러 가는 일

다시 찾은 이탈리아

토리노

나는 의회를 새로 구성하기 위한 선거(10월 14일에 있었다)가 끝날 때까지 파리에서 기다렸다. 그러니까 마크-마옹 대통령[1]과 내각이 각각 공식 후보의 흰 딱지를 목에 걸고 마치 오글오글 무리지은 양떼를 몰듯 프랑스 국민의 표를 몰아가려 했던 유명한 시도가, 그 과정에서 나타난 엄청난 정력을 봐서는 충분히 성공했을 법도 하건만 결국 성공에 이르지 못했다는 사실을 확인할 때까지 말이다. 그런 연후에야 안도의 한숨을 내쉬며, 동조하듯 머물러 공화당에 건네졌을 지지를 거둘 수 있었다. 진지

---

1 Patrice de Mac-Mahon. 프랑스의 장군이자 정치인으로 1875~79년에 제3공화국의 대통령을 역임했고, 국민의회와 갈등을 일으키다가 1877년 선거에서 공화파에 패하면서 79년에 사임했다.

하게 말해서 날씨 역시 환상적이었다. 센강 변을 미처 벗어나기도 전에 이탈리아에 있는 듯한 환상이 일어났으니까. 날마다 금빛 햇살이 대기에 가득했고, 파리의 '아름다운 동네들'의 백묵같이 창백한 거리조차 가을날의 무지갯빛 경치를 보여주었다. 유럽의 가을 날씨는 워낙 고약할 때가 잦아서, 공정한 미국인으로서는 비가 오지 않는 화창한 시월을 굳이 끄집어내기엔 양심이 편치 않다.

시간을 덜 들이는 방식을 택해 토리노(Torino)로 출발한 이후에도 선거 기간의 갈등의 여운이 한동안 가시지 않았다. 잠을 잘 만한 편의가 제공되지 않는 밤기차를 타고 파리를 떠나 토리노까지 가는 여정은 상당한 불쾌함과 매력이 특이하게 뒤섞여 있다. 사실 매력이 더 많을 것이다. 여정의 반에 해당하는 밤길이 가장 흥미롭지 않은 부분이니 말이다. 아침 햇살이 퍼질 즈음 쥐라 산맥의 낭만적인 협곡을 지나고, 퀼로트 역에서 카페오레를 커다란 잔으로 한 잔 마시고 나면 최고의 풍경을 기대하며 마음을 편히 가져도 된다.

파리를 떠나기 전 날, 토스카나의 별장에서 포도주 제조 과정을 보고 막 돌아온 프랑스 친구 한 명을 만났다. 그가 말하길, 이탈리아는 형용할 수 없을 만큼 멋지고, 반면에 선거 광풍에 휘말린 프랑스는 곰 사육장과 다를 바 없다고 했다. 그날 아침 몽스니 고개를 향해 가면서 거쳐간 지역은 곰 사육장일지는 몰라도 무척 아름다웠다. 날씨가 가물어 가을단풍이 선명하고 산뜻했고, 샹베리 근방 뽕나무 사이사이 낮게 걸린 포도덩굴은 산호와 호박으로 만든 기다란 꽃줄 같았다. 몽스니 터널을 지나면 나오는 국경 근처의 모단 역은 일처리가 엉망이었지만, 아주 성마른 관광객이라도 남쪽으로 내려가는 길에 마주친다면 사람 좋게 넘어갈 법도 하다.

어디나 북적거리고 다들 서로 밀치고 난리인데, 이탈리아 관세청 관리 앞에서 짐을 열어 보여야 하는 의무적 과정을 위해 마련된 시설은 필요한 것보다 너무 협소하다. 하지만 녹색과 회색의 후줄근한 제복을 입은 이탈리아 관리들이 서로 밀치며 줄을 이루어 움직이는 북쪽의 침입자들을 빈둥거리면서 지켜보는 모습에는 짜증을 누그러뜨리는 뭔가가 있다는 것이 내 생각이다. 여기서는 관리의 제복을 입었다고 해서 꼭 못된 성질을 지니게 되지는 않는다. 프랑스에서는 그런 생각이 들 때가 간혹 있지만 말이다. 월급도 제대로 못 받는 이 훌륭한 이탈리안 관리들은 웬만하면 무게를 잡는 법이 없어서, 무슨 질문을 하든 그 대답 안에 칼이나 단추나 계급장의 기미가 느껴지지 않는다. 모단역을 떠나면 곧바로 기차는 당신이 원하는 이탈리아 지역으로 미끄러져 내려간다. 그 이후로는 서로 어깨를 맞대고 선 깎아지른 거대한 절벽을 따라 철도가 경이롭게 이어져 마침내 피에몬테의 고대 주도가 저 멀리에서 슬쩍 그 모습을 드러낸다.

토리노는 이렇다 할 명성이 없는 도시니, 고대의 도시라는 내 말에는 주관적인 감정이 지나치게 많이 개입된 것이다. 그 장소가 피렌체나 로마만큼 이탈리아 반도를 화려하게 대표하진 않지만 적어도 풍광에서는 뉴욕과 파리보다는 유구한 전통을 지닌다. 그래서 아케이드를 거닐며 저급한 상점 진열장을 들여다보면서도 나는 뻔뻔한 낙관론을 키우는 일을 주저하지 않았다. 상대적으로 말해서 토리노는 심금을 울리는 면이 있다. 융통성도 없이 직사각형을 고집하는, 추레한 치장벽토가 칠해진 집들이 잔뜩 모인 그곳에서 잔잔하고 깊은 즐거움을 느끼며 하루나절을 보낼 까닭은 결국 없겠지만 말이다. 까닭이라면 이탈리아의 오랜 미신 밖에 없지 않을까 싶다. 예술 애호가라면 다른 어느 곳보다 이탈리아에서 더 쉽게 만족감을 느끼게 되는 문자의 모양 자체가 지니는 특성, 무수한 심상을 일으키는 그 특성 말이다. 그 문자는 영원히 우리에게 속임수를 쓰는 무언가를 대표한다. 우리 정신을 홀려서, 토리노에서 우리 손에 억지로 쥐여주는 형편없는 장치도 믿게 만드는 것이다.

은은하고 따뜻한 공기와 들쭉날쭉하지만 또한 무척 조화로운 토속적 분위기를 감지하고, 오가는 훌륭한 토리노 주민의 관상과 태도를 알아채는 것을 충분한 기쁨으로 삼아 난 오전 내내 높은 포르티코(Portico, 열주회랑) 아래를 돌아다녔다. 예전에 읽었던 책을 다시 펼친 셈이었고, 그 문체에 여전한 매력이 있었다. 더 유쾌한 세상에 있는 것이다. 아주 빼어나게 아름답거나 신기한 것은 보이지 않았다. 하지만 양념이 아주 잘된 요리의 맛을 아는 사람이라면 한 입 집어 먹을 때마다 온갖 맛이 섞여 있는 것을 알 수 있다. 무엇보다 이탈리아의 문간에서 웅장한 전통적 건축 양식을 마주하는, 확실히 정의할 수 있는 견고한 즐거움이 다시 찾아온다.

숙소와 관련된 감각을 다시 찾으려면 직접 가봐야 한다. 유럽 북부 도시에는 거리 위쪽으로 솟은 조각장식의 박공이나 멋스러운 내닫이창, 지붕을 얹은 현관문, 우아한 비율, 섬세한 장식을 풍부하게 넣은 아름다운 주택, 고풍스럽고 희한한 주택들이 있다. 하지만 손꼽을 만한 오래된 이탈리아 팔라초[2]는 그 자체만의 고귀함이 있다. 벽의 칠이 다 벗겨지고 장식이라고는 없이 음산하기만 한 이탈리아 '궁전'을 보며 비웃기도 한다. 하지만 거기에는 높이와 크기라는 위대한 궁전의 자질이 있다. 겉보기에 그보다 작은 건물들이 모두 소인족의 집처럼 보이는 것이다. 거대한 아치를 세우고, 재료의 비용은 개의치 않는 우쭐함으로 군데군데 커다란 유리창을 집어넣는다. 거대한 기단, 대성당에나 있을 법한 출입문, 위쪽 높이 자리한 장식용 처마 등이 워낙 웅장하다 보니, 그와 대조적으로 실내 장식은 부분을 위해

---

2 palazzo. 박물관이나 주택으로 사용하는 크고 웅장한 건물.

전체를 희생하는 원칙에 따라 소박한 중산층다운 인상을 띤다. 그래서 실내에서 웅장함의 효과를 담당하는 것은 대개 가구들이다.

토리노에서 처음 내가 느낀 감정은 우리 민족의 조야한 건축 양식이 새삼 창피스럽다는 것이었다. 이탈리아 민족이 마음 깊은 곳에서 형식의 전통을 이어받지 못한 야만인이라며 다른 모든 인류를 멸시한다면, 그런 관념은 대체로 우리가 상대적으로 두더지 굴에서 살고 있어서 생겨났을 것이 분명하다. 스스로의 문명을 진정 건설했던 것은 오로지 그들뿐이었다. 처음 방문 때보다 다시 이탈리아를 찾았을 때 더 강하게 다가온 인상은, 위대한 예술의 시대의 풍요로움과 요즘 그곳의 천재들이 보여주는 천박함의 대비다. 이탈리아 땅에 발을 디디고 몇 시간 만에 그것이 되살아났고, 지금 거론하는 이 문제는 역사적인 맥락에서 보자면 정말로 특이하다. 불과 삼백 년 전에 세상에서 가장 뛰어난 안목을 자랑했던 이 민족이 현재는 최악의 안목을 보여주다니. 예전에는 가장 고상하고 아름답고 값비싼 작품을 생산해냈던 그들이 이제 보기 흉하고 시시한 물건 제조에 몰두하고 있다니. 미켈란젤로와 라파엘로와 레오나르도 다빈치와 티치아노를 지녔던 민족이 이제 삼류 풍속화와 돈벌이용 싸구려 조각상 말고는 이렇다 하게 내세울 만한 것이 없다니.

이런 질문들은 현재 이탈리아의 삶을 바라보는 관찰자에게 자주 당혹스러움을 안겨준다. 앞선 시대의 '위대한' 예술의 꽃이 아주 힘차게 피어나는 곳은 이제 세상 어디에도 없다. 하지만 옛날 이탈리아 천재성이 구현된 불멸의 작품의 그늘이 드리운 이곳만큼 기가 꺾이고 시들어버린 곳도 없다. 성당이나 미술관에서 눈부신 그림이나 정교한 조각상을 보며 상상의 나래를 펴다가도, 아름다운 과거로 인도했던 그 문을 나서자마자 형편없는 농담 같은 것을 마주치게 된다. 카펫이나 커튼, 질 나쁜 재료에 천박하고 야단스러운 색을 입힌 가구 전반에 이르기까지 당신이 묵는 숙소의 면면들도 그렇고, 상점마다 가득한 싸구려 물건들, 여성의 복색이 나타내는 아주 형편없는 안목, 카페나 기차역마다 해놓은 싼티 나고 조악한 장식, 예술작품이라고 내세우는 모든 것들의 가망 없는 시시함, 이 모든 현대의 조잡함이 위대한 시대의 유물 위에서 마구 날뛰는 것이다.

무엇이든 처음은 딱 한 번밖에 없다. 처음으로 새로운 기쁨을 맛보는 일은 딱 한 번뿐이다. 대체로 보자면 유감스러운 법칙만도 아닌 것이, 때로는 지나치게 즐기지 않음으로써 더 잘 아는 법을 배우기 때문이다. 하지만 흥미가 무궁무진한 이 나라를 찾아 즉각적으로 받은 감동의 열기가 다 가라앉았더라도, 결코 흥미의 잔을 다 들이마시지는 않았다는 것도 분명하다. 역사적이고 예술적인 이탈리아에 관심을 보인 후에 잠시나마 미래와 은행잔고를 위해 숨을 헐떡거리는 이탈리아를 떠올린다고 큰 해가 되지는 않을 테니까. 바이런과 러스킨의 방식, 영원히 우리와 붙어 있는 이탈리아 반도를 바라보는 그 예술적·시적·미적 방식과 꽤나 상충되는 열망이긴 하겠지만 말이다. 이탈리아의 현재 면모와 경제 사정이 추하고 세속적이라, 일기와 사진첩과 안 어울려도 너무 안 어울린다고 인정할 수는 있다. (반드시 그렇다는 말은 아니다.) 그럼에도 지금 상황에서 현대 이탈리아가 스스로를 강하게 내세우는 면이 있는 것도 사실이다. 이곳에 발을 들인 후 몇 시간 만에 그 진실이 사방팔방에서 몰려들었다. 한마디 더 덧붙이자면, 처음에 들었던 거슬리는 기분이 사라지자 나 스스로도 받아들일 수 있었다. 생각해보면 현재 젊은 이탈리아의 입장에서는 온 세상이 자신을 마치 물에 녹는 안료라도 되는 양 바라보니 진정 분노할 만하다는 사실만큼 이해하기 쉬운 것도 없기 때문이다. 정치적·경제적 미래에 열중하는 젊은 이탈리아는 자기 속눈썹이나 포즈에 쏟아지는 찬탄이 진정 신물 날 것이니 말이다.

새커리의 한 소설에는 젊은 화가가 '여관 출입문 앞에서 피리 연주자의 음악에 맞춰 트라스테베레 출신 여자와 춤을 추는 농부'를 재현하는 그림을 영국왕립학술원에 보내는 대목이 나온다. 지금까지 온 세상이 젊은 이탈리아의 적합한 재현으로 여겨온 모습이 바로 그런 태도와 그렇게 관습적인 장신구로 치장한 모습이니, 혈기왕성한 젊은이라면 종국에는 예술 애호가연하는 우리의 지긋지긋한 태도에 화가 치민다 해도 놀랄 일은 아니다.

이탈리아는 로마의 포폴로 문에서 밀비오 다리까지 전차를 놓았고, 내가 바라보는 이탈리아는 바로 그 민주주의적 교통수단을 타고 앞으로 뻗은 미래의 길을 의기양양하게 따라 내려간다. 그런 모습에 실제 내가 느끼는 이상으로 흐뭇해하는 시늉은 하지 않겠다. 감상적인 관광객들 말처럼 마치 그것이 음각세공물의 배경이나 로마산 스카프의 가장자리나 되는 양 그것을 '좋아하는' 시늉을 하진 않겠다. 좋든 싫든, 앞으로 이탈리아는 명백히 그렇게 될 운명이다. 내가 바라보는 미래의 새로운 이탈리아는 여러 중요한 면에서 미국의 사업 부문에 필적—능가하지는 못할지라도—할 것이다. 그때가 되면 아마 시카고와 샌프란시스코가 모델의 자세를 익히고 그 아들딸들이 여관 앞에서 춤을 출지도 모른다.

사정이 어떻게 되든, 구질서와 새로운 질서 사이에 이미 자리 잡은 간극이야말로 언제나 암시가 가득한 이 지역을 방문할 때마다 곧장 깨닫는 교훈이다. 구질서는 점점 더 새 질서 속에서 보존되고 영속되는 박물관이 되어가지만, 새 질서와 맺는 관계는 상점에 진열된 물건과 상점주인, 혹은 〈남부의 사이렌〉과 그 공연장 앞에 선 쇼맨의 관계—이 정도 관계도 상당하다고 인정해야겠지만—에서 더 나아가지 못한다. 요즘 이탈리아 도시를 돌아다니다 보면 향후 몇 년 동안의 모습이 눈앞에 떠오르는 순간이 한 번 이상은 찾아온다. 만족스러울 만큼 번영을 구가하는 통일된 이탈리아지만, 또한 완전히 과학적이고 상업적인 이탈리아.

우리가 감상에 젖어 낭만적으로 바라보는 이탈리아는 실은 열렬한 상업의 나라다. 아마 거래 장부에 대한 사랑이 덜하다기보다는 프레스코 벽화와 제단의 예술품에 대한 사랑이 더하다고 봐야겠지만 말이다. 상업으로 되찾은 이 낙원, 수많은 항구를 지닌 이 나라 여기저기에는, 세월이 가면서 칙칙해지고 습기가 차고 색이 바래고 떨어져나가는 어스레한 그림들이 줄줄이 자리를 잡은 아름다운 건물이 무수히 많다. 아름다운 건물 출입문 옆에는 작은 개찰구가 있고, 개찰구마다 제복 입은 사람들이 앉아 방문객에게 10페니를 받는다. 둥근 천장이 있고 프레스코 벽화가 그려진 방마다 수천 개 묘지 속에 묻힌 듯 이탈리아의 예술이 묻혀 있다. 관리도 잘 되고 있고, 끊임없이 모사되고 간혹 '복원'도 된다. 피렌체에 있는 안드레아 델 사르토의 아름다운 소년 그림의 경우처럼 말이다. 지금 우피치 미술관에서 볼 수 있는 그 그림은 고귀한 거뭇함이 상당히 벗겨진 채, 피부가 벗겨져 피가 흐르고 속살이 보이는, 뭔지 알 수 없는 모습이다.[3]

---

3 우피치 미술관에 있는 안드레아 델 사르토의 〈소년 세례 요한〉인 듯하다.

어스름이 은은하게 깔린 어느 날 저녁, 난 바로 그 피렌체의 근교를 둘러싼 언덕, 거대한 저택들이 안개에 잠긴 올리브나무와 어우러진 그곳으로 산책을 갔다. 곧 길이 세 갈래로 갈라지는 지점에 자리한 길가 제단에 이르렀다. 제단 안에는 옛날식으로 그려놓은 성모마리아가 있고 그 앞에 봉헌된 작은 촛불이 저녁 대기를 뚫고 희미하게 빛나고 있었다. 그 특정한 시각과 대기와 장소, 깜박거리는 양초와 그것을 지켜보는 사람의 감상, 살해당할 위기나 다른 위험에서 벗어난 누군가가 포도덩굴이 자라는 농장의 노란색 회벽 앞에 감사의 제단을 세웠을 거라는 생각, 이런 것들이 다 함께 작용하여 뭉클한 마음이 든 나는 경건하게 그쪽으로 다가갔다. 그런데 몇 걸음 다가가다 걸음을 멈췄다. 콧속으로 뭔가 어울리지 않는 냄새가 스며들었기 때문이다. 어느 정도 익숙하긴 하지만 지금껏 투박한 프레스코나 길가의 제단과 연관 짓지 않았던 어떤 향내가 저녁 공기에 가득했다. 의아한 마음으로 코를 킁킁거리자 어떤 상황인지 분명해졌다. 석유 냄새였다. 봉헌된 양초는 펜실베이니아에서 온 연료로 타고 있었다. 나도 모르게 껄껄 웃고 말았고, 마침 어둑한 길을 걸어 집으로 돌아가던 고풍스러운 복장의 농부가 내가 우상파괴자라도 되는 양 쏘아보았다. 내가 상상하기로 그는 석유라는 사실을 알아채더라도 사랑스럽게 그 냄새를 맡을 것이다. 하지만 내게 그것은 이탈리아 미래의 상징이었다. 포폴로 문에서 밀비오 다리까지는 마차가 달리고 토스카나 제단의 불은 석유로 밝혀지는 것이다.

제노바

앞서 토리노로 가는 일이 아주 좋았다면, 그다음에 제노바 (Genova)에 가는 일은 더 좋다. 제노바는 세상 어느 곳보다 지형학적으로 복잡하게 얽힌 도시라 두 번째 방문이라고 해도 그 문제 해결에 별 도움이 되지는 않는다. 구불구불하고 이리저리 꼬이고, 비탈을 이루며 올라가고 급히 치솟다가는 갑자기 급격한 내리막을 이루는 경이로운 제노바의 골목길을 돌아다니다 보면 스케치에 적당한 옛날 이탈리아의 모습에 정말 푹 빠지게 된다. 그곳의 자랑거리라면 엄청난 물량을 소화하는 항만인데, 그곳이 유럽의 주요 상업 교역지로 탈바꿈한 데는 도시의 개량과 확장의 용도로 사백만 달러를 남긴 고 갈리에라 공작의 유언이 틀림없이 커다란 공헌을 했을 것이다. 하지만 도착한 날 오후에 호텔을 나서서 도시의 구불구불한 샛길을 되는 대로 한참을 쏘다니던 나는 드디어 현대화가 거의 불가능한 것이 여기 있다고, 내심 의기양양하게 혼잣말을 했다.

우선 호텔부터 극히 재미있었다. '몰타의 십자가'라는 이름의 그 호텔은 그다지 깨끗하지 않은, 선박이 바글바글한 항구 바로 뒤편에 세워진 어마어마한 왕궁 안에 있다. 내가 들어가 본 가장 커다란 저택이었다. 1층만 해도 미국의 숙소 여남은 개 크기였다. 현관에서 미국 신사 한 사람을 마주쳤는데, 그는 골치 아픈 건물 규모에 짜증이 잔뜩 나 있었다(사실 충분히 그럴 만했다). 1층을 벗어나 위층으로 올라가는 데만 삼십 분이 걸린다며 그것이 제노바 숙박시설의 '타당한 본보기'인지 궁금해했다. 대체로 보아 그것은 제노바 건축의 뛰어난 사례인 것 같았다. 내 눈으로 확인한 바로는 어마어마한 규모의 이 숙박시설보다 눈에 띄게 작은 저택은 별로 없었다. 난 어둑한 무도회장에서 점심식사를 했다. 그곳의 궁륭천장에는 이삼백 년 전에 치명적인 재능을 가진 이가 프레스코 벽화를 그리고 금빛을 입혔는데, 그곳 창문으로 내다보이는 또 다른 고택의 전면도 마찬가지로 거대하고 마찬가지로 닳고 닳아서, 둘 사이에 쐐기처럼 박힌 컴컴한 공간—분명 제노바의 주 도로 가운데 하나일 것이다—이 아니면 구별할 수도 없었다.

아래쪽 어둑한 심연에서 덜거덕대는 소리, 터벅거리는 소리, 재잘대는 소리(뭔지 보려면 목을 길게 빼야 했다)가 끊임없이 올라왔다. 곧 그 협곡 같은 거리로 나서자, 진하고 낯선—그러니까 눈에 보이고 재생할 수 있는 '효과'라는 측면에서—요소에 턱밑까지 잠겨버렸다. 바로 그것을 맛보려고 이탈리아를 다시 찾는 것이다. 그런 요소가 그야말로 다양한 색채로 모습을 내보였는데, 참신함이나 순수함에서 두드러지지 않는 것도 몇몇 있었다. 그러나 그 모두가 결합하여 생겨난 매력은 불가항력적이었고, 그렇게 만들어진 그림은 남부 하층생활의 울창한 인간적 면모로 환히 빛났다.

앞에서 언급했듯이 제노바의 길은 정말 구불구불하고 종잡을 수 없다. 여남은 언덕의 중턱과 꼭대기 여기저기에 아무렇게나 펼쳐진 도시는 도랑과 골짜기를 이음새로 지니고, 유명세를 안겨준, 아주 어릴 적부터 들어왔던 왕궁들이 그 이음새마다 수두룩하다. 빛바래고 얼룩덜룩한 표정의 위대한 건축물들이 까마득히 높은 허공으로 커다란 장식처마를 내밀고, 뭐라 형용할 수 없는 쓸쓸하고 적막한 분위기로 서로 높이를 겨루며 반짝이는 따뜻한 지중해의 물결을 반사하는 듯하다. 건물들의 아랫부분과 맞닿은, 땅거미가 깔린 좁은 샛길마다 사람들이 끊임없이 오가고, 동굴 같은 문간이나 붐비는 어두컴컴한 상점 앞에 서서 서로 부르고 떠들고 웃고 한탄하며 대화를 즐기는 이탈리아의 방식대로 삶을 살아간다. 그렇게 도드라진 사교적 인상을 눈앞에서 본 것은 꽤 오랜만이었다. 서로 몸을 부대끼며 팔꿈치로 밀치거나 밀집한 장소에서 우르르 몰려나오는 모습도 오랜만이었다.

여행을 하다 보면 종종 있는 일이지만, 결국 새로운 형태의 인간 고통을 마주치고, 고된 노동과 궁핍, 굶주림과 슬픔과 추악한 노력이 인간 대중의 몫이라는 사실을 새삼 깨달으며, 과연 집 떠난 일―집이 어디건―이 잘한 일이었는지 자문하게 된다. 말하자면 여행이란 연극을 보러 가는 일, 대단한 장관을 보는 일이니, 이국의 거리에서 '성격'―이때 성격이 그저 약간 다른 복색으로 나타난 노동과 결핍일 뿐이라면―만 잔뜩 맛보게 되면 왠지 무정하다 싶은 것이다. 여러 색으로 얼룩덜룩하고 퀴퀴한 냄새가 가득한 어스름 속을 이리저리 거니는 내 머릿속으로 그런 생각이 밀고 들어왔다. 하지만 얼마 지나지 않아 더이상은 따라오지 않았다. 내 생각에, 전체적으로 봤을 때 이탈리아의 비참함을 다 합쳐도 이탈리아가 지닌 삶의 지혜를 다 합친 것보다 많지 않아서 그런 것 같다. 적어도 외국인의 눈으로 보자면 그렇다.

2펜스 동전에 그렇게나 밝게 활짝 웃으며 고마움을 표시한다는 것은 물론 극도의 극빈 상태가 늘 존재했다는 반증이다. 하지만 (밝은 표정을 염두에 두면) 그것은 또한 상황에 짓눌려도 침울해지지 않을 수 있는 부러운 능력을 증언한다. 얼토당토않은 허튼소리일 수 있다는 건 나도 안다. 우리가 이탈리아 사람의 미소라는 훌륭한 자질을 칭송할 때, 그런 경우의 반 정도는 골상학적으로 밝은 표정을 지닌 그들의 마음 상태가 사실 성마름과 고통에 시달리고 있을 수도 있으니 말이다. 외국 어느 곳을 가든 우리가 관찰하는 바는 극히 피상적이니, 그곳 주민들에게 그런 발언을 대놓고 늘어놓지 않아 다행이다. 그랬다면 우리가 뻔뻔스럽게 그려낸 황당한 그림에 그들은 분명 고함을 내질렀으리라.

일전에 산꼭대기에 자리한 고색창연한 옛 도시를 찾은 적이 있다. 발길 닿는 대로 다니다 보니 지금은 사용하지 않는 고대 성곽의 출입문에 닿았다. 출입문은 그 역할을 완전히 상실하지는 않았지만, 차량들은 대부분 산자락에 만들어진 새 도로의 출구로 드나들었다. 구절양장에 가파른 내리막을 수없이 거치며 평원 위로 이어지는, 풀이 웃자란 길은 이제 당나귀를 몰고 다니는 추레한 소작농이나 그 정도로 황폐해진 모습에도 기겁하지 않는 나그네들만 지나다녔다. 난 높이 솟은 낡은 출입구 그늘 아래 서서 풍경을 구경하며 감탄을 금치 못했다. 좌우를 둘러보며 삐죽삐죽한 절벽 가장자리에 자리 잡은 작은 마을의 멋진 성곽을 바라보고, 그 뒤로 둥글게 마을을 감싸는 산과 밤나무와 올리브나무 사이로 가파르게 이어지는 내리막길을 바라보았다.

눈에 보이는 사람이라고는 외투를 어깨에 걸치고 오페라 속 왕당파들처럼 모자 한쪽 끝을 접어 올린 채 터벅터벅 걸어 올라오는 젊은이 한 명뿐이었다. 게다가 그는 오페라 공연이라도 하듯이 노래를 부르며 올라왔다. 전체적인 광경이 오페라의 한 장면 같아서, 한껏 멋을 낸 노랫소리가 귀에 들어왔을 때 난 이탈리아에서는 우연히 마주치는 사건도 늘 낭만적이고 지금 눈앞에 펼쳐진 풍경에 딱 필요했던 것이 저 인물이었다고 혼잣말을 했다. 그는 방금 내가 이탈리아 사람들의 장점으로 들었던 삶의 지혜를 상당히 내비치는 것으로 보였다. 낡은 출입문에서 몸을 돌려 길을 되짚어 내려가는데 그 젊은이가 곧 나를 따라잡았다. 노래를 잠시 멈추고는, 꿍쳐놓았던 남은 시가를 피우고 싶은데 혹시 성냥이 있느냐고 내게 물었다. 그렇게 말을 주고받은 덕에 여관에 돌아가서 대화를 이어가게 되었다.

그는 그 옛 도시의 토박이라, 그곳의 예의범절과 관습, 여론의 추이 등을 묻자 기꺼이 답해주었다. 그런데 본인이 인정하기를 그가 현재 이탈리아 정부를 향한 증오심으로 가득 찬 침울한 급진주의자이자 공산주의자라는 것이 이 에피소드의 요점이다. 정제되지 않은 정치적 열정과 불만으로 열변을 토하며 이탈리아도 프랑스처럼 1789년 혁명이 일어났으면 좋겠다는 얼토당토않은 희망을 털어놓았고, 자신으로 말하자면 왕과 왕족의 머리를 치는 일에 기꺼이 가담할 마음이 있다고 주장했다. 그는 일이 없어 배를 곯는 불행한 젊은이로 만사에 매섭고 암울한 견해를 지닌 인물일 뿐, 오페라 배우처럼 보였던 것은 자신이 원해서 그런 게 아니었다. 그런데 내가 그런 인물을 아름다운 풍광의 멋진 장식품이자 중경(中景)에 그려진 잘 어울리는 인물로

만 보았으니 얼마나 터무니없는 일이었나. "망할 풍광, 망할 중경!" 그것이 그의 철학이었을 것이다. 어쩌다 그와 대화를 나누게 된 그 우연이 아니었다면 내 기억 속에서 그는 관능적 낙관주의의 본보기가 되지 않았겠는가!

그래도 나로서는 제노바의 골목과 항구를 따라 늘어선, 북적거리는 낮은 아케이드 아래에서 볼 수 있는 관능적 낙관주의가 상당 부분 진짜로 여겨진다는 말은 해야겠다. 이곳 사람들은 다들 근사하게 그을렸고, 남부 항구에는 〈마사니엘로〉의 합창단이 잔뜩 모여 있는 건가 싶게 특이한 유형의 인물들, 귀걸이를 차고 딱 붙는 진홍색 바지를 입고 웃통을 벗은 적갈색 피부의 선원들이 많으니까 말이다. 하지만 제노바에서 하층생활만 눈에 띈다는 식으로 말하면 그건 정당하지 않다. 세상에서 손꼽히는 위용을 자랑하는 가문이 살았던 곳이기도 하기 때문이다. 왕궁이라고 모두 어둑한 골목에 위치한 것도 아니다. 꽤 훌륭하고 인상적인 건축물들이 늘어선 몇몇 도로는 제대로 된 도로답게 사두마차를 몰고 커다란 출입구 앞까지 갈 수 있을 만큼 널찍하다. 많은 출입구들이 그냥 열려 있고, 머리를 들고 웅크린 자세의 사자 모양 난간이 달린 거대한 대리석 층계와 햇빛에 옅어진 노란색 벽으로 둘러싸인 의례용 마당이 들여다보인다. 늘어선 건물 가운데, 보기 좋은 붉은색으로 칠해진 건물에 이름난 가문이 거주한다. 실제로 건물 3층에 살고 있다. 이곳에는 금을 입히고 화려한 색을 칠한 훌륭한 방이 여럿 있는데, 궁륭천장에 축소된 프레스코 벽화가 가득하고 널찍한 벽마다 화려한 띠 장식을 둘렀다. 이곳에 거주하는 저명한 인물의 이름은 반다이크로, 브리뇰레-살레 귀족가문의 성원이다. 그 자손인 갈리에라 공작부인이 최근 팔라초로소 미술관을 제노바 시에 기증함으로써 상류층의 고결함을 증명해 보였다.

라스페치아

제노바를 떠나 라스페치아(La Spezia)로 갔다. 감상적인 순례가 주된 목적이었는데, 당시 상황이 그 목적을 이루기에 아주 적합했다. 라스페치아만은 현재 이탈리아 함대 사령부가 주둔한 곳이어서, 철판을 댄 소형 구축함 몇 척이 마을 앞쪽에서 정박한 채 오가고 있었다. 푸른색 플란넬 옷을 입은 젊은이들이 거리에 가득했다. 항구의 실습선에서 교육을 받는 젊은이들로, 달이 환한 저녁이면 지중해로 뻗어나간 작은 방파제가 수많은 이 젊은이들에게 오락의 장소를 제공했다. 하지만 별것도 아닌 예스러움의 정취를 간직한 사람의 시각에서나 그렇다. 라스페치아는 경제적으로 번창하면서 보기 흉해졌기 때문이다. 창도 없고 문도 없는 벽이 지루하도록 길게 뻗어 있고 아무 것도 없는 인공 대지가 펼쳐 있다.

젊은 이탈리아의 주들이 만들어낸 것마다 하나같이 내보이는 가공할 표정, 미국 서부 뺨치는 새로움의 표정이 거기에도 있다. 최근에 지은 거대한 숙소에서도 그것을 상쇄할 만한 점은 별로 찾을 수 없었다. 앞으로 5년은 더 있어야 그곳에 생길 '산책로'를 예상한 듯 해변에 바투 자리 잡은 숙소였다. 그때까지는 가장 원시적인 상태로 남아 있을 테지. 숙소에는 점잖아 보이는, 따분한 표정의 근엄한 영국인들이 가득했고, 당연히 야단스러운 프레스코 벽화로 치장된 응접실에서 성공회 예배가 있었다. 차를 타고 포르토베네레에 갔지만 그것도 딱히 즐거운 시간은 아니었다. 포도나무와 올리브나무 사이를 뚫고 언덕을 넘고 지중해를 옆에 두고 달려, 곳에 자리한 허물어져가는 기이한 작은 마을까지 갔는데, 이름만큼이나 근사하게 황량하고 무척이나 쇠락한 곳이었다.

마을 근교에 다 허물어진 교회가 있고, 전해 내려오는 이야기에 따르면 그 자리에 비너스 여신을 모시는 고대 신전이 있었다고 한다. 그렇게 훼손된 신전을 여신이 혹시 다시 찾는다면 햇빛이 넘실대는 고적함 속에 잠시 멈춰 서서 좁다란 곳 아래로 파도의 일렁임도 없는 바다의 속삭임에 귀를 기울일 것이 틀림없다. 비너스가 이따금 이곳을 찾는다면 분명 아폴로도 찾겠지. 신전 가까이에는 이탈리아어와 영어로 명문이 적힌 출입구가 있고, 그곳을 지나면 바위 틈으로 이상야릇한 동굴이 이어진다. 아무래도 영국에서 만든 것 같다. 명문에 따르면 수영을 좋아했던 위대한 시인 바이런이 "리구리아해의 파도에 맞섰던" 곳이 바로 여기라고 한다.[4] 흥미로운 사실이지만 대단한 건 아니다. 바이런은 늘 뭔가에 맞섰던 인물이니, 그런 일을 했던 곳마다 표지석을 세웠다면 유럽 여기저기에 마치 마일 표지석처럼 기념 평판이 빽빽이 놓이지 않았겠나.

아니, 내 시각에서 라스페치아의 가장 큰 장점은 내가 멋진 시월 오후에 보트를 빌려 직접 노를 저어 만 건너편의 레리치까지 갔다는 사실에 있었다. 한 시간 반 정도 걸렸다. 레리치의 해안은 아름다웠다. 숲이 우거진 녹회색 언덕에 둘러싸여 있는데, 입구 양쪽으로 툭 튀어나온 곳 위에 쇠락한 근사한 옛 성이 공연히 보초를 서고 있다. 그 장소는 영국인에게는 고전적인 장소다. 만곡을 이룬 해변 한 중간에 퍼시 비시 셸리가 죽기 전 마지막 몇 달을 보냈다는, 이제는 황량한 저택이 있기 때문이다. 그는 레리치에 살 때 남쪽으로 짧은 크루즈 여행을 떠났고, 살아서 돌아오지 못했다. 그가 살았던 저택은 기이하도록 추레하고,

---

4 1822년 바이런이 레리치의 카사 마그니에 있는 셸리를 만나러 그곳의 만을 가로질러 헤엄쳐 갔다고 한다. 제임스가 읽은 명문은 산피에트로 교회 아래쪽의 '바이런의 토굴'에 있는데, 토굴은 1932년에 무너졌다.

바라는 만큼 얼마든지 슬픈 모습을 띤다. 상처투성이 망가진 담을 두르고 해변 바로 앞에 서 있으며, 아치가 여러 개 이어진 로지아[5]는 탄탄한 난간이 달린 작은 테라스로 이어진다. 바람이라도 불면 테라스는 짠물을 흠뻑 뒤집어쓸 것이 틀림없다. 태양과 바닷바람과 짠물에 시달린, 퍽이나 쓸쓸한 장소다. 셸리의 열정이 그랬듯이 자연과 아주 가깝다. 19세기 초반 위대한 시인이 따뜻한 저녁에 테라스에 나와 앉아 영국이 여기서 너무 멀다는 심정에 젖어 있는 모습을 떠올리게 된다. 그의 천재성이라면 바로 그곳에서, 자연이 들려주는 목소리에서 서정시로만 해석할 수 있는 달콤함을 당연히 들었으리라. 영어를 모국어로 하는 순례자에게는 아주 솔직하게 사고하며 서정적 표현을 찾아내고 싶은 마음이 동할 만한 장소다. 하지만 나로서는 그 완벽한 가을 오후보다 더 공감할 수 있는(지금 이곳에서 그렇듯이) 이탈리아 여행의 몇몇 소소한 사건이 기억이 난다는 이야기를 머뭇머뭇 산문으로 전하는 데 만족해야 한다. 저택의 낡은 테라스에 반시간 동안 나와 서 있던 일, 레리치를 내려다보는 특이할 만치 절묘하게 어울리는 낡은 성까지 올라갔던 일, 어둠이 내려앉는 산과 석양이 내다보이고 까마득히 아래로는 고요한 바다가 찰랑이는, 포도덩굴 우거진 평평한 단 위에서 어스름이 깊어가는

---

5   loggia. 한 면 또는 그 이상의 벽면이 트인 방이나 복도.

중에 사색에 잠겨 서성였던 일. 창백한 얼굴의 비극적 저택은 환한 달빛을 받으며 바다 저 너머를 뚫어지게 바라보고 있었다.

피렌체 1

그 눈부신 시월에 한 주 동안 만났던 피렌체(Firenze)만큼 피렌체다운 모습을, 달리 말하면 그보다 더 사랑스러운 피렌체를 본 적이 없다. 피렌체는 황색 강물을 끼고 작은 보물도시—늘 그렇게 보였다—처럼 자리 잡고 있었다. 상업도 없고, 모자이크 문진과 큐피드 석고상 제조 외에 다른 산업도 없이, 현실성이나 정력이나 열성, 혹은 대개 시의 응집력에 필수적이라 여겨지는 다른 어떤 다부진 성격도 없이. 그 양이 더 늘어나지도 않고 마냥 그대로인 중세의 기억과 옅은 색깔의 산, 교회와 왕궁, 그림과 조각상 외에 다른 것이라고는 없이.

이방인은 별로 없었다. 밉상스러운 관광객은 드물었고 토박이 인구는 얼마 되지 않는 듯했다. 거리를 오가는 바퀴소리가 이따금씩 들렸고 저녁 여덟 시가 되면 다들 잠자리에 드는 모양이었다. 그래서 사색에 잠긴 방랑자, 여전히 방랑하고 여전히 사색하는 이가 그 장소를 오롯이 독차지했다. 무리 지어 선 위대한 왕궁의 짙은 그림자와 다각형 보도블록을 비추는 교교한 달빛, 아무도 없는 다리와 은빛으로 흐르는 황색 아르노강. 이따금 고즈넉함을 깨는 것은 집으로 돌아가는 발걸음뿐이었는데, 그 발걸음에는 이탈리아 사람의 따스한 목소리로 들려주는 노랫소리가 함께했다.

내 숙소 창밖으로는 강이 내다보였고 하루 종일 햇살이 가득 쏟아져 들어왔다. 벽지가 묘한 주황색이었는데, 아래쪽에서 흐르는 강물 색도 그다지 다르지 않았다. 강 건너편에는 무너지고 썩어가는 무척 오래된 누르스름한 집들이 열을 지어 강물 위쪽으로 불쑥불쑥 튀어나와 있었다(주택 앞면을 말하는 것으로 들리겠지만, 내가 본 것은 경쾌하게 반짝이며 흘러가는 강물 위로 드러난 추레한 뒷면이고 앞면은 좁은 중세적 길의 축축하고 짙은 그늘에 변함없이 잠겨 있다). 이렇게 노랗고 밝은 광경이 모두 한없는 기쁨을 주었다. 강에서, 그리고 다리와 부두에서 위아래로 시선을 옮길 때마다 피렌체가 늘 보여주는, 형용할 수 없이 아름다운 색조다. 일종의 근엄한 광채, 조화롭게 어울린 밝은 이 색조를 어떻게 묘사해야 할지 도무지 모르겠다. 노란색 벽과 녹색 블라인드와 빨간색 지붕이 있고, 군데군데 반짝이는 갈색과 자연스러운 푸른색이 섞여 있다. 하지만 색깔마다 편안하게 넓은 면적을 차지하며 무리 지어 있고 부드러운 햇살이 풍경을 덮어주는 덕에 전체적인 그림은 얼룩덜룩하거나 요란스럽지 않다. 한마디로 피렌체의 강변은 멋들어진 구성을 이룬다.

물론 그 매력의 일부는 기단을 높이 세운 토스카나 왕궁들의 넉넉한 면모에서 나온다. 다시 만나 보니 역시 세상에서 가장 품위 있는 숙소로 추천할 만하다. 어마어마한 면적의 1층 전체를 계단과 연결 통로, 마당과 높은 아치를 이룬 현관에 다 내어준 그 모습보다 더 멋진 것은 없을 터다. 마치 1층 전체가 실제 주거공간의 거대한 받침대라는 듯이, 일단 보도에서 50피트 높이에 올라서 있지 않으면 제대로 된 주거공간일 수 없다는 듯이 말이다. 거대한 기단, 수직으로나 수평으로나 널찍하게 떨어져 있는 창문들(내부의 방들이 얼마나 넓고 높은지 말해준다), 한쪽 모서리에 앞을 보고 걸려 있는, 문장(紋章)이 새겨진 방패, 좁은 거리에 그늘을 드리우는 긴 지붕 처마, 오래되어 그윽한 갈색과 노란색 벽, 이런 뚜렷한 요소들이 모여 경탄할 만한 예술을 이룬다.

시내에 비스듬하게 자리한 이런 유형의 토스카나식 건축물을 따로 떼어내면 왕궁이 아니라 저택이 된다. 그 저택을 피렌체를 둘러싼 나지막한 산중턱의 평지에 놓고, 그 옆에 깡똥한 삼나무를 일렬로 심고 잔디 깔린 마당을 만들고 피렌체 탑과 아르노강 계곡이 보이도록 하면 아마 더욱 찬탄할 만할 것이다. 내가 그곳을 다시 찾았던 것은 환상적으로 따스한 일요일 정오였다. 앞에서 언급한, 햇빛 가득한 고요한 강변을 내 방 창문에서 한동안 내다본 후 난 다리 하나를 건너 성문 밖으로 나갔다.

아치에서 처마돌림띠(다만 처마돌림띠라고 할 만한 것은 없고 그저 거대한 담의 일부였다)까지의 높이가 땅에서 아치까지의 높이만큼은 되어 보이는 어마어마하게 큰 로마 성문이었다. 그다음 가파르고 구불구불한 오르막길을 올랐다. 이끼가 잔뜩 긴 얼룩덜룩한 정원 담장이 한편을 가로막아, 대체로 따분한 길이라고도 할 수 있겠다.

언덕 꼭대기의 저택에 이르자 갖가지 것들이 말할 수 없이 섬세하게 내 마음에 와닿았다. 한 주 동안 햇빛 아래서든 달빛 아래서든 그 광경을 종종 보았는데도, 여전히 탐내지 않는 법을, 그 일부가 되지 못하면 왠지 절묘한 기회를 놓치는 듯한 기분이 들지 않는 법을 도무지 습득하지 못했다. 낭만적 아름다움을 매일의 질감으로 지니다니 얼마나 평온하고 자족적인 삶인가! 포도덩굴이 우거진 포도밭을 내려다보는 햇살 가득한 테라스, 밝은 창공을 배경으로 늘어선 연회색 올리브나무, 이웃한 언덕 위로는, 곧게 뻗은 삼나무를 양옆에 거느리고 길게 수평으로 늘어선 평화로운 저택들, 발아래로는 완만한 분지에 자리한 세상에서 가장 풍요로운 작은 도시가 있고 그 너머로는 무엇과 견줄 수 없이 매력적이고 장엄하면서도 아주 친숙한 풍경이 펼쳐져 있다.

저택 안에는 예술을 향한 고귀한 사랑이 있고, 훌륭한 작품이 가득한 화실이 있어서, 그곳에서 인간적 삶이 숨을 죽인다면 그것은 대개 의도적으로 그런 것이다. 아름다운 장소에서 아름다운 일에 몰두하는 것, 그보다 좋은 것이 과연 있을까? 방금 내가 부러워한 것이 바로 그것이다. 그렇게 세련된 평온과 편안함에 얼굴을 찡그리지 않는 삶의 방식 말이다. 따분하거나 추한 장소에서 자기 자신에게 매혹된 노동이 모습을 내보일 때 우리는 존경과 찬탄을 아끼지 않지만 그것이 이상적인 행운으로 느껴지지는 않는다. 하지만 그것이 고상한 고대 풍경 속 형체가 되어 움직이면, 그리고 그렇게 걸어 다니며 사색하는 일이 곧 역사의 책장을 넘기는 일이라면, 수월해진 미덕이라는 경이로운 사례가 우리 앞에 있다고 할 수 있다. 여기서 미덕이란 만족과 집중, 인위적으로 구성되었지만 절묘하고 드문 삶의 매체를 제대로 감상하는 일을 뜻한다. 풍광 자체가, 풍광 혼자만으로도 당신에게 풍요로운 의식을 나눠줄 때, 서두르고 북적대는 일은 굳이 원하지 않는 것이다.

얼마간의 시간이 지나면 피렌체 골목을 따라 매일 산책하는 일이 시들해질 수 있는 것은 사실이다. 꽃을 이고 선 담장이 띄엄띄엄 이어지는 가운데 낮은 난간에 앉아 강 건너 피에졸레를 바라보거나 아래편 다채로운 아르노강의 계곡을 내려다보는 일, 어느 저택의 열린 대문 앞에 걸음을 멈추고 삼나무의 키가 얼마나 될까, 로지아는 얼마나 깊숙할까 궁금해하는 일, 어스름이 깔리는 거리를 걸어 집으로 돌아가며 서쪽을 향한 여남은 벽면에 반대편 석양이 비친 모습에 눈길을 주는 일도 시들해질 수 있다.

하지만 일주일가량은 그 모든 일이 즐거웠다. 저택은 무수히 많고, 입이 근질근질한 이방인이라면 입에서 나오는 말이 거지반 저택에 관한 것이다. 이 저택에는 이런 역사가 있고, 저 저택엔 저런 역사가 있다더라. 어느 것이건 각자의 이야기를 갖고 있는 것으로 보인다. 사실 어느 것도 딱히 즐거운 이야기는 아니다. 대부분 터무니없이 낮은 가격으로 세입자를 구한다(팔려고 내놓은 집도 많다). 일 년에 오백 달러만 내면 탑과 정원이 있고, 예배당도 있고, 창문이 서른 개나 있는 집에 살 수도 있다. 상상 속에서 서너 곳에 세를 들어본다. 그곳을 소유하고 정착해서 머무는 것이다. 그 가운데 가장 멋진 저택을 보면 뭔가 꽤 근엄하고 장중하다는 인상을 받는다. 가장 훌륭한 저택 가운데 서너 채의 당당함에서는 뭔가 비극적이고 불길하다는 인상을 받는다. 비극적이고 불길한 인상은 왜 생겨난 걸까? 해가 막 넘어간 즈음 좌우로 길게 이어진 연갈색 건물의 전면을 바라보며 섰을 때, 거대한 창문과 아래층 창문에 달린 철창살에서 받는 인상이 그렇다. 설사 건물이 쇠락하지 않았더라도, 본래 용도는 오래전에 사라진 후에도 여전히 남아 있다는 그 표정이 이 위대한 저택들의 음울한 인상을 얼마간 설명한다. 특출하게 넓고 거대한 몸집은 현재 운명에 대한 풍자다. 영국인과 미국인 가족들에게 값싼 겨울 숙소를 제공할 셈으로 그렇게 두꺼운 벽을 세우고 그 벽을 뚫고 총안(銃眼)을 내고 그렇게 견고하게 층계를 올리고 넘치도록 돌을 쌓아 올린 것은 아닐 테니 말이다.

생활방식의 변화를 아무 말 없이 의식하는 듯한 오래된 석조 저택들의 겉모습 탓에 전반적인 조망이 우울한 기색을 띠는 건지 아닌지는 알 수 없다. 하지만 피렌체의 전망마다 이런 분위기가 무수한 오랜 슬픔으로 녹아들어 있음을 늘 눈치챘던 나로서는 지금 그 인상이 특히 강렬하다. "사랑스럽고 사랑스럽지만, 나를 '쓸쓸하게' 하는구나." 늦은 오후에 낮은 난간 너머로 풍경을 바라보며 민감한 이방인은 그렇게 혼자 중얼거릴 수밖에 없었고, 곧 몸을 돌려 손을 주머니에 찌르고는 촛불 아래 저녁이 차려진 집 안으로 들어갔다.

피렌체 2

산 아래 시내에서 거리와 교회와 박물관을 여기저기 쏘다니면서도 같은 기분이 상당히 들지 않을 수 없었다. 하지만 이곳의 인상을 분석하기는 더 쉽다. 모든 위대한 르네상스의 산물이 그 장소의 현재와 미래, 실제 삶과 생활방식, 토착적 이상과 완전히 단절되었다는 인식에서 나온 것이기 때문이다. 누구든 요즘 이탈리아를 방문하면 어느 도시에나 존재하는 엄청난 양의 아름다운 예술작품들이 궁색하지만 절약하는 민족의 한갓 판매상품이 되었다는 인상―현재 이탈리아에 한해서는―을 받는다는 말은 앞에서 했다. 왠지 가슴을 무겁게 내리누르는 것이 바로 그 정신적 고독함, 위대한 건축과 조각 작품들의 의식적인 단절이다. 위대한 전통이 중도에 끊어져버린 것을 보면 우리에게 일종의 고통이 느껴지고 숨죽인 비명소리가 들린다. 하지만 유감스러움과 억울한 마음은 전혀 다르다.

어느 날 아침 러스킨이 몇 년 전에 출간한 『피렌체의 아침』 (*Morning in Florence*)이 상점 진열장에 놓인 것을 보고, 예전에 그 책의 몇 대목을 읽었던 기억이 나서 곧장 안으로 들어가 그 흥미로운 소책자를 샀다. 몇 장 넘기지도 않아, 방금 언급한 옛것과 새것의 '분리'가 저자에게 극도의 짜증을 유발했다는 사실을 알았다. 이 정도로 극심한 상태는 공감하기가 힘들었다. 스스로 마땅히 그럴 권리가 있다는 듯이 어떤 민족에게든 예술 감각을 요구하는 것은 오만하게 비칠 수 있다는 단순한 이유에서 그렇다. "당신들 예술성이나 신경 쓰시지!" 젊은 이탈리아가 영국의 비평가와 검열관에게 내놓을 답변은 당연히 그렇지 않겠나. 어떤 민족이 아름다운 조각상과 그림을 창작했다면 그들은 계약서에 적힌 것 이상의 무언가를 우리에게 준 것이고, 우리는 그 관대함에 감사해야 한다. 그 민족이 이젠 그런 제품을 생산하지 않거나 소중히 여기지도 않는다면, 감사하는 마음을 거둘 수는 있지만 노여워할 권리는 우리에게 없다.

러스킨은 엉망이 된 피렌체에 대해 이렇게 쓰고 있다. "예전의 모습을 기억하는 사람에게 지금 그것은 너무 보기 흉해서 가슴이 찢어질 듯하다." 이 절망적인 표현은 조토의 종탑 발치의 작은 광장, 위대한 세례당을 마주보고 선 성당 앞쪽의 그 광장이 이제는 수많은 전세마차와 대형마차가 오고가는 곳이 되었다는 사실을 두고 한 말이다. 통탄스러운 사실임에는 틀림없고, 숭고한 종탑처럼 무척이나 귀중한 예술작품을 유산으로 받은 민족이 그것이 더러워질 겨를조차 없도록 공들여 아끼는 마음을 지녔다면 당연히 몇 백 배 더 나을 것이다. 마차 정거장은 꽤나 흉하고 더럽긴 하고 그런 편의시설과 조토의 종탑은 서로 공유하는 바가 전혀 없다. 하지만 그런 상황을 받아들이는 데 하나의 방식만 있지 않아서, 한 주 동안 피렌체 이곳저곳을 걸어 다니며 수많은 장소들이 간직한 사랑스러움과 은근한 아름다움을 한껏 받아들인 민감한 이방인이라면, 러스킨의 소책자에서 집요하게 이어지는 저자의 개인적 언짢음이 결국 말 먹이통과 건초 더미라는 부조화와 도긴개긴 아닌가 싶은 느낌이 결국 찾아들 수도 있다.

새로운 훼손의 불가피성이라는 신조의 주창자여야 꼭 그렇게 말할 수 있는 것도 아니다. 나로서는 이쪽 분야에서 새로운 이탈리아 정신이 하지 못할 일이 거의 없고 아마 앞으로 우리가 목격하지 못할 일도 많지 않다고 믿는다. 그림이나 건축물이 완전히 파괴되는 일까지는 없을 것이다. 그렇게 되면 현금을 뿌리고 다니는 이방인의 발길이 끊길 테고, 오래된 왕궁과 수도원 입구마다 놓인, 반 프랑짜리 동전을 집어삼키는, 특허 받은 작은 구멍이 달린 개찰구가 방치되고 녹이 슬어 제대로 안 움직일 테니 말이다. 하지만 새로운 이탈리아로 자라나는 과정에서 옛날 이탈리아도 눈에 띄는 곳마다 운신의 여지를 만들어내리라는 말도 과히 틀린 말은 아닐 것이다.

내가 러스킨의 소책자를 어떻게 했는지, 말하기도 좀 창피하다. 그것을 주머니에 넣고 산타마리아노벨라 성당으로 갔다. 그 안에 들어가 잠시 둘러본 뒤 자리에 앉아 한 편씩 읽다 보니 거의 다 읽게 되었다. 위대한 종교 건축물 안에서 가벼운 문학작품에 빠져 있는 일은 어쩌면 러스킨이 응당 개탄할 만한 무례한 대우만큼이나 신성모독적인 행동일지도 모른다. 하지만 여행 중에는 짬짬이 나는 시간을 최대한 활용해야 하고, 난 그 교회 회랑에 그려진 조토의 아름다운 프레스코 벽화를 함께 보러 가기로 한 친구를 기다려야 했다. 그 친구가 한참 동안 오지 않아서 난 러스킨과 한 시간을 보냈다. 방금 그 책을 가벼운 문학이라고 한 까닭은 『피렌체의 아침』을 읽으며 독자들은 한없이 웃게 되기 때문이다. 물론 그때 장소가 장소인지라 소리 내어 웃진 못했는데, 내가 평소 재밌는 티를 별로 내지 않는 성격임에도 살면서 그렇게 웃음을 참아본 적은 없다 싶었다. 난 지금껏 오래된 도시 피렌체를 진정 즐겼는데, 러스킨을 통해 그것이 수치스럽도록 관용을 허비하는 일임을 알았다. 즐기는 대신 내내 입에 욕설을 달고 잔뜩 인상을 찌푸리고 다녀야 했던 모양이다.

나는 바로 이 교회 성가대석에 그려진 기르란다이요의 프레스코 벽화를 보며 감명을 받았는데, 그 책에 따르면 그것은 아주 형편없는 벽화였다. 산타크로체 성당을 보며 감탄을 금치 못했고 산타마리아델피오레 대성당도 상당히 고상하다고 보았는데, 알고 보니 내가 그런 것들에 관해 전혀 아는 바가 없는 것이 분명했다. 만약 메디치의 도시에 경의를 표하는 일에 오로지 불편한 심기만 필요하다면, 얼마 안 가 나도 적합한 수위에 도달한 기분이었다. 다만 내 짜증을 유발한 것이 멍청한 브루넬레스키[6]나 천박한 기르란다이요가 아니라 러스킨 자신이었을 뿐. 정말로 짜증이 솟구치며, 전문적이지도 않은 이 예술 형식 애호가가 무슨 권리로 도시에 매료된 거리 산보자의 고요한 사색과 고상한 즐거움에 대한 애착과 그 어느 곳보다 멋스러운 도시의 향유를 마구 휘저으며 난장판을 만드는 건지 묻게 되었다. 너무

6   Filippo Brunelleschi. 이탈리아의 건축가.

불쾌하고 터무니없는 책이 아닌가 싶어 이런 책을 도대체 왜 샀나 후회하려는 찰나 결국 아무도 억지로 사라고 한 적이 없다는 사실이 떠올랐다.

　그때 마침내 친구가 도착했고, 함께 교회 밖으로 나갔다. 그리고 그 옆의 첫 번째 회랑을 지나 사방이 에워싸인 작은 공간으로 들어섰다. 거기 잠깐 서서 마르체사 스트로지-리돌피 묘지와 그 위에 조토가 그린 최고의 그림 네 편을 바라보았다. 최고의 그림들이라는 것은 한눈에 봐도 알 수 있었다. 하지만 러스킨이 한 말이 있었으므로 난 다시 책을 꺼냈다. 다시 너그러워졌던 것이다. 지금 같은 경우 러스킨의 발언보다 더 나은 것이 어디 있겠느냐고 자문했다. 실제로 그의 발언은 멋지고 훌륭했다. 위대한 화가의 작품에 담긴 심오하고 단순한 아름다움을 오롯이 인정했다. 난 그 대목을 친구에게 들려주었다. 하지만 그것을 들은 친구는, 이를테면 '반발심이 든다'고 했다. 성모마리아의 탄생을 재현하는 프레스코 벽화에 문으로 들어오는 인물이 그려져 있다. 러스킨은 이렇게 쓴다. "장식이라고는 하녀가 들고 온 물병의 완전히 단순한 윤곽밖에 없다. 색으로는 차분한 붉은색과 순백색이 갈색과 회색과 함께 두세 군데 무리지어 있다. 그것으로 끝이다." 이어서 이렇게 말한다. "이것이 마음에 든다면 당신에겐 피렌체가 보일 것이다. 마음에 들지 않는다면, 무슨 수를 쓰든 그곳에서 재미난 것을 찾아서 가능한 한 오래 즐겨라. 당신은 절대 피렌체를 볼 수 없을 테니까." **당신은 절대 피렌체를 볼 수 없을 테니까.** 친구는 이 문장이 참을 수 없는 모양이었다. 그래서 프레스코 벽화가 누려 마땅한 차분한 상냥함으로 그것을 바라볼 수 있도록 난 다시 책을 집어넣었다.

나중에 좀 편한 장소에서 내가 그 소책자의 다른 많은 대목들을 더 읽어준 뒤 우리는 아름답고 흥미로운 대상들이 대부분 그렇듯 피렌체를 보는 방식은 아주 많고, 따라서 백묵으로 그린 특정한 표시에 우리 발을 맞춰야 제대로 된 시각을 지닐 수 있다는 생각은 메마르고 현학적인 주장이라는 데 동의했다. 어디서든, 언제든 피렌체를 즐긴다면 누구나 피렌체를 볼 수 있고, 즐기는 문제라면 러스킨이 허용할 법한 종류가 아니라도 즐길 구실은 수두룩하다. 그러면서도 우리는 부차적인 대목에는 멋지고 적절한 것이 많으니 그 책을 사기를 참 잘했다고 여기게 되었다. 방금 내비쳤듯이 물론 무척 재미나기도 하고 말이다. 사실 저자가 잘 쓰는 냉혹한 문체, 그리고 불운한 제자들을 놓고 이쪽으로 머리를 홱 돌리라고 하고 저기에는 손가락을 대고 톡톡 두드리게 하고, 구석에 나가 서 있으라거나 경전을 주고는 베껴 쓰라고 하면서 마구 밀고 당기는 선생연하는 투만큼 재미나는 것도 없다.

하지만 러스킨을 읽는 대부분의 독자에게 주된 요소는 자잘한 사항이 잘 들어맞는지 어긋나는지의 여부가 아니라 앞에서 말했다시피 반발심을 일으키거나 마음을 끌어당기는 전반적인 어조다. 이 풍요롭고 유구한 이탈리아에서 그의 책은 많은 독자의 시험을 거치지 못할 것이다. 이곳에서 예술이 진정 살아왔다면 그 예술은 즉흥적이고 즐거움이 가득하고 무책임하기 때문이다. 천박하고 인정사정없는 현대의 훼손에도 불구하고 여전히 어떤 면에서 존재감을 드러내는 아름다운 피렌체의 예술작품과 매일 만나는 독자라면 그의 논평은 정말 기이한 가성으로 들릴 것이다. 친구가 이런 말을 했다. "이런 글을 수백 장 읽으면서도 그것이 **예술**에 대한 글이라는 사실을 상상하지 못할 수도 있을 걸. 그에게 그보다 더 심한 말은 없겠지." 정말 그렇다. 예술은 우리가 맘 편히 쉴 수 있는 삶의 한구석이다. 우리가 그곳을 찾는 이유를 정당화하기 위해 요구되는 것은 재현적 충동이 생기리라는 사실뿐이다. 다른 차원의 충동들은 여러 조건이 달리고 방해받는다. 이웃의 충동과 일치하는 만큼만 지닐 수 있을 뿐이다. 이웃의 편의와 안녕, 이웃의 확신과 편견, 이웃의 법칙과 규칙에 일치하는 만큼만. 예술은 그 모든 것에서 벗어나는 일이다. 환히 빛나는 예술의 기준이 떠다니는 곳이라면 사과하거나 타협할 필요가 없다. 우리가 즐겁거나 즐겁게 해줄 수 있다면 충분한 것이다. 저기 서 있는 나무는 열매를 통해서만 알 수 있다. 열매가 달다면 정당화된다. 그것을 먹는 사람에게도 마찬가지일 테고.

러스킨의 책을 아무리 많이 읽어봐야 이런 유쾌한 진실을 전혀 깨닫지 못할 수도 있다. 결국 우리를 위해 예술이 만들어 지는 것이지 우리가 예술을 위해 만들어지는 게 아니라는, 하찮 게 넘길 수 없는 사실 말이다. 예술작품의 가치는 그것이 얼마 나 많은 환영을 만들어내는지에 달려 있다는 이런 생각은 예술 작품이 부재할 때 도드라진다. 러스킨의 세계—예술의 세계— 가 우리가 삶을 수월하게 받아들일 수 있는 장소인가라는 문제 라면, 그런 성향을 지니지 않은 채 그곳으로 들어가는 불운한 자에게 화가 닥칠지니. 기쁨의 정원 대신 쉼 없이 열리는 순회 재판소를 발견하게 될 테니 말이다. 인간 삶의 책임이 잠시 중 지되거나 가벼워지는 장소가 아니라 매우 엄격한 법령이 지배 하는 장소임을 알게 될 테니. 책임감이 그야말로 열 배는 더 커 질 것이다. 발밑으로는 진실과 오류 사이의 심연이 한없이 입을 벌리고 있고, 그 오류에 수반되는 고통과 처벌이 종말론적 언어 로 수천 개 표지판에 적혀 있다. 그래서 멋모르고 들어온 사람 은 곧 예술이 없던 실낙원을 갈망하는 눈길로 한없이 뒤돌아보 게 된다. 삶을 아름답게 꾸미려는 인간적 시도를 다루는 일에 서 끊임없이 '잘못'을 거론하는 일만큼 요령 없는 일도 없을 것 이다. 융통성 없는 엄격함과의 휴전이 그 장소의 법칙이다. 거 기서 유일하게 절대적인 것은 어떤 힘과 매력이 작용했다는 사 실뿐이다. 저울을 들고 다니는 고릿적 엄숙한 인물은 자리를 뜬

다. 자기가 있을 곳이 아니라고 보는 것이다. 이곳에서 차이는 부당하지도 정당하지도 않다. 그저 다양한 기질, 다른 부류의 호기심일 뿐이다. 우리는 신정(神政)체제 아래 살고 있지 않으니까.

피렌체 3

따뜻하고 화창한 날, 피렌체 여기저기를 돌아다니며 기억에 남아 있는 걸작들에 다시 감탄을 보내는 일은 아주 근사했다. 기억이 잘못되지 않았구나, 예전에 보았던 진귀한 것들이 여전히 진귀하구나, 그렇게 확인하는 일도 즐거웠다. 행복했던 순간들을 일일이 적으려면 그 분량이 엄청날 것이다. 피렌체에 눈부신 작품이 얼마나 많은지 그 양에 이렇게 압도된 적이 없기 때문이다. 아주 잘못 지어진 건축물이라고 러스킨이 말했던 피렌체 대성당과 산타크로체 성당[7]을 빼더라도 피렌체의 보물 목록은 거의 무궁무진했다. 우피치 미술관 외부의 긴 로지아가 전에 없이 무척 마음을 사로잡았다. 베데커 가이드북[8]을 손에 들

7   이때는 피렌체 주요 건축물의 복원이 마무리되지 않아 현재의 모습과는 많이 다르다.

고 서서 멋들어진 전망을 망치는 관광객이 두세 명뿐일 때가 간혹 있었다. 한 면 전체가 유리로 되어 있던 위층 포르티코는 기억에서 지워지지 않을 듯하다. 구식 창문이 죽 이어지고 좀 예스러운 흰색 커튼이 걸려 있는데, 하도 오래 걸려 있어서인지 눈에 띄게 바랬다. 커튼을 통과한 햇빛은 한풀 죽어 은은히 퍼진다. 여닫이창 사이 좁은 공간에 놓인 오래된 대리석상―주로 고대 로마의 흉상―을 가만히 비춘다. 반대편 벽에 달린 수많은 그림들도 비추는데, 어떻게 봐도 전반적으로 훌륭한 그림들은 아니다. 색이 칠해진 목재 천장의 낡은 아라베스크 장식에도 희미한 빛을 비추고 대리석 바닥에도 떨어져 은은한 빛을 발한다. 바닥이 얼마나 반짝거리는지, 위아래로 살펴보면 이리저리 거니는 관광객과 꼼짝도 않는 모사 화가들이 바닥에 비친다.

이 모두가 어째서 그렇게 유쾌한지 나도 잘 모르겠지만, 사실 난 우피치 미술관에 올 때마다 삼류 그림들과 색 바랜 면 커튼이 양옆으로 늘어선 3층 회랑을 이쪽 끝에서 저쪽 끝까지 걷는다. 다른 나라에서라면 늘 천박하게 여겨질 것들이 이탈리아에서 이런 매력을 지니는 건 왜일까? 뉴욕시의 위대한 미술관에 이런 식으로 장식이랍시고 한쪽에 지저분한 커튼이 걸린 작

---

8 1827년 독일 출판업자 칼 베데커가 창간한 여행 안내서로 20세기 중반까지 유럽 여행을 위한 필독서로 읽혔다.

은 창문이 늘어서 있고 다른 쪽에는 변변찮은 그림들이 걸려 있다면, 얇게 색을 입힌 나무를 붙인 천장, 그러니까 여름엔 푹푹 찌고 겨울엔 춥고 물도 자주 샐 것이 뻔한 그런 천장이 있는 일종의 베란다가 있다면, 외국여행을 해봤다는 유리한 입장을 선점한 아마추어들은 경멸감을 굳이 숨기지도 않을 것이다. 판정하는 정신의 입장에서 경멸스럽든 경탄할 만하든, 난 우피치의 이 예스러운 로지아를 지나 스무 개나 되는 방을 거쳐갔고, 그곳에서 마음에 꼭 드는 고대의 유물을 수두룩하게 발견했다. 최고에 들지 못한, 너무 안쓰러운 화가 안드레아 델 사르토를 보고 얼마나 반가웠던지, 죽마고우라도 내가 과연 그렇게 반갑게 맞았을까 싶다.

하지만 그의 강렬한 작품을 만나보았던 것은 아르노강 건너편 피티 궁전의 어둑한 응접실에서였다. 피렌체의 집들 사이로 정신없이 구불구불 이어지고 베키오 다리 위 금세공인의 작은 점포가 늘어선 터널 같은 길을 지나면 그곳에 닿을 수 있다. 빛이 쏟아져 들어오지는 않지만 그윽하게 드리우는 아름다운 방에서, 다마스크 천을 깐 의자에 앉아 공작석으로 상판이 장식된 탁자에 팔꿈치를 올리고 바라보면 우아한 안드레아가 얼마나 효력을 발하는지 모른다. 당신을 금방 가까이 끌어당긴다. 그래도 결국 가장 커다란 즐거움은 예술원 내부의 아무 장식 없는 너른 벽에서 여전히 시들지 않고 활짝 피어 있는 작품을 통해 앞선 대가들을 다시 찾는 일이었다. 프라 안젤리코와 필리포 리피, 보티첼리, 로렌초 디 크레디는 매우 명료하고 사랑스러운 최고의 화가들이다. 이곳의 냉랭한 넓은 방―위쪽에 추레한 서까래가 있고 바닥에는 벽돌 타일이 아주 넓게 깔려 있는데 훌륭한 그림과 더불어 형편없는 그림도 있었다―에서 한 시간을 그들과 함께하고 나니, 불가피하게 선택을 해야 한다면 이곳을 선택하는 일만큼 잘한 일도 없겠다는 생각이 어느 때보다 강하게 들었다. 다른 어떤 장소보다 이곳에서 옛날 피렌체의 풍미를 더 느낄 수 있기에 예술원의 첫 번째 커다란 방―특히 상단 왼쪽 방―에서 편히 쉴 수 있는 것이다. 예를 들자면 꽤나 허세를 부리는 바르젤로 국립미술관보다 실제로 더 그렇다.

바르젤로 미술관은 아름답고 원숙하기는 하지만 복원 냄새가 너무 강하고, 전체적으로 수리를 하고 열심히 닦아 광을 낸 방에 옛날 이탈리아가 여전히 상당 부분 숨어 있기는 하지만 신앙심 깊은 화가들의 작품이 처음 놓였던 수도원 벽에서 수백 개의 섬세한 조각품을 떼어 온―원한다면 '불가피하게' 그랬다고 할 수 있겠지만―젊은 왕국의 무례함이 훨씬 도드라지기 때문이다. 토스카나의 초기 화가들 작품이 절묘하다면, 같은 시기 조각가들인 도나텔로와 루카 델라 로비아, 마테오 치비탈리, 미노 다 피에솔레의 경우에도 그만큼 순수한 다른 칭찬을 떠올릴 수가 없다. 기억을 되살리자면 곧은 영감과 품위 있는 독창성이라는 점에서 더 바랄 나위가 없다고 보이기 때문이다. 바르젤로 미술관에는 초기 토스카나 조각상이 가득한데, 대부분 종교시 설을 진압하고 가져온 것이다. 그래서 아무리 열정적인 자유주 의자라도 그곳을 찾으면 전시품들을 모아온 다소 폭력적인 과 정을 불편하게 의식하게 된다. 젊은 이탈리아가 해온 혐오스러 운 일이 얼마나 많은지 그런 쪽으로는 부러워할 게 없다.

기차로 피렌체에서 로마까지 가는 여정이 최근 달라졌는데, 좋은 점도 있고 나쁜 점도 있다. 좋은 점이라면 두어 시간 짧아 졌다는 것이다. 예전 운행거리를 반 정도 지나 서쪽으로 방향을 바꾸어 아시시, 페루자, 테르니, 나르니 등 아름다운 고(古)도시 로는 가지 않으니 그만큼 나빠지기도 했다. 예전에는 그 도시들 을, 말하자면 창문 너머로 방문할 수 있었다. 지나갈 때마다 내 리지는 않을 테고 그럴 수도 없겠지만, 나이 들면서 수척해진 사람의 헐렁한 혁대처럼 풍만한 성벽이 편안하게 도시를 감싸 안은 무척 흥미로운 풍경은 충분히 눈에 담을 만했다. 하지만 이제 로마행 급행열차는 그것을 보상하듯 오르비에토에 정차 하고 그 결과… 그 결과 뭐? 급행열차가 오르비에토에 정차해 서 무슨 결과가 생긴다고? 난 무심결에 즉흥적으로 그 문장을 쓰다가 웬 이상한 말인가 싶어 뚝 멈췄다. 급행열차가 흉측한 자주색 산기슭—시커먼 옛 가톨릭 도시가 산 정상에 번쩍거리 는 성당의 전면을 우뚝 세워놓았다—을 스쳐 지나가리라는 것은 현재 삶의 방식을 예리하게 관찰하는 사람이라면 이미 예견했을 법도 하다. 하지만 거기에는 정말로 천박함이 있어서, 과거질서에 대한 인식, 처음 이탈리아를 방문했을 때도 여전히 대체로 지배적이었던 그 인식을 집요하게 간직하는 괴팍한 인물인 나로서는 그 사실을 기록하면서 시쳇말로 야단법석을 떨게 되기도 한다.

열차는 실제로 오르비에토에 정차한다. 오래 정차하지는 않지만, 기차에서 내릴 수는 있다. 도시를 둘러본 후 다음 날에도 마찬가지라 다시 열차에 오른다. 난 예전에 굳이 역마차를 타고 그곳으로 간 적이 없었기에 거리낌 없이 두 번의 기회를 다 이용했다. 하지만 솔직히 말하자면 기차역은 평원에 있고 도시는 유별나게 생긴 언덕 꼭대기에 있어서, 성문까지 구불구불 이어지는 오르막길을 올라가다 보면 한껏 부풀었던 무분별함은 어느새 자취를 감춘다. 오르비에토의 위치는 최고다. 18세기 풍경화의 '중경'에 값할 만하다. 하지만 다들 알다시피 이곳의 볼거리라고는 화려한 대성당뿐이라, 그 멋진 건축물과 무너져가는 울퉁불퉁한 성곽을 빼면 마을의 생김새도 볼품없고 이탈리아 도시들이 대개 그렇듯이 딱히 인상적인 소도시는 아니다. 난 화창한 일요일을 그곳에서 보내면서 멋진 성당을 감상했다. 열심히 주의를 기울이며 감상했지만 전반적으로 명성보다 못한 게 아닌가 싶었다. 하지만 조각장식이 빽빽하게 들어가고 화려한 모자이크 장식도 풍부한 건물 전면은 빼어난 색의 조화를 보여준다. 조각장식이 있는 부분의 흰 대리석은 오래되어 고대 상아처럼 노르스름하다. 그 위편의 극히 밝은 커다란 그림은 눈부시게 화창한 날에는 반짝반짝 빛을 발한다. 루카 시뇨렐리의 신학적 프레스코 벽화는 아주 두드러지면서 흥미롭다. 물론 예전에 보았던 이런 부류의 구성으로 내 마음을 더 사로잡았던 그림들도 있지만 말이다. 마침내 독특하게 참신한, 분홍색과 파란색 옷을 입은 선명한 표정의 성인들과 천사들이 나타났다. 심판을 내리는, 앉은 자세의 고귀한 예수 형상과 함께 프라 안젤리코가 예배당 천장에 그려 넣은 것이다. 그림으로 그려진 대부분 예수의 형상보다 인상적인 역동성을 지녔다. 하지만 오르비에토 성당의 흥미는 대체로 그곳의 시각적 결과물이 아니라 그 뒤에 놓인 역사적 과정에 있다. 삼백 년에 걸쳐 그 민족이 바친 신앙심은 한 미국 학자가 훌륭히 설명해놓은 바 있다.[9]

9 Charles Eliot Norton, *Notes of Travel and Study in Italy*, 1860. —제임스

삶이 알아서 그 안에 숨결을 불어넣어

『한 여인의 초상』 뉴욕판 서문

『한 여인의 초상』은 『로더릭 허드슨』(*Roderick Hudson*)과 마찬가지로 1879년 봄에 석 달 동안 피렌체에 머물렀을 때 쓰기 시작했다. 『로더릭 허드슨』과 『미국인』(*The American*)이 그랬듯이 『애틀랜틱 먼슬리』에 실을 계획이었고, 1880년에 싣기 시작했다. 또한 『맥밀런 매거진』에도 매달 연재할 수 있게 되었으니 그런 점에서는 앞선 두 작품과 달랐다. 그렇게 해서 이 작품은 영국과 미국 양국 사이의 문학적 교류의 조건이 변화하는 와중에도 여전히 유지되었던 양국 동시 '연재'의 혜택을 보았던 마지막 사례에 속한다.[1] 긴 소설이고, 쓰는 것도 오래 걸렸다. 이듬

---

1 『애틀랜틱 먼슬리』(*The Atlantic Monthly*)는 1857년 미국 보스턴에서 창간된 잡지로 현재는 『애틀랜틱』(*The Atlantic*)으로 이름을 바꿨다. 『맥밀런 매거진』(*Macmilan's Magazine*)은 1859년 영국에서 창간되어 1907년 종간된 잡지다. 이 서문이 발표된 1908년은 『맥밀런 매거진』이 문을 닫은 지 1년째가 된 해였기에, 대서양 양안 간 문학에 애착이 많았던 제임스에게는 의미심장하게 다가왔을 것이다.

해에 베네치아에서 몇 주 머무르는 동안 다시 그 소설에 몰두했던 기억이 난다. 당시 나는 산자카리아 성당으로 이어지는 골목 근처, 리바시아보니 거리의 주택 꼭대기 층에 방을 얻었다. 방 앞으로 부둣가의 일상과 넓은 석호가 펼쳐지고 베네치아 사람들의 떠들썩한 말소리가 끊임없이 창문으로 흘러 들어와서, 성과도 없이 글을 붙잡고 조바심을 내다가 혹시 적절한 암시나 더 좋은 표현, 그다음 따라나올 주제의 운 좋은 반전, 그 뒤로 내 화폭에 그려질 진실한 붓질이라는 선박이 저 멀리 푸른 해협에 모습을 보이지 않을까 알아보려는 듯 연신 창문가로 몸이 움직였다. 하지만 지금도 생생히 기억하듯이, 이렇게 들썩이며 간청하는 내게 대체로 가장 분명하게 주어진 대답이란, 이탈리아 어디에서나 볼 수 있는 낭만적이고 역사적인 장소는 그 자체를 주제로 삼지 않는 다음에야 예술가가 집중하는 데 별다른 도움이 되지 않는다는 엄중한 충고였다. 변변찮은 문구로 도움을 주기에는 자체의 삶으로 워낙 충만하고 자체의 의미로 가득한 장소들이라, 사소한 문제에 매달린 작가의 손을 잡아끌어 그들의 커다란 문제로 데려간다. 그래서 어려움에 처해 그쪽으로 갈망의 손을 뻗다보면, 마치 잔돈을 잘못 거슬러준 행상을 붙잡아달라며 위대한 참전용사 부대에게 매달리는 심정이 되곤 했다.

이 소설을 다시 읽어보니 이런저런 대목마다 온갖 것들이 잔뜩 들어찬, 완만하게 굽은 너른 연안이 다시 눈앞에 떠오른다. 발코니가 달린 집들이 이루는 색색의 커다란 점, 파도처럼 줄줄이 이어지는 작은 곱사등 다리들과 그 위에서 역시 파도처럼 오르내리는, 조그맣게 보이는 행인들. 베네치아의 발소리와 베네치아의 외침—그곳 사람들은 어디서 대화를 나누든 강을 사이에 두고 부르듯이 목청을 높인다—이 다시 한번 창문으로 흘러들어와, 감각적으로 유쾌하면서도 거기 정신이 팔려 좌절했던 예전 인상을 다시 불러온다. **전반적으로는** 상상력에게 한 없이 말을 거는 장소가 상상력이 원하는 특정한 것을 그 순간에 주지 않는 건 어찌된 일일까? 아름다운 그곳에서 거듭 그런 의구심이 떠올랐던 기억이 난다. 사실을 말하자면, 그곳은 상상력이 간청하면 내어주기야 하겠지만 그저 너무 많이 내어준다. 다시 말해 당장의 특정한 상황에서 쓸 수 있는 이상으로 많이 내어준다는 것이다. 그래서 주변 풍경과 관련된 한에서는, 우리 쪽에서 상상력의 빛을 얼마간 빌려줘야 할 적당하고 밋밋한 풍광 속에 있을 때보다 오히려 작업의 일관성이 떨어질 수밖에 없다.

베네치아 같은 장소는 워낙 자부심이 대단해서 그런 자선은 바라지 않는다. 베네치아는 빌리는 법은 없고 오로지 성대하게 내어줄 뿐이다. 우리는 그로부터 어마어마한 덕을 보지만, 덕을 보려면 일을 쉬던지, 일을 하려면 오직 베네치아를 위해서 일해야 한다. 지금 떠올려 보니 무척 유감스럽게도 상황이 그러했다. 비록 전체적으로는 그 덕에 그 소설과 '문학적 노력'이 대체로 더 나아질 것이었지만 말이다. 아무리 집중을 해도 소용없었는데 종국에는 신기하게도 풍요로운 결과를 낳는 경우가 종종 있다. **어떻게** 속아서 어떤 엄한 곳에 노력을 들이고 어떻게 허비했는지에 따라 달라진다. 사기를 치는 데도 고압적이고 무례한 사기가 있고 교활하고 은밀한 사기가 있다. 그리고 아무리 용의주도한 예술가라도 언제든 어리석은 선의와 안달하는 욕망이 있어 그런 속임수에 어김없이 넘어가는 것이다.

이 소설을 구상하게 된 싹을 확인해보려 지금 돌이켜 보니, 확실히 '플롯'이라는 장치—언제든 즉각 상상력에 찾아든다는 일단의 관계에 붙여진 사악한 이름—나, 이야기꾼을 위해 자체의 논리에 따라 즉각 움직이기 시작해 행진이나 달리기나 잰걸음으로 걷기 시작하는 특정한 '상황'에서 시작된 건 아니었다. 그게 아니라 오롯이 단 하나의 인물, 매력적인 특정한 젊은 여성이라는 인물과 면모에서 시작해서, 배경은 물론이고 '주제'의 통상적 요소들은 전부 나중에 덧붙여야 했다. 되풀이하자면, 내 상상 속에서 작품의 모티브를 변호하는 마음이 자라났던 전 과정에 이렇게 기억을 투사해보니 그것 역시 최고 상태의 젊은 여성만큼이나 흥미롭다. 잠재된 확장의 힘, 씨앗을 깨고 솟아나야 할 이 필요성, 마음속에서 굴려보던 구상이 가능한 한 크게 자라나겠다며 내보인 결심, 빛과 공기 속으로 쑥쑥 자라 흐드러지게 꽃을 피우겠다는 그 아름다운 결심, 그런 것들이야말로 이야기꾼의 예술이 지니는 매력이다. 이미 확보한 괜찮은 입지에서 당시의 걸음과 단계를 되짚고 재구성하면서 그 일의 내밀한 역사를 돌이켜볼 수 있는 멋진 가능성 또한 마찬가지다. 수년 전에 투르게네프가 소설이라는 그림이 대개 어떻게 시작되는지를 자신의 경험에 비추어 설명했던 일화가 내 맘에 소중히 간직되어 있다. 십중팔구 한 명이나 여러 명의 인물이 눈앞에 보이면서 시작된다고 했다. 눈앞에서 서성이고, 적극적인 인물이든 소극적인 인물이든 그의 관심을 끌려 애쓰고, 그냥 생긴 모습 그대로, 타고난 성격으로 그의 흥미를 북돋우며 호소한다는 것이다. 인물들이 그렇게 언제든 쓸 수 있도록 나타나면, 우연에 좌우되는 삶의 복잡성으로 그렇게 생생하게 보이고 나면, 그들을 가장 도드라지게 할 적합한 관계를 찾아야 한다고 했다. 상상력을 발휘하여, 창조된 인물들을 실감할 수 있는 가장 유용하고 알맞은 상황, 그들 스스로 만들어내고 또 느낄 법한 복잡성을 발명하고 골라내고 조합해야 하는 것이다.

　"거기까지 이르면 곧 나의 '스토리'에 이른 셈이고, 내가 스토리를 찾는 방식은 그렇습니다." 그가 말했다. "그 결과 '스토리'가 충분치 않다는 비난을 자주 들어요. 하지만 내가 보기엔 필요한 만큼은, 그러니까 내 인물을 보여주고 서로의 관계를 드러내기 위해 필요한 만큼은 있지 않나 싶어요. 그것이 내 유일한 척도니까요. 오래도록 지켜보면 내 인물들이 모여들어 여기 저기 **자리를 잡고** 이런저런 행위에 몰두하고 이런저런 어려움에 빠지는 것이 보여요. 내가 마련해준 배경에서 그들이 어떤 모습을 보이고 어떻게 움직이고 말하고 행동하는가, 그것이 내가 내 인물을 설명하는 방식입니다. 유감스럽게도 건축적 측면은 부족하겠죠. 하지만 나로서는 건축적 측면이 너무 많은 것보다는 차라리 너무 적은 쪽이 나아요. 그것이 내 진실의 척도를 방해할 위험이 있다면 말이죠. 프랑스 사람들은 당연히 내가 제공한 것 이상을 원하죠. 워낙 그런 쪽으로는 재주를 타고나서 그래요. 물론 누구나 각자 제공할 수 있는 만큼 다 제공해야 합니다. 바람에 날려온 씨앗의 기원 문제라면, 당신이 물었듯이 **그것이** 어디서 왔느냐는 질문에 과연 누가 대답할 수 있겠어요? 그 대답을 하려면 너무 한참 거슬러 올라가고 너무 한참 뒤로 들어가야 하니 말이죠. 사방팔방 어느 쪽에서든 날아올 수 있고, 어디서든 길모퉁이만 돌면 **거기** 있다는 말 이상으로 할 수 있는 말이 있을까요? 씨앗은 계속 쌓이고 우리는 늘 그 속을 뒤적이며 골라내죠. 그것은 삶의 숨결입니다. 그러니까 삶이 알아서 그 안에 숨결을 불어넣어 우리에게 보낸다는 뜻이죠. 미리 정해져 부과된 방식으로 삶의 흐름을 따라 우리 정신 속으로 흘러들어옵니다. 젠체하는 비평가들이 주제를 갖고 트집 잡을 때가 꽤 많은데, 그 사실을 인정할 기지도 없다면 그건 우둔하다고밖에 할 수 없겠죠. 지적질이 본질적으로 그들이 하는 일이니 말이지만, 그럼 어떤 다른 주제가 적절하다고 지적할 수 있단 말인가요? 그 자신도 무척 당혹스럽겠죠. 아, 내가 뭘 이루었다거나 이루지 못했다고 지적하는 것, 그건 다른 문제입니다. 그는 그게 전문이니까요. 비평가와 마찬가지로 나도 그에게서 '건축물'을 찾는 건 포기하죠." 저명한 내 친구가 그렇게 결론을 내렸다.

이 멋진 천재가 그렇게 말했다. 어디에도 매인 데 없이 떠도는 인물, '언제든 쓸 수 있는' 이미지 안에 얼마나 강렬한 암시가 담겨 있는지를 언급하는 대목을 들으며 내가 얼마나 고마워했던지 지금 편안한 마음으로 떠올릴 수 있다. 그로써 난 내 상상력의 행복한 습관, 곧 머릿속으로 그려봤거나 실제 마주친 어떤 인물, 한 쌍의 인물이나 한 무리의 인물들에게 앞으로 싹을 틔울 속성이나 권위를 부여하는 기술과 관련하여 당시 느꼈던 것 이상의 타당성을 보장받았다.

나는 아주 미리부터 배경보다 인물이 떠오른다. 대개는 나로서도 주객전도로 느껴질 만큼 지나치게 미리부터 편애하며 그들에게 관심을 쏟는다. 이야기가 먼저 떠오르고 나중에 인물을 만들어내는 재능을 구비한 소설가가 부러울 수도 있지만 그를 따라할 수는 없다. 이야기를 적극적으로 착수할 주체가 딱히 필요하지 않은 이야기, 특정한 상황에 놓인 인물과 그런 상황을 받아들이는 인물의 특성에서 흥미로움이 나오지 않는 상황이 내겐 별로 대단하게 여겨지지 않는다. 그런 지지대에 신경 쓰지 않고 상황을 제시하는 방식이 있고, 성공한 소설가들 사이에서 사용되는 것으로 안다. 하지만 그 당시에도 나는 미신에 사로잡혀 그런 곡예를 시도할 필요가 없다는 러시아 작가의 훌륭한 증언이 내게 귀중하다는 깨달음을 놓지 않았다. 고백하건대, 같은 근원에서 울려온 다른 메아리들—사실 전체를 아우르는 단 하나의 메아리가 아니라면—도 사라지지 않고 주위를 맴돌았다. 그리고 나자 들볶이고 뒤틀리고 혼탁해진 객관적 가치의 문제를, 심지어 소설의 '주제'라는 비평적 감상의 문제를 내 필요에 따라 명징하게 읽어내지 않을 수 없었다.

그 문제라면 나는 그런 가치를 제대로 평가할 직관, '비도덕적'이거나 도덕적인 주제를 둘러싼 따분한 논쟁이 무의미함의 차원으로 떨어지는 현상을 제대로 평가할 직관은 일찌감치 지니고 있었다. 주어진 주제의 가치를 판단하는 단 하나의 척도, 제대로 대답하기만 하면 여타의 질문은 모두 치워버릴 수 있는 그와 관련된 질문—한마디로 그것은 타당한가, 진짜인가, 진정한가, 삶의 직접적인 인상이나 인식의 결과인가—을 재빨리 인식하고 나면, 범위를 제한하고 조건을 정의하는 일을 애초에 다무시하는 비평적 허세에서는 대개 배울 것이 별로 없다고 보았다. 지금 떠올려보면 내 초년 대기는 그런 자만심으로 온통 어두웠다. 지금 다른 점이라고 해봐야 그저 말년의 성마름, 주의력의 쇠퇴가 아닌지 모르겠지만. 이 문제에서 예술작품의 '도덕' 의식이 그 생산과정에서 실제 인지한 삶의 양에 전적으로 좌우된다는 말 이상으로 더 영양가 있고 의미심장한 진실은 없지 않을까 한다. 그래서 주제가 발아하는 토양이라 할 예술가의 주된 감수성이 어떤 종류이고 어느 정도인가라는 문제로 다시 돌아가는 것이다.

그 토양의 질과 수용력, 마땅하게 신선하고 올곧게 삶의 비전을 '길러내는' 능력은 바로 강력하게든 미약하게든 그 안에 투영된 도덕성이다. 그 요소는 주제가 어떤 진정한 경험, 지성에 생긴 어떤 흔적과 더하든 덜하든 밀접하게 맺는 관계를 지칭하는 다른 표현이기도 하다. 당연한 말이지만, 그렇다고 전부를 감싸는 예술가의 인간성이라는 대기—작품의 가치에 최종적 손질을 하는—가 놀랍도록 광범위하게 변화무쌍하지 않다고 주장하려는 것은 전혀 아니다. 어떤 경우엔 풍요롭고 웅장한 매체인데 다른 경우는 상대적으로 빈곤하고 인색하니 말이다. 바로 이런 면에서 문학 형식으로서의 소설이 높은 가치를 지닌다. 그 형식을 엄밀하게 유지하면서도 보편적 주제와 개별적으로 맺는 관계의 온갖 차이, 삶을 바라보는 온갖 다양한 관점이나 서로 같을 수 없는 개개인(혹은 남자와 여자 사이)의 조건에서 생겨나는 반사하고 투사하는 온갖 다양한 기질을 모두 아우를 힘이 있을 뿐 아니라, 한도까지 밀어붙여 잠재된 과잉으로 틀을 부숴버리는 정도에 비례하여 자신의 인물에 더 충실한 것으로 나타나는 힘을 지녔다는 점에서 말이다.

한마디로 소설의 집에는 창문이 하나만이 아니라 수백만 개다. 차라리 셀 수 없이 많은 창문을 낼 수 있다고도 하겠다. 거대한 건물 전면의 창문은 모두 각자 상상력의 필요에 따라, 각자 의지의 힘으로 생겨난 것이고 앞으로도 계속 생길 것이다. 모양도 크기도 제각각이지만 인간 삶의 장면 위로 다 함께 자리를 잡은 구멍들이라, 그들이 전해주는 이야기에서 겉으로 보이는 것보다 훨씬 더 큰 동질성을 기대할 법도 하다. 기껏해야 창문이긴 하다. 드나들 수 없는 벽에 서로 연관도 없이 높이 자리 잡은 구멍일 뿐이라, 경첩 달린 문처럼 그것을 열고 삶으로 곧장 들어갈 수는 없다. 하지만 각 창문마다 두 눈을 지닌, 최소한 쌍안경을 가진 인물이 서 있고, 눈이나 쌍안경이 관찰을 위한 독특한 도구가 되어 그것을 이용하는 사람들에게 자신만의 독특한 인상을 확실히 보장한다는 점이 이 창문들의 특성이다. 다들 자기 이웃과 같은 광경을 보고 있지만, 누구는 많이 보는 지점에서 누군가는 적게 보고, 누구는 흰색을 보는 데서 다른 누구는 검은색을 보고, 누구는 작은 것을 보는 데서 누구는 큰 것을 보고, 누구는 섬세한 것을 본다면 다른 누구는 조야한 것을 본다. 그렇게 한없이 이어진다. 다행히도 특정한 두 눈이 창문을 통해 볼 수 없는 광경이 있다고는 말할 수 없다. 범위를 헤아릴 수 없기 때문에 '다행히도'라고 말한 것이다. 앞에 펼쳐진 장, 인간의 장면들이 '주제의 선택'이다. 널찍한 창문이든 발코니가 달린 창문이든 좁고 기다란 창문이든 지붕이 달린 창문이든, 벽에 생긴 구멍은 모두 '문학적 형식'이다. 그러나 개별적으로든 전체적으로든 모든 구멍은 그곳에 자리 잡은 관찰자가 없다면, 다시 말해서 예술가의 의식이 없다면 아무것도 아니다. 예술가라는 존재에 대해 내게 어떤 설명을 하든, 나는 예술가란 그가 의식해온 것이라고 하겠다. 그로써 나는 예술가의 무한한 자유와 그의 '도덕적' 준거점을 동시에 표현하는 것이다.

어둑한 곳에서 더듬거리며 『한 여인의 초상』을 향해 첫발을 내디뎠던 이야기로는 너무 먼 길을 돌아온 듯하다. 단 하나의 인물을 손에 넣은 것이 첫발이었는데, 그 구체적인 과정을 여기서 그대로 되짚을 수는 없겠다. 그 인물을 오롯이 손에 넣었고, 오래도록 손에 넣고 있어서 친숙해졌지만 그렇다고 매력이 줄어들지는 않았고, 무척이나 절박하고 고통스럽게 그 인물의 움직임을, 이를테면 변화를 지켜보았다는 말로 충분하리라. 그러니까 그 인물이 자신의 운명에, 이러저러한 운명에 힘을 쏟는 모습을 지켜보았다는 말과 마찬가지인데, 수많은 가능성 가운데 **어떤** 운명인지가 관건이었다.

그렇게 나는 생생한 개인을 갖게 되었다. 참 이상하게도, 여전히 막연할 뿐 구체적 조건으로 한정되지 않았고, 정체성을 이루는 압인을 제공하리라 기대할 만한 어떤 곤경에도 빠져 있지 않았지만 생생했다. 앞으로 구체적인 자리를 마련해주어야 할 환영일 뿐인데 어떻게 그렇게 생생했을까? 그런 용량은 주로 구체적인 자리를 놓아주는 일을 통해 파악하는 것이라 그런 의문이 들 법도 하다. 만약 자신의 상상이 자라나는 과정을 기술하는 미묘한―너무 어마어마한 일이 아니라면―일을 해낼 수 있다면 틀림없이 그런 질문에 멋지게 답할 수 있을 것이다. 특정한 시점에 상상력에 일어난 놀라운 일을 설명할 수 있을 테고, 이를테면 이러이러하게 구성되어 생기를 띠게 된 인물이나 형태를 어떻게 상상력이 유리한 상황에서 인수(삶에서 곧바로 인수)할 수 있었는지 말해주는 일도 가능할 것이다. 알다시피 그 정도까지 인물은 이미 자리를 **잡고 있었기** 때문이다. 그것을 붙잡아 보존하고 보호하고 향유하는 상상력 안에, 이질적인 물건이 잔뜩 들어찬 어둑한 정신의 고방(庫房)에 있는 그 존재를 의식하는 상상력 안에 말이다. 귀한 잡동사니를 취급하면서 누군가 맡기는 진귀한 물건에 '선금'을 기꺼이 내줄 수 있는 용의주도한 장사꾼이 형편이 어려워진 신원 미상의 귀족 부인이나 투기에 마음이 있는 아마추어가 담보로 맡긴 진귀한 '소품'을 의식하는 일, 벽장문이 짤깍하며 열쇠로 잠기는 순간부터 새삼 그 장점을 드러낼 물건을 의식하는 일과 아주 흡사하다 하겠다.

지금 내가 거론한 특정한 '가치' 즉 마음대로 쓸 요량으로 호기심을 갖고 오래 간직했던 젊은 여성의 이미지에 빗대기에는 이것이 지나치게 세밀한 비유일 수는 있겠다. 하지만 내게는 소중한 기억이라 그 정도면 꽤 사실에 부합하지 않나 싶다. 내 보물의 자리를 제대로 잡아주고 싶은 경건한 바람을 떠올리면 더욱 그렇다. 그런 내 모습에서 '현금화하기'를 체념한 장사꾼, 상대가 가격을 얼마를 부르건 소중한 물건을 저속한 사람의 수중에 넘겨주느니 차라리 무한정 벽장 속에 넣어두겠다고 체념한 장사꾼이 떠오른다. 이런 형상과 인물과 보물을 다루는 장사꾼들 가운데 그 정도의 세련됨을 지닌 이들도 정말 있으니까. 좌우간 요지는 자기 운명에 반항하듯 맞서는 어느 젊은 여성이라는 자그마한 초석 하나를 내가 가진 유일한 장비로 삼아 『한 여인의 초상』이라는 거대한 건물을 짓기 시작했다는 것이다. 그것은 장방형의 널찍한 집이 되었다. 적어도 이번에 다시 손을 보다 보니 내게는 그렇게 보였다. 하지만 그가 오롯이 홀로 서 있는 동안 어떻게든 주변으로 사면의 벽을 쌓아 올려야 했다. 그런 상황이 내게는 예술적 차원에서 흥미로웠다. 고백하자면 나 스스로 그 건축물을 분석해보려는 호기심에 다시 한번 푹 빠져들었기 때문이다.

어떤 논리적 심화 과정을 통해서 이 보잘것없는 '인성', 총명하지만 주제넘은 젊은 여성의 그저 가냘픈 그림자에게 '주제'로서의 고상한 속성을 부여할 수 있을까? 그리고 그것을 손상할 어떤 얄팍함을 피해야 그 주제가 최상의 모습으로 나타날 수 있을까? 총명하든 총명하지 않든, 수백만의 주제넘은 젊은 여성들이 매일매일 각자의 운명에 맞서는데, 그 최대치에서 무엇이 **될 수 있는** 가능성이 그들의 운명에 열려 있기에 우리가 그것을 두고 소동을 벌여야 한단 말인가? 이 소설은 본질적으로 '소동', 무언가에 대한 소동이기 때문이다. 형식이 거대해질수록 당연히 더 대단한 소동이 된다. 따라서 내가 의식적으로 대비했던 상황은 바로 그것, 이 책의 주인공 이저벨 아처를 둘러싼 소동을 나서서 조직하는 상황이었다.

기억하기로 난 당시 그 과도함을 정면으로 마주했던 것 같고, 그래서 결과적으로 당면한 문제의 매력을 인식하게 되었다. 그런 문제에 총명하게 도전하면, 그 안에 얼마나 많은 것이 들었는지 당장 알게 된다. 세상을 둘러보면 수많은 이저벨 아처들이, 그보다 훨씬 못한 잔챙이들조차 얼마나 막무가내로 과도하게 자신들을 대단하게 여겨달라고 고집하는지, 항상 그 점이 놀라웠다. 그와 관련하여 조지 엘리엇은 이렇게 멋지게 지적했다. "먼 과거부터 지금까지 이 연약한 그릇은 인간적 애정이라는 보물을 품어왔다."『로미오와 줄리엣』에서 줄리엣이 중요하듯이, 『아담 비드』와『플로스 강의 물방앗간』과『미들마치』와『대니얼 데론다』의 헤티 소럴과 메기 털리버와 로저먼드 빈시와 그웬돌렌 할리스가 중요해야 한다. 내내 자기 발로 단단한 땅을 디디고 자신의 폐로 상쾌한 공기를 들이마실 수 있어야 한다. 그럼에도 그들은 홀로 관심의 중심에 서기 힘든 집단의 전형이다. 얼마나 힘든지 수많은 능숙한 예술가들, 가령 디킨즈나 월터 스콧, 심지어 R. L. 스티븐슨처럼 섬세한 솜씨를 가진 예술가조차 차라리 시도조차 않는 편을 택했다. 사실 굳이 시도할 가치가 없다는 시늉을 하며 회피했다고 결론 낼 수 있는 작가들도 있다. 그렇게 소심하게 굴어봐야 명예를 지키기도 어려운데 말이다. 그 가치를 제대로 재현할 수 없다고 한들 그것이 그 가치의 증명이 못 되고, 가치의 불완전한 의식이나 진리에 대한 헌사의 증명이 되는 것도 아니다. 뭔가를 아주 형편없이 '만들어내게' 되리라는 예술가의 막연한 걱정을 예술적으로 보상해주지도 못한다. 그보다 나은 방법들이 있는데, 가장 나은 방법은 그나마 피할 수 있는 어리석음은 피해보는 것이다.

일단 셰익스피어와 조지 엘리엇의 증언과 관련해서는 이렇게 대답할 수 있겠다. 줄리엣과 클레오파트라와 포셔[2](총명하고 주제넘은 젊은이의 전형이자 모범인 포셔조차도), 그리고 헤티와 메기와 로저먼드와 그웬돌렌의 경우 빈약한 그 인물들이 주제의 중심 기둥으로 등장할 때 오롯이 자신들의 힘으로 독자에게 호소하지 못했고, 살인이나 전투나 세상의 대단한 변화가 없는 때

---

2 『베니스의 상인』의 여성 인물.

에, 극작가들 용어로 희극적 기분 전환이나 곁줄거리로 빈 공간을 겨우 메워갔다는 점에서 그들의 중요성이 반감되었다는 것이다. 그나마 내세울 수 있을 만큼 '중요한' 인물로 나타날 때도, 그들보다 훨씬 더 강인한 요소로 빚어진 무수한 다른 인물들이 그것을 증명해야 한다. 게다가 다른 인물들은 여성 인물들과의 관계와 동시에 맺어지는, **각자에게** 중요한 수많은 관계에도 연루되어 있다.

안토니우스에게 클레오파트라는 한없이 중요하지만, 동료와 적 그리고 로마라는 국가와 임박한 전투 역시 어마어마하게 중요하다. 포셔는 안토니오와 샤일록에게 중요하고 모로코 영주에게도 중요하며 쉰 명의 야심만만한 영주들에게도 중요하지만, 이 영주들은 포셔 외에 다른 일에 의욕적으로 관심을 가진다. 특히 안토니오의 관심사에는 샤일록과 바사니오와 잃어버린 투자금과 극도의 곤경이 있다. 그 극도의 곤경은 포셔에게도 마찬가지로 중요하다. 그 점이 관심사가 되는 까닭은 오로지 포셔가 **우리에게** 중요해서이긴 하지만 말이다. 어쨌든 포셔가 중요하고 만사가 거의 다 그 지점으로 되돌아온다는 사실은 한갓 젊은 여성이라는 인물에서 알아볼 수 있는 가치를 보여주는 멋진 예시와 관련된 나의 주장을 뒷받침한다. ('한갓' 젊은 여성이라고 말한 까닭은, 추측하기로 영주들의 애정에 관심이 많았던 셰익스피어조차 포셔의 가장 큰 매력이 높은 사회적 지위에서 나온다는 식의 설정은 하지 않았을 것이기 때문이다.) 그것이 바로 내가 과감히 대면했던 지대한 어려움, 그러니까 조지 엘리엇의 '연약한 그릇'을 어딜 보나 중요한 인물까지는 아니더라도 적어도 확실한 호소력을 갖도록 만드는 어려움의 사례다.

진심으로 몰입한 예술가는 심대한 어려움에 용감히 맞서는 일에서 거의 동통(疼痛)처럼 멋진 자극을 느끼고, 게다가 위험성이 더 심화되기를 바라는 심정이 들기까지 한다. 그가 무엇보다 붙들고 씨름할 만한 어려움은 이런 조건에서는 상황이 허락하는 가장 커다란 어려움뿐일 수밖에 없다. 그래서 지금 (그러니까 내 기반의 특정한 불확실함을 늘 앞에 둔 상태에서) 기억하기로는 그 싸움이 알아서 이루어지도록 할 방법으로 다른 것보다 나은 방법—오, 그 어느 것보다 훨씬 더 나을 방법—이 있다고 보았다. 조지 엘리엇의 '보물'로 가득해서 궁금한 마음으로 다가가는 사람에게 그렇게나 중요한 연약한 그릇 역시 그 자체로 중요해질 가능성, 그러니까 문학적으로 다뤄볼 만하고 사실 특이하게도 일단 고려의 대상이 되는 순간 그런 요구를 할 가능성이 있기 때문이다.

여주인공을 둘러싼 관계를 주로 다루는 식으로 회피하고 퇴각하고 도주할 다리를 놓는다면, 그러한 마력을 지닌 미약한 주체를 꼼꼼히 설명해야 할 과업에서 언제든지 벗어날 수는 있다. 주로 **그들 사이의** 관계를 바라보고 제시하면 속임수는 제대로 먹힌다. 주인공이 일으키는 효과만 주로 전해주고, 그 위에 세우는 상부구조가 허락하는 한 최대로 편안하게 전해주기만 하면 되는 것이다. 지금 확실히 기억하는 바로는, 이미 작품의 관계망이 확고히 자리 잡은 상황에서 최대한의 편안함에는 거의 마음이 끌리지 않았기에 난 양쪽 저울에 솔직하게 추를 올려놓음으로써 그 편안함을 치워버렸다. 혼잣속으로 이렇게 중얼거렸다. "젊은 여성의 의식을 핵심 주제로 삼는다면, 내가 원하는 만큼 흥미롭고 멋진 어려움이 생기겠지. 중심은 무슨 일이 있어도 **그것이어야** 해. 주로 자신과의 관계를 달게 될 **그쪽** 저울에 가장 무거운 추를 얹는 거야. 동시에 그 인물이 그 밖의 다른 것들에도 어지간히 관심을 갖게 하면 되겠지. 그렇게 하면 그 관계가 너무 제한적이지 않을까 염려할 필요는 없어. 그사이 다른 쪽 저울에는 그보다 가벼운 추를 얹자(그것이 주로 흥미의 균형을 한쪽으로 기울게 하는 추지). 한마디로 여주인공의 주위에서 움직이는 다른 의식, 특히 남성 인물의 의식이라는 추는 너무 많이 올리지 말아야 해. 더 주된 관심사에 기여하는 관심사로 만들어야지. 좌우간 이런 식으로 뭘 어떻게 할 수 있을지 보자고. 마땅한 독창성에게 이보다 더 나은 판이 어디 있겠어? 매력적인 인물인 그 여성이 내내 주변을 서성이며 도대체 사라지지 않으니, 해야 할 일은 그 공식의 가장 고귀한 항으로, 나아가 가능한 모든 항으로 그 인물을 해석하는 일이 되겠지. 그 인물과 그의 자잘한 관심사가 나를 끝까지 끌고 가도록 하려면 정말 '제대로 만들어야' 한다는 것을 기억하라고."

난 그렇게 따져보았다. 그리고 이제는 그 땅 조각에 세심하게 균형을 맞춰 말끔하게 벽돌을 쌓아 올려 둥근 구조물을 세우고 건축 용어를 빌리자면 궁극적으로 문학적 기념비를 만들기에 적합한 자신감을 내게 불어넣기 위해 무엇보다 기술적인 엄밀함이 필요했다는 점을 쉽게 수긍한다. 지금의 내게 『한 여인의 초상』이 지니는 면모는 바로 그러하다. 투르게네프라면 '건축적' 능숙함이라고 했을 능숙함으로 쌓아 올린 구조물, 그래서 내 눈에는 『대사들』—이후 오랜 세월이 흐른 후 나오게 될, 틀림없이 최고의 완성도를 지닌 작품—다음으로 가장 균형 잡힌 작품이 될 구조물이다.

한 가지 결심한 것이 있다면 이러했다. 흥미를 유발하기 위해 확실히 벽돌을 하나씩 쌓아 올려야겠지만, 무엇이든 선이나 크기의 비례나 원근법이 어긋났다고 할 만한 여지는 남기지 않겠다. 아주 널찍한 집을 짓겠다. 이를테면 돋을새김을 한 궁륭형 천장에 색을 입힌 아치를 세우고, 그러면서도 독자들이 발을 딛고 선 바둑판 무늬 보도가 사방팔방 뻗어가도 종국에는 벽으로 이어지도록 말이다. 이 책을 다시 읽어보니 조심스러움이라는 당시의 가락이 지금도 내 마음에 가장 와닿는다. 독자들에게 재밋거리를 제공해야 한다는 조바심이 여전히 내 귀에 또렷이 들리는 것이다. 아무래도 주제가 협소할 수 있겠다 싶었기에 재밋거리를 아무리 많이 준비해도 지나치지 않다고 보았고, 그래서 주제의 발전이란 그저 재밋거리를 열심히 찾는 과정이었다. 정말이지 이야기의 발전에 대해 내가 제시할 수 있는 설명은 이것뿐이다. 오로지 그런 방향에서 필요한 부착물이 생겨나고 적합한 복잡성이 시작되었다. 젊은 여성이 일단 복잡한 인물이어야 한다는 것이 핵심이었다. 그건 기본이었다. 여하튼 이저벨 아처의 모습을 처음 희미하게 드러냈던 빛이 그러했다. 하지만 그 빛은 특정한 방향으로만 비췄으므로, 그 인물의 복잡성을 증명하기 위해 서로 다투고 갈등하는 다른 빛들, 가능하다면 폭죽이나 '불꽃놀이'의 연발폭죽과 회전폭죽처럼 다양한 색깔의 다른 빛들을 끌어다 쓸 것이었다. 어느 만큼의 복잡성이 딱 적당할지 감을 잡으려 더듬거린 것이 틀림없다. 현재 모습에 이른 전반적인 상황을 어떻게 구성했는지 그 발걸음을 하나하나 되짚을 수는 없으니 말이다. 셀 수 없이 많았을 발걸음들은 각자의 필요에 따라 어쨌든 그 자리에 있다. 하지만 고백하건대, 그것이 어디서 어떻게 왔는지는 전혀 기억나지 않는다.

어느 날 아침 눈을 뜨자 모두 내 수중에 있었던 게 아닌가 싶기도 하다. 랠프 터칫과 그의 부모, 마담 멀, 길버트 오즈먼드와 그의 딸과 누이, 워버턴 경, 캐스퍼 굿우드와 미스 스택폴[3] 등 이저벨 아처의 이력에 각자 기여할 일군의 인물들 말이다. 그들을 알아보았고, 어떤 인물인지 알았다. 그들은 내 퍼즐에 들어갈 조각들, 내 '줄거리'의 구체적 항이었다. 마치 각자 원해서 내 시야로 흘러들어와, '자, 이저벨은 이제 무엇을 할 것인가?'라는 내 첫 번째 질문에 대답한 것만 같았다. 내가 믿어주기만 한다면 보여주겠다는 것이 그 대답이었다. 그래서 적어도 최선을 다해 흥미롭게 만들어달라고 절박하게 간청하며 난 그들을 믿었다. 그들은 시골 별장에서 파티가 열릴 때 기차를 타고 내려오는 일군의 수행원이나 연예인과도 같아서, 파티가 계속되도록 해야 한다는 계약을 맺고 왔다. 나는 그들과 그런 식으로 훌륭한 관계를 맺었다. 헨리에타 스택폴처럼 응집력이 약해서 부러진 갈대 같은 인물과도 맺을 수 있는 관계였다. 작업에 몰두한 소설가에게는 상식이지만, 어떤 작품이든 특정한 요소를 핵심으로 삼게 되고 나머지는 그저 형식의 문제다. 이런저런 인물, 이런저런 성향의 재료가 말하자면 직접적으로 주제에 속한다면, 이런저런 다른 것들은 간접적으로만 그러해서, 그것들을 다루는 방식과 밀접한 관련을 맺는다. 그렇지만 소설가가 이런 상식에서 실제 득을 보는 경우는 거의 없다. 분별력에 근거한 비평, 곧 거의 이 세상에서 보기 힘든 비평만이 진정 그것을 그에

---

3 헨리에타 스택폴. 『한 여인의 초상』에서 주인공 이저벨 아처가 젊은 여성들의 본보기로 삼고 있는 미국의 여성 기자다.

게 보장할 수 있기 때문이다. 게다가 그 길에 불명예가 놓여 있기 때문에 아예 득을 볼 생각을 하지 말아야 한다. 소설가가 생각해야 할 이득은 딱 하나뿐이다. 무엇이 되었건, 비평가보다 단순한, 가장 단순한 주의력에 주문을 걸어 생겨나는 이득 말이다.

작가가 주장할 수 있는 권리는 그것뿐이다. 심사숙고든 분별이든 독자 편에서의 어떤 행위의 결과로 그가 받은 것에 대해서는 권리를 주장할 수 없다고 인정해야 한다. 그 멋진 공물을 즐길 수는 있지만 그건 다른 문제라서, '덤으로 받은' 수고비로, 그저 기적처럼 얻어진 횡재로, 그 자신이 나무를 흔들어 얻었다고 할 수 없는 과실로 받아들인다는 조건에서만 그렇다. 사방천지가 공모하여 작가에게 유리할 심사숙고와 분별을 방해한다. 대체로 작가들이 애초부터 '생계임금'만을 위해 일하도록 스스로 단련해온 것도 바로 그 때문이다. 생계임금이란 독자 편에서 제공할, '주문(呪文)'을 인식하기 위해 요구되는 최소한의 주의력이라는 액수다. 그것을 넘어서는 지적 행위는 이따금 생기는 멋진 '팁'으로, 바람에 흔들려 나무에서 곧장 작가의 무릎 위로 떨어진 황금사과와 진배없다. 물론 예술가도 간혹 헛바람이 들어, 지성에 직접 호소하는 일이 적법하게 여겨지는 어떤 천국(예술의 천국)을 꿈꾸기도 한다. 열망이 없을 수는 없어 그런 호사에서 완전히 마음을 거두지는 못하기 때문이다. 할 수 있는 최선이라면 그것이 호사임을 명심하는 일이다.

여러 말을 했지만 그것은 전부『한 여인의 초상』의 경우 헨리에타 스택폴이 내가 지금 거론한 진실의 좋은 사례라는 말을 듣기 좋게 우회적으로 표현한 것일 뿐이다. 스택폴은 내가 이름을 댈 수 있는 다른 어떤 인물보다 좋은 사례다. 당시엔 아직 미래의 품속에 안겨 있던『대사들』의 마리아 고스트리를 제외하면 말이다. 이들은 각각 마차에 달린 바퀴일 뿐이다. 마차의 몸체에 해당하지 않고 단 한 순간도 마차 안으로 들어가 자리를 잡지 않는다. 마차 안에는 주제만이, '남녀 주인공'의 형태나 이를테면 왕과 왕비와 자리를 함께하는 특별한 고위관리라는 형태로 안락하게 자리를 잡는다. 일반적으로 작가는 독자가 작품 속 어떤 면에서든 작가의 의도를 느껴줬으면 하고 바라는 것과 마찬가지로, 여러 이유에서 이 점도 인지해주기를 바란다. 하지만 그런 바람이 얼마나 헛된지 알기에 그것을 너무 대단하게 여긴다면 딱한 처지에 빠질 것이다.

마리아 고스트리와 미스 스택폴 둘 다 진정한 주체는 아니고 가볍게 요령을 부린 경우다. '그 나름 중요한 인물이면서도', 마차 옆에서 달릴 수도 있고 숨이 턱에 차오르도록 매달려 갈 수도 있지만(미스 스택폴의 그런 모습은 아주 생생하다) 내내 마차 디딤판에 발을 올려놓는 법도 없고 먼지 날리는 길을 걸어가다가 한 순간도 걸음을 멈추는 법이 없다. 프랑스혁명 전반기의 가장 불길했던 날, 왕족이 탄 마차를 베르사유에서 파리로 옮기는 일을 돕던 어부의 부인들과 비슷하다고 할까. 다만 하나 걱정되는 것은, 나 자신도 인정하다시피 헨리에타(지나치게 자주 등장한다는 것은 의심할 바 없다)가 그렇게 기이하고 거의 불가해할 만큼 거들 먹거리며 안 가는 곳 없이 나다니게 내버려둔 까닭이 도대체 무엇이냐는 질문이 나올 수 있겠다는 점이다. 그 변칙성에 대해서는 곧 내가 할 수 있는 한, 어떻게든 이해를 구하는 식으로 대답을 하겠다.

그전에 한 가지 더 지적하고 싶은 점은, 내가 미스 스택폴과 달리 진정한 주체였던 소설 속 인물들과 훌륭한 신뢰 관계에 이르렀더라도, 독자와의 관계가 아직 남아 있었다는 것이다. 그것은 전혀 다른 문제였고 거기서 믿을 사람은 나밖에 없었다. 그에 대한 배려는 따라서 앞서 말했듯이 내가 벽돌을 하나하나 쌓아 올렸던 예술적 인내심으로 나타날 것이었다. 다시 하나씩 헤아려보니―그러면서 벽돌에 약간 손질을 하고 새로운 것을 덧붙이고 더 늘리기도 했다―진정 벽돌들은 거의 셀 수 없이 많았고 아주 꼼꼼하게 아귀를 맞춰 빈틈없이 쌓은 것으로 보인다. 자잘하고 세세한 부분이 쌓여 이뤄진 효과다. 이와 관련해 할 말을 다 한다면, 내 기념비의 풍성한 전체적 분위기가 여전히 건재했으면 하는 바람을 표현할 수 있겠다. 내 주인공에게 도움이 될 만한 가장 명백한 속성 하나를 짚어냈던 일을 떠올리자

이렇게 많은 간절하고 기발한 소소한 예시의 역할이 무엇이었는지 그에 대한 열쇠를 확보한 느낌이다. "그 인물은 무엇을 할 것인가?" 가장 먼저 할 일은 유럽에 가는 일이다. 그리고 사실 그것이야말로 정말 불가피하게 그의 주된 모험에서 적잖은 역할을 할 것이다.

경이로운 현 시대에는 유럽에 가는 일 정도는 '연약한 그릇'에게조차 대단한 모험은 아니다. 하지만 한 측면에서, 그러니까 홍수와 전장, 격동하는 사건, 전투와 살인과 급작스러운 죽음과 무관한 측면에서 그 모험이 대단치 않다는 점보다 더 사실에 부합하는 것이 또 무엇이겠는가? 그에 대한 인식, 혹은 그것을 위한 인식이라고 칭할 것이 없다면 그것은 전혀 대수롭지 않다. 하지만 그 인식을 통해 그것이 드라마, 그보다 훨씬 더 마음에 드는 용어를 쓰자면 '스토리'로 신비롭게 전환되는 과정을 보여주는 일이야말로 바로 묘미이자 어려움이 아니겠는가? 이런 주장이 종소리처럼 낭랑하게 울렸다.

드문 화학작용과도 같은 이런 전환이 일어나는 아주 좋은 사례로 두 장면을 들 수 있다. 비 오는 오후에 비를 맞았든 아니든, 어쨌든 산책을 마치고 가든코트의 거실로 들어오던 이저벨은 그곳을 차지하고 앉은 마담 멀을 목격한다. 아주 열중해 있지만 평온한 모습으로 피아노 앞에 앉은 마담 멀을 본 이저벨은, 그런 의외의 시간에 서서히 내려 깔리는 어스름 속에 자리한 그 인물, 그때까지 들어보지도 못한 그 인물의 존재에서 자기 삶의 전환점을 인식한다. 아무리 예술적으로 필요하더라도 작가의 의도를 하나부터 열까지 다 설명하고 주장하는 일은 끔찍한 일이고, 지금 그런 일을 하고 싶은 마음도 없다. 하지만 이 장면에서 관건은 최소한의 부담으로 최대한의 강렬함을 만들어내는 것이었다. 흥미를 최대한으로 끌어올리면서도 각 요소들은 제자리를 지켜야 했다. 그렇게 해서 그 장면이 전체적으로 내가 의도한 인상을 준다면, 겉으로는 어딜 보나 평소와 다를 바 없는 중에도 '흥미진진한' 내면의 삶이 그 삶을 영위하는 당사자에게 어떤 작용을 하는지 보여줄 터였다.

그리고 그런 이상이 실제 적용된 사례로 치자면, 소설 후반부가 시작되면서 제시된 장면, 이후 자기 삶의 획기적 사건이 될 그 사건을 두고 이저벨이 생각을 이어가는 놀라운 밤샘 장면의 긴 진술보다 더 일관되게 적용된 경우는 생각하기 힘들다. 정수만 뽑아 말한다면, 그것은 탐색하며 비평하는 밤샘일 뿐이지만 스무 가지 '사건'이 할 수 있는 것보다 더 많이 이야기를 진전시킨다. 그것들은 사건의 역동성과 그림의 경제성을 모두 담을 수 있도록 고안되었다. 이저벨은 잦아드는 난롯불 앞에서 밤이 깊도록 앉아 깨달음의 시간을 이어가다가 불현듯 오직 최후의 선명함만이 남아 있음을 깨닫는다. 꼼짝 않고 바라보는 상황의 재현일 뿐이지만 고요하고 명료한 그 행위를 대상(隊商)의 습격이나 해적의 정체가 드러나는 일만큼 '흥미로운' 것으로 만들려는 시도다. 그런 점에서 이 밤샘은 소설가에게 귀중하고 필수불가결하기까지 한, 정체의 확인이라는 순간을 재현한다. 하지만 그 과정 전체가 진행되는 동안 다른 인물이 다가오는 일도 없고 당사자가 앉아 있던 의자에서 일어서는 일도 없다. 두말할 나위 없이 이 작품의 최고 장면이지만, 전체적인 계획을 잘 나타내는 최고의 예시일 뿐이다.

헨리에타를 위한 변명의 말을 마저 하자면, 과다하다 할 그 인물은 내 계획의 한 요소가 아니라 그저 내 지나친 열정을 구체화한 것이 아닌가 싶다. 주제를 모자라게 다루느니(그럴 위험이 있거나 선택의 여지가 있을 때) 차라리 과도하게 다루는 내 성향은 아주 일찍부터 분명했다. (동료 소설가들은 아마 전혀 동의하지 않겠지만 나는 과도함이 폐해로 치자면 오히려 가벼운 폐해라고 늘 주장해왔다.)『한 여인의 초상』의 주제를 '다루는 일'이란 곧 이 소설이 독자에게 재미를 주는 특별한 의무를 수행해야 한다는 사실을 단한 순간도 잊지 않는 것이었다. 이미 잘 알려진 '얄팍함'의 위험이 있었으므로, 어떻게든 활달함을 계발하여 그 위험을 필사적으로 피해야 했다. 적어도 지금 내가 보기에는 그렇다. 헨리에타는 당시에는 활달함이라는 내 관념의 일환이었을 것이 분명하다. 그리고 그때는 또 다른 문제도 있었다. 당시 몇 년 전부터 런던에서 살고 있었는데, 내 느낌으로는 '국제적인' 빛이 그곳에 빽빽하고 그득하게 내려앉아 있었다. 그림은 대부분 그 빛 속에 놓여 있었다. 하지만 그건 또 다른 문제다. 정말이지 할 말 이 너무 많다.

/

3부

/

영국에서

소설이라는 예술

최근 월터 베전트 씨가 출간한 같은 제목의 흥미로운 소책자가 내 무모함의 구실이 되어주지 않았다면, 이런 짧은 글(이 주제를 충분히 살피자면 아무래도 논의가 길게 이어져, 이 정도 글에서 전반적으로 다룰 수는 없을 테니)에 저렇게 거창한 제목을 달지는 않았을 것이다. 원래 베전트 씨가 왕립연구소에서 강연했던 내용을 출간한 이 소책자를 보면, 소설이라는 예술에 관심을 가진 사람이 적지 않고 실제 그 일에 종사하는 사람이 그와 관련된 어떤 발언을 하면 다들 아주 무관심하지 않을 것 같다는 생각이 든다. 이런 호기에 편승하는 혜택을 놓치고 싶지 않아 베전트 씨가 불러일으킨 것이 분명한 관심을 핑계로 나도 몇 마디 얹어보려 한다. 그가 이야기하기라는 수수께끼에 대한 생각을 얼마간 구체화했기에 더욱 용기를 낼 수 있었다.

이런 분위기는 삶과 호기심의 증거다. 독자 쪽에서만 아니라 소설가 집단 쪽에서의 호기심 말이다. 얼마 전까지만 해도 영국 소설은 프랑스 사람들의 말을 빌리자면 '논의할 만한' 것이 못 된다고 여겨졌다. 이론이라든가 신념, 그 뒤편에 놓인 자기의식 따위, 말하자면 예술적 신념의 표현이자 선택과 비교의 결과라는 식의 태도가 없었다. 그게 꼭 더 나쁘다는 말은 아니다. 나로서는 가령 찰스 디킨즈나 윌리엄 새커리가 의식했던 소설 형식에 불완전함이라는 오점이 손톱만큼이라도 있었다고 감히 주장하지 못한다. 하지만 한 번 더 프랑스 단어의 도움을 받자면, 영국 소설은 '순진'했다. 어떤 식으로든 '순진함'을 잃게 될 운명이라면 이제 영국 소설은 그에 상응하는 장점을 확실히 보여줘야 하지 않을까 싶다. 방금 언급한 작가들의 시기에는 마치 푸딩이 푸딩인 것처럼 소설도 소설이고, 그와 관련해서 할 일은 꿀꺽 삼키면 그만이라는 편안하고 유쾌한 기분이 있었다. 그런데 이런저런 이유로 최근 몇 년 새에 다시 활기가 찾아오는 조짐이 보였다. 논의의 시대가 어느 정도 다시 열리는 듯했다.

예술은 논의와 실험과 호기심, 다양한 시도, 견해의 교환과 시각의 비교를 자양분으로 살아간다. 따라서 그에 관해 딱히 할 말이 없고, 예술을 실천하고 좋아하는 이유를 군이 댈 필요가 없는 시대는 영광스러운 시대일 수는 있지만 발전이 없는 시대이고, 심지어 약간 따분한 시대일 수도 있다. 어느 예술이나 성공적으로 제작되면 보기 좋은 광경을 이루지만 이론 역시 흥미로운 분야다. 실제 작품은 생산되지도 않으면서 이론만 난무하는 경우가 있기도 하지만, 진정한 예술적 성공이라면 하나같이 신념의 고갱이를 품고 있지 않았던 적은 없다는 것이 내 생각이다. 논의, 제안, 공식화, 이런 것들이 솔직하고 진지하다면 땅이 비옥해진다. 베전트 씨는 소설을 어떻게 써야 하는지만이 아니라 어떻게 출간해야 하는지에 대해서도 그 나름의 의견을 전하면서 훌륭한 본보기를 보여주었다. '예술'에 대한 그의 견해는 책 맨 뒤의 부록까지 나아가 그 부분도 포괄하기 때문이다. 같은 분야의 종사자들이 틀림없이 그 논쟁을 이어받아 각자의 경험에 따라 제 나름의 주장을 할 테고, 그 결과 소설에 대한 우리의 관심이 최근 한동안 이루지 못했던 상태, 곧 진지하고 활발하게 탐구하는 관심에 좀 더 가까워질 수 있을 것이다. 그런 관심의 보호 아래 나도 이 소소한 연구를 통해 문득 자신감이 들면 나 자신의 견해를 좀 더 꺼내 보일 수도 있을 것이다.

대중이 소설을 진지하게 받아들이게 하려면 우선 소설 자신이 스스로를 진지하게 여겨야 한다. 소설이 '사악하다'는 옛날 미신은 확실히 영국에서 자취를 감췄지만, 어떤 이야기든 어느 정도는 자신을 심심풀이 농담으로 인정하지 않으면 미심쩍은 시선을 보내는 경향에 그런 미신의 잔재가 남아 있다. 아주 익살스러운 소설조차 예전에 문학적 경박함을 금지했던 압박감을 얼마간 느낀다. 익살스러움이 정설로 통하는 일이 늘 성공적이진 않은 것이다. 대놓고 말하기는 창피스러울지 모르겠지만, 어차피 '가공'('이야기'가 가공이 아니면 무엇이겠는가?)일 뿐인 생산물이라면 어느 정도는 변명조일 거라는, 그러니까 진정으로 삶을 재현한다는 시늉은 하지 않을 거라는 기대는 여전하다. 물론 분별력 있고 빈틈없는 이야기라면, 그런 조건에서 주어지는 관용이란 관대함을 가장하여 자신을 질식시키려는 시도임을 재빨리 간파하므로 그런 대우는 거부할 것이다. 그 옛날 복음주의가 소설을 향해 품었던 적대감, 불멸의 인간영혼에게 좋지 않기로는 무대극과 별반 다를 바 없다고 보았던, 편협한 만큼 노골적이기도 했던 그 적대감이 실제로는 차라리 훨씬 덜 모욕적이었다.

삶을 재현하려는 시도야말로 소설의 유일한 존재 이유다. 화폭을 앞에 둔 화가와 마찬가지인 그 시도를 포기한다면 해괴망측한 곤경에 처하게 될 것이다. 화가의 그림에 대해서는, 스스로를 낮춰야만 용서될 수 있다고 생각하지 않는다. 화가의 예술과 소설가의 예술의 관계는 내가 인식하는 한에서는 완전한 유비관계다. 똑같은 영감을 받아 똑같은 과정(매체의 특성이 다르다는 사실은 인정하더라도)을 거쳐 똑같은 성공을 이룬다. 서로에게서 배우고 서로를 설명해주고 지지한다. 똑같은 대의명분을 갖고 있고, 한쪽의 영광은 다른 쪽의 영광이다. 이슬람 세계에서는 그림을 불경스럽게 여기지만 기독교 세계는 그러지 않은

지 이미 오래되었다. 그렇다면 그림의 형제격인 예술을 향한 미심쩍음의 기미(아닌 척 가장할 수는 있겠지만)가 기독교인에게 여전히 남아 있다는 것이 더욱 희한한 일이다. 그런 미심쩍음을 잠재우는 단 하나 효과적인 방법은 방금 언급한 유비관계를 강조하는 것이다. 그림이 현실이라면 소설은 역사라는 점을 주장하는 것이다. 소설에 대해 할 수 있는 일반적인 설명(정당한 설명)은 그것뿐이다. 그런데 역사에서도 현실의 재현이 용인되고, 그림에 대해 그러하듯이 자기 존재를 변명해야 한다고 기대하지 않는다. 역사와 마찬가지로 소설의 소재도 문서와 기록에 저장되어 있고, 캘리포니아 사람들이 하는 말처럼 어쩌다가 탄로 나는 일이 없으려면, 역사가의 말투로 확신을 갖고 말해야 한다.

기량이 뛰어난 소설가 중에도 그런 습관을 지닌 사람들이 있어서 그들의 소설을 진지하게 받아들이는 독자의 눈물을 자아낸다. 최근 앤서니 트롤롭의 소설을 뒤적이다가 특히 그가 이런 면에서 얼마나 분별력이 없던지 깜짝 놀랐다. 여담처럼, 삽입구나 방백을 이용하여, 화자 자신과 사람을 잘 믿는 자기 친구는 그저 '가공'일 뿐이라고 선선히 인정했기 때문이다. 자기가 서술하는 사건은 실제 일어난 일이 아니라고, 따라서 독자들 뜻에 따라 이야기의 진행을 바꿀 수 있다고 말하는 것이다. 성스러운 직무를 그런 식으로 배신하다니 나로서는 끔찍한 범죄로 여겨진다. 그것이 바로 내가 변명조라는 말로 뜻한 바이고,

내게는 기번이나 매컬리의 저서[1]에 등장했을 경우와 마찬가지로 트롤롭의 소설에서도 충격적이었다.

그 말에는, 소설가는 역사가만큼 진실(내가 뜻하는 진실은 당연히 그가 추정하는 진실, 무엇이 되었건 우리가 승인할 수밖에 없는 그의 가정들이다) 추구에 몰두하지 않는다는 뜻이 함축되어 있고 그럼으로써 소설이 설 자리를 일거에 허문다. 두 분야 모두 인간의 행위인 과거를 재현하고 예시하는 일을 과업으로 삼고, 내가 아는 다른 점은 딱 하나인데 그 점에서도 성공하는 정도에 비례해서 소설가에게 더 큰 영광이 주어진다. 소설가에게는 순전히 문학적인 것과는 아주 동떨어진 증거자료를 모으는 힘겨운 일이 수반되기 때문이다. 내 생각에 소설가는 철학자와 화가 양자와 공통되는 점이 많다는 사실 덕분에 위대한 특성을 지닌다. 양쪽과의 유비관계가 훌륭한 유산이 되는 것이다.

베전트 씨가 소설도 예술의 한 종류이고 지금까지 음악이나 시, 그림, 건축 등의 성공적인 직업에만 주어졌던 명예와 보수를 모두 받을 자격이 있다고 주장했을 때, 이런 사실들을 충분히 고려했음이 분명하다. 그렇게 중요한 진실은 아무리 주장해

---

1   에드워드 기번(Edward Gibbon)은 18세기 영국의 역사가로 『로마제국 쇠망사』를 썼다. 토머스 B. 매컬리(Thomas Babbington Macaulay)는 19세기 영국의 역사가이자 정치가로 근대 영국 군주들의 통치기를 기록했다.

도 지나치지 않고, 소설가의 작품에 마땅히 주어져야 한다고 베전트 씨가 요구하는 지위를 약간 덜 추상적으로 표현하자면, 그냥 예술적인 정도가 아니라 그야말로 매우 예술적이라는 평가를 받아야 한다는 것이다. 그가 이 점을 굳이 언급한 걸 보면 그런 가정이 많은 사람에게 낯설게 여겨져 그럴 필요가 있었던 모양이다. 그렇다면 그 점을 끄집어낸 것은 훌륭하다. 잘못 봤나 싶어 눈을 비비겠지만, 나머지를 다 읽어봐도 확실하다.

사실 상황은 그보다 더할 수도 있다. 소설이 예술적이어야 한다는 생각이 전혀 떠오르지 않는 사람들에 더해, 누구라도 그런 원칙을 강력히 주장하면 뭔지 모를 불신에 사로잡힐 사람이 훨씬 많다고 해도 과히 틀린 말은 아닌 것이다. 왜 반감이 드는지 스스로 설명하기 어렵더라도, 그들은 단단히 경계 태세를 갖출 것이다. 기묘하게 비틀린 면이 수두룩한 우리 프로테스탄트 사회에는 '예술'이 중요하고 다른 관심사에 버금간다고 여기는 사람은 누구나 그로부터 어떤 막연한 해를 입는다고 가정하는 부류가 있다. 어떻게 해서 그런지 정확히 알 수는 없지만 예술은 도덕이나 오락이나 교육에 반하는 존재라고 가정된다. 예술이 화가의 작품(조각가는 또 다르다!)으로 구현되었을 경우엔 그 실체를 알 수 있다. 누가 봐도 분홍색, 초록색이 칠해진 채 금빛 액자 안에 담겨 눈앞에 있으니까. 아주 형편없는 작품은 한눈에 알아보고 경계를 늦추지 않는다. 하지만 예술이 문학에 도입되면 왠지 미묘하고 음험하다. 당신이 의식하지 못하는 사이에 해를 입힐 위험이 도사리고 있다는 것이다.

문학은 교훈적이든지 재미나든지 해야지, 예술적인 면에 몰두하고 형식미를 추구하는 일이란 어느 쪽에도 도움이 되지 않고 오히려 방해가 된다는 인상이 많은 사람의 머릿속에 있다. 소설이란 우리를 교화하기에는 너무 시시하고 아무 생각 없이 즐기기에는 너무 심각하다. 그뿐인가, 도덕군자연하고 모순적이며 꼭 필요하지도 않다. 책을 걸러뛰며 읽는 연습 삼아 소설을 읽는 많은 사람에게 잠재된 생각을 밖으로 꺼내 확실히 표현하면 그런 식이지 않을까 싶다. 물론 소설도 '좋은' 소설이어야 한다고 주장하겠지만, 그 용어를 자기 입맛대로 해석할 테고 따라서 비평가마다 천차만별일 것이다. 지체 높고 덕망 있으며 포부가 큰 인물을 재현해야 '좋은' 소설이라는 이도 있고, 또 누구는 '행복한 결말'이 좌우하므로 결말에서 온갖 보상과 수당과 남편과 아내와 아기와 대중, 그리고 덧붙이는 구문과 유쾌한 발언을 어떻게 잘 배분하는가에 달려 있다고 할 것이다. 그런가 하면 사건이 많고 역동적이어야 한다는 사람도 있어서, 정체 모를 이방인이 결국 누구인지, 도난당한 유언장을 과연 찾게될 것인지 궁금해 미리 마지막을 들춰보고 싶어지고, 지루한 분석이나 '묘사'가 이런 재미를 방해하지 않아야 좋은 소설이라고할 것이다.

하지만 '예술적' 방안이 재미를 망치리라는 데에는 다들 동의할 것이다. 누구는 온갖 묘사가 이어지는 것이 그 탓이라고 하고 또 누구는 공감의 부재에서 드러난다고 한다. '예술적' 방안이 행복한 결말을 극히 싫어하는 것은 명백하고 어떤 경우엔 아예 결말이 불가능해진다고도 한다. 많은 독자에게 소설의 '결말'은 후식과 아이스크림까지 포함된 괜찮은 만찬과도 같아서, 소설에서 예술가라는 존재란 기분 좋은 뒷맛을 금지하는 일종의 오지랖 넓은 의사처럼 여겨진다. 그러다 보니 소설이 최고의 형식이라는 베전트 씨의 주장에 독자들은 부정적으로건 긍정적으로건 무관심할 뿐이다. 소설이 마치 정비공처럼 행복한 결말이나 호감이 가는 인물 혹은 객관적인 어조를 공급하는 것이 진정 예술작품으로의 본질에 부합하는가 아닌가라는 문제가 그다지 중요하지 않은 것이다. 이따금 누군가 웅변조로 목청을 높여 소설도 다른 모든 문학 장르와 마찬가지로 자유로우면서 진지하다는 사실을 일깨워주지 않는 다음에야, 서로 어울리지 않는 이런저런 방안을 한데 묶어버리면 소설로서는 감당하기 힘들어지기 십상이다.

귀가 여린 우리 세대의 관심을 끌 만한 소설이 어마어마하게 많이 나와 있으니 이런 말이 미심쩍게 들릴 수도 있다. 중요한 상품치고 그렇게 쉽고 빠르게 생산되는 것이 없을 테니 말이다. 좋은 소설은 나쁜 소설 탓에 꽤 평판이 떨어지고, 대체적으로 그 분야는 너무 붐벼서 신용이 낮아진다는 사실은 인정해야 한다. 하지만 그런 피해는 그저 피상적일 뿐이라, 생산된 소설의 양이 과다하다고 그것이 원칙 자체에 대한 반증이 되진 못한다. 다른 문학 분야나 오늘날 다른 모든 것들이 그렇듯이 소설도 천박해졌고, 어떤 부류보다 더 천박해지기 쉽다는 사실이 증명되기도 했다. 하지만 현재 좋은 소설과 나쁜 소설 사이의 차이는 그 어느 때보다 크다. 나쁜 소설은 서투른 그림이나 망친 대리석상과 함께 한꺼번에 쓸어다 아무도 찾지 않는 구석에 쌓거나 세계의 뒤창 아래쪽의 쓰레기장에 버려진다. 반면 좋은 소설은 여전히 생명을 이어가며 빛을 발하고 완벽을 향한 우리의 열망을 자극한다.

본인이 종사하는 예술에 대한 사랑이 묻어나는 베전트 씨에게 딱 한 가지 비판을 해도 된다면, 먼저 해버리는 게 나을 듯싶다. 내 생각에 그는 좋은 소설이 어떤 식이어야 하는지 미리 확실히 정해버리는 실수를 저지른다. 이 짧은 글을 쓰게 된 까닭도 그런 실수가 얼마나 위험한지를 보여주기 위함이었다. 그 문제라면 선험적으로 적용되는 그와 관련된 특정한 전통이 이미 큰 책임이 있고, 직접적으로 삶을 복제하려는 예술의 건강함은 완전한 자유로움의 요구로 가능하다는 점을 지적하고 싶었다. 예술은 실행으로 살아가고 실행의 의미는 바로 자유다. 자의적이라는 비난을 초래하지 않고 소설에 미리 부과할 수 있는 단

하나의 의무사항은 흥미로워야 한다는 요구다. 소설이라면 흥미로워야 한다는 전반적인 책임이 있을 뿐, 달리 떠올릴 수 있는 책임은 없다. 우리의 관심을 불러일으킬 만한 결과를 자유롭게 이룰 수 있는 방법은 내 생각에 무수히 많은데, 특정한 처방으로 방향을 정하거나 울타리를 치면 무엇이나 고통받을 것이다. 그 방법은 인간의 기질만큼 다양하고, 남들과 다른 특정한 정신을 드러내는 만큼 성공을 이룬다.

폭넓게 정의하자면, 소설은 개인적이고 직접적인 삶의 인상이다. 우선 그 점에 소설의 가치가 있고 그 가치는 인상의 강렬함에 따라 크거나 작아진다. 하지만 마음대로 느끼고 발언할 자유가 없다면 강렬함은 전혀 생기지 않을 테고 따라서 가치도 없을 것이다. 따라야 할 선과 취해야 할 어조와 채워야 할 형식의 윤곽을 잡아주는 일은 그러한 자유를 제한하고, 우리가 가장 궁금해하는 바로 그것을 억압하는 일이다. 형식은 일단 창작된 이후에야 감상할 수 있다. 그때가 되면 작가의 선택이 나타나고 기준이 제시된다. 그러면 우리는 앞에 그어진 선과 안내해주는 방향을 따라가면서 문체와 유사성을 비교할 수 있다. 한마디로 비할 바 없이 멋진 즐거움을 누릴 수 있고, 각각의 질을 평가하고 어떻게 실행되었는지 시험해볼 수 있다.

실행은 오로지 작가의 몫이다. 무엇보다 실행은 개인적인 것이고 우리는 그것으로 작가를 가늠한다. 무엇을 시도하든 실

행하는 당사자에게 아무런 제한이 없다는 점은 작가의 장점이
자 사치면서 동시에 고통과 책임이기도 하다. 가능한 실험과 노
력, 발견, 성공, 그 무엇에도 제한이 없다. 특히 이런 점에서 소
설가는 형제인 화가와 마찬가지로 차근차근 작업해나간다. 화
가는 자신이 가장 잘 아는 방식으로 작업해나간다고들 하지 않
는가. 그의 방식은 그만의 비밀이고, 남들이 갖지 못하게 전전
긍긍할 일도 없다. 설사 하고 싶더라도 보편적인 방식으로 공개
할 수가 없다. 다른 사람에게 가르치려 해도 갈팡질팡할 것이
다. 앞서 그림을 그리는 예술가와 소설을 쓰는 예술가가 방법
을 공유한다고 주장한 적이 있음을 마땅히 기억하기에 하는 말
이다. 화가는 그림의 기본기를 가르칠 수 있고, 좋은 작품을 연
구하면서(적성을 타고 났다면) 그림 그리는 법이든 글 쓰는 법이
든 배울 수도 있다. 하지만 그 연합을 해치지 않는 수준에서 엄
연한 사실은, 다른 예술가에 비해 문학 분야 예술가는 제자에게
'아, 자네가 할 수 있는 방식으로 해야겠지!'라고 말해줘야 할
의무가 더 크다는 것이다. 그것은 정도의 문제이고 섬세함의 문
제다. 정확한 과학이 있다면 정확한 예술 역시 있고, 그림의 문
법은 훨씬 명확하므로 그런 점에서 다르다.

여기서 한마디 더 덧붙여야겠다. 베전트 씨는 자신의 글 첫
머리에서 '소설의 법칙도 화음이나 원근법이나 비율의 법칙만
큼 정확하고 세밀하게 정하고 가르칠 수 있다'고 적었다. 그런

데 그 주장을 '일반적인' 법칙처럼 내보이고 대부분 어떤 식으로든 이의를 제기하기 힘든 방식으로 표현해서, 사실 과도하다 할 주장을 눙치는 게 아닌가 싶다. 예를 들면 이런 식이다. 소설가는 자기 경험으로 써야 한다. '등장인물은 현실적이고 실제 삶에서 만날 수 있을 법한 인물이어야 한다.' '조용한 시골 마을에서 자란 젊은 여성이라면 웬만하면 군부대 생활은 묘사하지 말아야 한다.' '친구관계나 개인적 경험이 중하층 계급에 속하는 작가는 등장인물을 사교계에 소개하는 일은 피해야 한다.' 비망록에 잘 기록해야 한다. 인물의 윤곽을 명확하게 제시해야 하지만, 대사나 행동거지에서 속임수를 써서 그렇게 하는 것은 나쁜 방법이고 '장황한 묘사'는 더 나쁜 방법이다. 영국 소설은 '의식적으로 도덕적 목적'을 지녀야 한다. '세심한 기량, 즉 문체의 가치는 아무리 강조해도 지나치지 않다.' '무엇보다 중요한 점은 줄거리이고' '줄거리가 전부다.'

대부분 공감하지 않을 수 없는 원칙들이다. 중하층 계급 작가를 가리키며 자기 자리를 알아야 한다는 식의 조언은 좀 오싹하지만, 나머지 조언들이라면 나로서도 이의를 제기하기 힘들다. 하지만 동시에 비망록에 잘 기록하라는 지시 정도를 제외하면 그 무엇도 적극적으로 동의하기 어렵다. 그것들이 베전트 씨가 소설가의 규칙에 집어넣은 특성, 곧 '화음이나 원근법이나 비율의 법칙'의 '세밀함과 정확성'을 지닌다고 보기 힘들기 때문이다. 시사적이고 고무적이기까지 하지만, 정확하지는 않다. 그것이 내가 방금 주장한 해석의 자유에 대한 증거가 된다는 당면한 경우에 한에서는 틀림없이 정확하겠지만 말이다. 무척 멋들어지지만 무척 막연하기도 한 다른 지시들의 가치는 전적으로 각자에게 달렸다. 현실감 있는 인물과 상황이란 독자에게 가장 흥미롭고 감동을 주는 인물과 상황이겠지만, 현실성의 척도는 확실히 정하기가 매우 어렵다. 돈키호테나 미코버 씨[2]의 현실성은 아주 미묘하게 다르다. 작가의 시각으로 잔뜩 색이 입혀진 현실이라 아주 생생할지는 몰라도 본보기로 제시하기는 망설여진다. 그럴 경우 학생 입장에서 매우 당혹스러운 문제에 직면하게 될 것이다. 현실 감각이 없다면 좋은 소설을 쓸 수 없으리라는 것은 두말할 나위 없는 사실이다. 하지만 그런 감각을 가질 수 있는 비결을 제공하기란 힘들 터다.

인간세상은 어마어마하게 넓고 현실의 형태는 무수하다. 확실하게 단언할 수 있는 것이라고는 고작 어떤 소설의 꽃에서는 현실의 향기가 나고 다른 소설은 그렇지 않다는 것뿐이다. 꽃다발을 어떻게 구성해야 하는지 미리 알려주는 것은 그와는 전혀 다른 문제다. 경험으로 써야 한다는 말도 마찬가지로 훌륭하지만 요령부득이다. 소설가로 성공하려는 사람이 그런 단언을 마

---

2 찰스 디킨스 『데이비드 커퍼필드』의 등장인물.

주하면 우롱당하는 마음이 들 것이다. 어떤 종류의 경험을 말하는 것이며, 그 경험은 어디에서 시작하고 어디에서 끝나는가? 경험이란 결코 한정되지 않고 결코 완결될 수도 없다. 그것은 광대무변한 감수성이고, 의식의 방에 걸린 아주 가느다란 명주실로 짠 거대한 거미줄로, 부유하는 입자를 빠짐없이 잡아낸다. 그것은 정신이 거주하는 대기다. 그래서 상상력이 풍부한 정신—천재적인 인물이라면 더더욱—이라면 아무리 희미한 삶의 암시라도 붙잡아 공기의 맥박을 외적 표현으로 바꿔놓는다. 그렇기에 시골 마을에 사는 젊은 여성이라도 무엇이든 그냥 흘려보내지 않는 인물이기만 하면, 군대와 관련해 할 말이 없으리라는 단정은 부당하다. (내 생각엔 그렇다.) 상상력의 도움만 있다면 그 여성이 군인들에 대한 진실을 전하는 기적보다 더한 기적도 우리는 보아왔다.

일전에 한 천재적인 여성 소설가가 내게 한 말이 떠오른다. 자기 소설에 그려진 프랑스 개신교 청년의 본성과 삶의 방식이 어찌나 생생한 인상을 주는지 칭찬이 자자하다고, 잘 알려지지 않은 오묘한 존재를 어떻게 그렇게 잘 아느냐는 질문을 여기저기서 받고 그런 특별한 기회에 대해 축하를 받았다고 했다. 그 기회란 작가가 파리에 머물던 어느 날 계단을 올라가다가, 목회자의 가정으로 보이는 집에서 막 식사를 마친 식탁 앞에 몇 명의 젊은 개신교도들이 앉아 있는 모습을 열린 문 틈 사이로 잠간 들여다본 것이 전부였다. 언뜻 보았을 뿐이지만 그 광경이 그림을 이루었다. 일분이 될까 말까 한 시간이었지만 그 순간이 경험을 이루었다. 그래서 자신만의 직접적인 인상을 얻었고 자신의 유형으로 빚어낸 것이다. 그는 젊은이라는 존재도 알고 개신교도 알았다. 게다가 프랑스인의 됨됨이를 안다는 이점도 있었으니 이 모두를 하나의 구체적인 상으로 전환해서 하나의 현실을 만들어낸 것이다.

하지만 무엇보다 그 소설가는 하나를 배우면 열을 아는 재능을 타고난 인물이었다. 그런 재능이야말로 우연히 어떤 장소에 살게 되거나 사회계층의 어디쯤에 위치하는 일보다 훨씬 더 큰 힘의 원천이다. 보이는 것에서 보이지 않는 것을 짐작하는 힘, 상황의 함축된 의미를 추적하는 일, 하나의 견본으로 전체를 판단하는 일, 삶을 전반적으로 철저히 실감해서 어느 특정한 곳이든 구석구석 알 수 있는 상태, 이런 재능들이 모여서 경험을 이룬다고 말할 수 있고, 그것은 시골이나 도시를 가리지 않고 생겨나고 교육을 얼마나 받았든 누구나 가질 수 있다. 경험이 인상으로 이루어진다면, 인상도 우리가 공기처럼 들이마시므로(지금까지 보아온 바가 아닌가?) 그것 또한 경험이라고 할 수 있다. 그러니 초보자에게 '경험으로, 오직 경험으로만 쓰라'고 말한다면, 좀 하나마나한 충고로 느껴지지 않을까 싶다. 그 뒤에 곧바로 '하나도 놓치지 않는 사람이 되도록 애쓰라!'고 덧붙이

192

지 않는다면 말이다.

그렇다고 정확성, 즉 구체적 내용의 진실성이 가진 중요함을 무시하려는 것은 절대 아니다. 누구든 자기 성향에 맞는 내용을 가장 잘 전할 수 있을 테니 이쯤에서 내 생각을 조심스럽게 말해보자면, 소설의 최고 덕목은 현실의 분위기(구체적 묘사의 견고함)다. 그러므로 다른 모든 장점(베전트 씨가 언급한 의식적인 도덕적 목적도 포함하여)은 그것을 무력하게 고분고분 따라야 한다. 그것이 없다면 다른 것이 있어봐야 소용없고, 그것이 있다면 다른 것들의 효과는 삶의 환영을 얼마나 성공적으로 만들어내는가에 달려 있다. 내 성향에 따르면 이런 성공을 일구어내는 일, 이 미묘한 과정을 연구하는 일이 소설이라는 예술의 처음이자 끝이다. 그것이야말로 소설가의 영감이고, 절망이자 보상, 고통이자 기쁨인 것이다. 소설가는 바로 이곳에서 삶과 겨룬다. 그는 사물의 외양, 의미를 전달하는 외양을 표현하려고 시도하면서, 인간 삶에서 펼쳐지는 광경의 색채와 도드라짐과 표현과 표면과 실재를 잡아내려고 **그 나름대로** 시도하면서 자신의 형제격인 화가와 겨루는 것이다.

기록을 잘하라는 베전트 씨의 말도 이런 맥락에서는 아주 적절한 권고다. 너무 많이 기록한다거나 충분히 기록했다는 것은 있을 수 없다. 삶 전체가 간절히 부르니, 가장 단순한 표면을 '묘사하고' 가장 순간적인 환영을 만들어내는 것은 아주 복잡한 과정이다. 베전트 씨가 무엇을 기록해야 하는지도 말해줬더라면 상황이 더 수월해지고 규칙도 더 정확하겠지만, 어떤 설명서도 그런 건 가르쳐줄 수 없을 것이다. 각자 살아가면서 해야 할 일이니까. 몇몇을 고르기 위해 엄청나게 많은 양을 받아들여야 할 것이고, 할 수 있는 한 그것들을 작동시켜야 할 것이다. 그리고 팔레트를 든 화가를 내버려두듯이, 소설가가 배운 것을 실행하는 단계에 접어들면 아무리 할 말이 많을 철학자나 스승이라도 소설가가 알아서 하도록 내버려둬야 한다. 베전트 씨의 말처럼 인물의 '윤곽을 명확히 제시'해야 할 필요성은 소설가 자신도 절감할 것이다. 하지만 그 일을 어떻게 해낼 것인지는 그 자신과 그의 천사만 아는 비밀이다.

상당한 양의 '묘사'로 할 수 있다든지, 반대로 묘사를 없애고 대화를 많이 넣거나, 아니면 대화를 빼고 '사건'을 첩첩히 쌓으면 그런 어려움에서 벗어날 수 있다고 가르칠 수 있다면 문제는 터무니없이 간단해질 것이다. 묘사 대 대화, 사건 대 묘사라는 이런 기이한 대립 항이 별 의미도 없고 딱히 빛을 던져주지도 않는 그런 정신구조를 가진 사람이 있을 가능성도 충분하다. 그 두 항이 매 순간 서로에게 녹아들거나 표현을 향한 전반적인 노력에서 밀접히 연관된 부분이 아니라 골육상잔의 관계라도 되는 듯이 말하는 사람들이 종종 있다. 네모난 덩어리를 늘어놓기만 해서 미술작품이 나온다고 상상할 수 없듯이, 논의할 가치가 있는 소설이라면, 의도상 서술적이지 않은 묘사나 의도상 묘사적이지 않은 대화를 나로서는 상상할 수 없다. 또한 어떤 종류의 진실이든 사건의 본성을 포함하지 않거나 어떤 사건이든 예술작품이 성공할 수 있는 단 하나의 일반적인 원천—구체적으로 보여주는 방식—이 아닌 다른 원천에서 관심사를 끌어오는 것을 상상할 수 없다. 소설은 여타의 유기체와 마찬가지로 전체가 연속성을 이루는 살아 있는 존재이고, 그것이 살아 있는 한은 어느 부분이나 그 안에 다른 부분도 얼마간 품고 있을 것이다.

비평가가 완성된 작품의 조밀한 질감 위에 각각의 요소의 지형도를 그려낼 수 있다는 듯이 군다면 지금껏 역사에 알려진 그 무엇보다 인위적인 경계선을 그리게 될 것이다. 인물 중심 소설과 사건 중심 소설이라는 구태의연한 구분이 있는데, 작업하느라 여념이 없는 이야기꾼이 이 이야기를 들으면 코웃음을 칠 법도 하다. 역시 이름난 구분인 소설과 로맨스의 구분만큼이나, 이는 적절치도 않고 현실과 부합하지도 않는다. 좋은 소설과 형편없는 소설이 있고, 좋은 그림과 형편없는 그림이 있다. 내 생각에 의미 있는 단 하나의 구분은 그것뿐이고, 회화에서 인물의 그림이라는 개념을 상상할 수 없듯 인물의 소설이라는 개념도 상상할 수가 없다. 그림을 말하면서 인물을 말하고 소설을 말하면서 사건을 말하는데 그 용어는 제멋대로 자리를 바꾸기도 한다. 하지만 인물이 사건의 축적된 결과가 아니면 무엇이고, 사건이 인물의 예시가 아니면 무엇인가? 그림이든 소설이든 인물과 관련되지 않은 것이 있나? 그 속에서 우리가 구하고 발견하는 것이 달리 무엇이 있단 말인가?

한 여성이 탁자에 손을 얹고 서서 특정한 방식으로 당신을 바라본다면 그것은 사건이다. 그것이 사건이 아니라면 달리 뭐라고 불러야 할지 나로서는 알 수가 없다. 동시에 그것은 인물의 표현이기도 하다. 그것(그 안의 인물 말이다—쯧쯧!)이 안 보인다면, 그것이 보인다고 생각할 나름의 근거를 지닌 예술가가 당신에게 알려줘야 할 것이 바로 그것이다. 성직자가 되기로 마음먹었던 한 젊은이가 결국 자신에게 신심이 부족하다는 결정을 내린다면 그것은 사건이다. 다시 마음을 바꾸지는 않을지 궁금해서 급히 책장을 넘기게 되지 않을지라도 말이다. 비범하거나 놀라운 사건이라는 말은 아니다. 거기서 어느 만큼의 흥미가 생겨날지를 내가 추산하려 들 마음도 없다. 그것은 화가의 기술에 달려 있기 때문이다. 이러이러한 사건이 본질적으로 다른 사건보다 중요하다는 말은 내게는 유치한 말로 들린다. 내가 이해하는 유일한 소설의 분류는 삶이 담긴 것과 담기지 않은 것의 구분이라는 말로 내가 공감하는 주된 예방책을 이미 표명한 차에 그런 것까지 신경 쓸 필요는 없을 것 같다.

소설과 로맨스, 사건의 소설과 인물의 소설, 이런 어설픈 구분은 비평가와 독자가 이따금 요상한 곤경에 빠졌을 때 거기서 벗어나는 데 도움이 될까 하여 편의대로 만들어내지 않았나 싶은데, 소설 창작자의 입장에서 이 같은 구분은 거의 현실성도 없고 흥미롭지도 않다. 그리고 지금 하고자 하는 바는 당연히 창작자의 관점에서 소설이라는 예술을 살피는 것이다. 보아하니 베전트 씨가 세우고 싶어 하는 또 다른 어슴푸레한 범주인 '현대 영국 소설'의 경우에도 사정은 마찬가지다. 어쩌다 보니 관점에 혼선이 일어난 것이 아니라면 말이다. 그 대목에서 범주를 거론한 의도가 교훈적인 맥락인지 역사적인 맥락인지는 분명치 않다. 누군가 현대 영국 소설을 쓰려 한다는 것은 고대 영국 소설을 쓰려는 것만큼이나 떠올리기가 어렵기 때문이다. 꼬리표 자체에 의문의 여지가 있다. 자기 언어로 자기 시대의 소설을 쓰고 그림을 그리는데, 거기에 현대 영국이라는 이름을 붙인다고 어려운 문제가 조금이라도 쉬워지지는 않는다. 안됐지만, 동료 예술가의 이런저런 작품을 로맨스라고 부르는 것도 마찬가지다. 가령 블라이서데일을 다룬 소설에 로맨스라는 명칭을 붙인 호손의 경우처럼 그냥 재미삼아 하는 일이 아니라면 말이다.

놀랄 만한 완성도의 소설이론을 지닌 프랑스에는 소설에 해당하는 명칭이 딱 하나뿐이고 내가 아는 바로는 그렇다고 그들의 시도가 사소해지지도 않았다. 나로서는 소설가가 따라야 할 의무 가운데 '로맨스 작가'에게도 똑같이 해당되지 않는 사항은 떠올릴 수가 없다. 실행의 기준은 어느 쪽이든 똑같이 높다. 당연히 우리는 실행의 문제를 논의하는 중이고, 소설과 관련하여 논쟁할 수 있는 부분은 그것뿐이라 그렇다. 어쩌면 그 사실이 너무 자주 간과되어 끝없는 혼란과 동문서답이 양산되는지도 모른다.

주제와 방안과 기본 설정은 예술가에게 맡겨야 한다. 비평이란 예술가가 그것을 가지고 만들어낸 결과에만 적용된다. 그것이 반드시 우리 마음에 들거나 흥미로워야 한다는 말은 물론 아니다. 마음에 들지도 않고 흥미롭지도 않다면 가야 할 길은 간단하다. 그냥 놔두면 된다. 상당히 진지한 소설가라도 어떤 관념은 제대로 이해하지 못하는 것이 아닌가 싶을 때가 있고, 실제 나온 결과를 보면 그 생각이 전적으로 옳았음이 증명되기도 한다. 하지만 실패란 실행의 실패이고, 치명적인 약점도 실행된 결과물 속에 기록되는 것이다. 예술가를 존경하는 시늉이라도 한다면, 각각의 경우마다 선택을 받지 못해 실제 열매를 맺지 못할 수두룩한 전제들을 앞에 둔 선택의 자유를 허용해야 한다. 예술적으로 유익한 실천은 상당 부분 추정에 정면으로 대들면서 생겨나고, 예술이 할 수 있는 가장 흥미로운 실천은 얼마간 평범한 것들 속에 숨어 있다.

귀스타브 플로베르의 소설 가운데 앵무새에 빠진 어느 하녀

이야기가 있다.[3] 완성도가 무척 높은 작품이지만 전체적으로 성공작으로 보긴 힘들다. 따분한 작품으로 봐도 무방하지만 흥미로울 수도 있을 것 같다. 나로서는 그가 그 작품을 써서 아주 기쁘다. 어떤 것이 가능한지, 혹은 어떤 것은 가능하지 않은지에 대한 우리 식견에 도움이 되기 때문이다. 이반 투르게네프는 귀머거리에 벙어리인 소작농과 애완견을 다룬 이야기를 썼고,[4] 그 작품은 소품이지만 애정이 가득하고 감동적인 걸작이다. 플로베르가 놓친 삶의 기운을 잡아냈고, 추정들에 정면으로 달려들어 승리를 얻은 작품이다.

물론 그 무엇도 예술작품을 '좋아하고' 좋아하지 않는 우리의 오래된 방식을 대신하지는 않을 것이다. 비평이 아무리 진전되더라도 그 원초적이고 궁극적인 시험을 완전히 없애지는 못할 것이다. 이런 말을 하는 까닭은 소설이나 그림에서 구상이나 주제가 중요하지 않다는 거냐는 식의 비난을 미리 차단하기 위해서다. 내가 봐도 그것은 극히 중요하고, 혹시 기도할 마음이 든다면 예술가들이 가장 비옥한 구상이나 주제만 고를 수 있기를 기도할 것이다. 이미 서둘러 인정했듯이, 다른 것에 비해 훨씬 수익성이 좋은 것이 있고 그것을 다루려는 사람이 혼란과 실

---

3 플로베르의 소설 『순박한 마음』(*Un coeur simple*)을 가리킨다.

4 『무무』(*Mumu*)를 가리킨다.

수에서 면제된다면 그 세상은 아주 만족스러운 세상일 것이다. 그런데 그런 행운의 조건은 비평가가 실수에서 완전히 벗어나는 날에나 달성되지 싶다. 거듭 말하지만 그전까지는 비평가가 예술가에게 이렇게 말하지 않는 한 정당한 평가가 되진 못할 것이다.

"자, 출발점은 당신에게 드릴게요. 그렇지 않으면 내가 뭐라도 미리 규정을 해줘야 할 텐데, 그런 책임은 절대 떠맡고 싶지 않거든요. 이러저러한 건 안 된다고 말하면, 당신은 그럼 되는 건 뭐냐고 물을 테고, 그렇게 되면 완전히 걸려드는 셈이니까요. 게다가 일단 당신에게서 자료를 받아야 당신을 이리저리 재볼 수 있겠죠. 내겐 높낮이를 따질 수 있는 기준이 있어요. 하지만 당신의 악기에 마구 손을 대고 나서 당신 음악을 비판할 권리는 없죠. 물론 당신의 구상이 전혀 마음에 들지 않을 수도 있어요. 유치하거나 진부하거나 지저분하다고 볼 수도 있고, 그럴 경우 당신과는 아예 절연하겠죠. 당신이 흥미를 일으키는 데 성공하지 못하리라 생각하면 그만인데, 당연히 그것을 증명하려 하지는 않을 거예요. 또, 내가 당신에게 그렇듯 당신도 내게 무관심할 겁니다. 세상에 온갖 취향이 있다는 말은 굳이 할 필요도 없겠죠? 당신만큼 그것을 잘 아는 사람도 없을 테죠. 아주 마땅한 이유로 목수에 관한 이야기를 읽으려 하지 않는 사람이 있고, 더 마땅한 이유로 매춘부 이야기를 읽고 싶지 않은 사람들이 있어요. 미국인에 반대하는 사람은 참 많고, 또 어떤 사람들(주로 편집자와 출판인이라고 보는데)은 이탈리아 사람들을 싫어하죠. 조용한 주제를 싫어하는 독자도 있고, 다른 한편 시끌벅적한 주제를 싫어하는 독자도 있고요. 누구는 완전히 현실로 착각할 만한 것을 즐기고, 또 누구는 상당한 용인이 필요하겠구나 싶은 작품을 즐기죠. 그에 따라 각자 소설을 고르고, 누구든 당신의 구상에 관심이 없다면 실제 작품에는 더더욱 관심이 없을 겁니다."

그렇게 문제는 순식간에 다시 선호의 문제가 된다. 보기보다 사고능력이 뛰어나지 못한 에밀 졸라는 각 취향의 절대성을 도무지 받아들이지 못해서 사람들이 좋아해야만 하는 것들, 좋아하게 만들 수 있는 것들이 있다고 생각하지만 말이다. 나로서는 독자가 좋아하거나 싫어**해야 하는** 것들(적어도 소설이라는 문제에서는)은 도대체 상상하기가 힘들다. 늘 배후에 동기가 존재하므로 취사선택은 당연히 알아서 이루어져야 하는데, 그 동기는 그저 경험이다. 사람들은 삶을 실감하듯이 삶과 가장 밀접하게 연관된 예술을 실감할 것이다. 소설의 노력을 논할 때 우리가 잊어서는 안 되는 것이 바로 이 밀접한 관계다.

소설이 마치 꾸며낸 인위적 형태, 기발한 발상의 산물, 우리 주변의 것들을 바꾸고 배열하거나 그것들을 관습적이고 전통적인 틀에 넣어 해석하는 일인 양 말하는 경우가 많다. 하지만 그런 시각으로는 멀리 나아갈 수가 없다. 그것은 예술을 몇 몇 익숙하고 상투적 문구의 영원한 반복쯤으로 규정하고 그 발전을 중도에 끊어버리고 우리를 막다른 길로 인도하기 때문이다. 삶의 분위기와 속임수, 낯설고 불규칙적인 리듬을 잡아내는 일, 그것을 이루기 위해 부단히 노력해야 소설은 제대로 설 수 있다. 독자가 굳이 재배열하지 않아도 소설이 제공하는 것 속에서 삶을 볼 수 있는 만큼 우리는 진실에 가닿았다고 느낀다. 재배열을 해야 삶이 보인다면 어떤 대체물, 절충의 산물이나 관습적인 것만 주어지지 않나 싶어 반발심이 든다. 재배열이라는 이 문제와 관련해 그것이 예술의 결정적인 기준이라는 듯이, 그것도 놀랍도록 확신에 차서 말하는 경우를 심심찮게 들을 수 있다. 내 생각에 베전트 씨도 '취사선택'과 관련한 부주의한 발언으로 자칫하면 커다란 잘못을 범할 수 있지 않나 싶다.

예술은 기본적으로 취사선택이지만 전형적이고 폭넓은 선택을 하려는 노력이 위주가 되어야 한다. 종종 이해하기를 예술이란 장밋빛 유리창이고 취사선택은 그런디 부인[5]을 위해 꽃다발을 만드는 일이라고 본다. 예술적 고려는 불쾌하거나 추한 것과는 전혀 관계가 없다는 말을 툭툭 잘도 던질 것이다. 예술의

---

5 그런디 부인은 토머스 모튼의 1798년 희극의 등장인물로, 이후 관습을 중시하고 고상한 체하는 인물을 지칭하는 용어로 쓰인다.

영역이나 한계를 들먹이며 얄팍하고 뻔한 소리를 얼마나 지치지 않고 떠들어대는지, 듣다 보면 무지의 영역과 한계가 궁금해지기도 한다. 누구든 진지하게 예술적 시도를 해본 사람이라면 자유로움의 엄청난 증폭을 일종의 계시처럼 의식하지 않을 수 없을 것이다. 그럴 때면 하늘에서 한줄기 빛이 내려오듯 예술의 영역은 오롯이 삶이고 오롯이 감정이고 오롯이 관찰이고 오롯이 관점임을 인식한다. 베전트 씨가 정당하게 시사했듯이 오롯이 경험인 것이다. 예술은 삶의 슬픈 면모를 건들지 말아야 한다는 사람들에게 해줄 대답으로 그거면 충분하지 싶다. 공원에 가면 '잔디밭에 들어가지 마시오. 꽃을 만지지 마시오. 개를 데리고 오지 마시오. 일몰 뒤 공원에 들어가지 마시오. 우측통행' 등이 적힌 표지판이 있는데, 이를테면 그들은 그런 식으로 한쪽 끝에 금지하는 지시문이 새겨진 막대기를 성스러운 무의식적 가슴에 꽂고 있는 셈이다.

우리가 지금껏 상상 속에 떠올린, 소설을 쓰겠다는 포부를 지닌 젊은이는 안목을 갖추지 않고는 할 수 있는 일이 없다. 안목이 없다면 자유도 아무 쓸모가 없을 것이기 때문이다. 그 사소한 푯말과 입장권의 황당무계함이 드러난다는 것이 안목을 갖췄을 때 가장 먼저 생겨나는 이점이다. 그가 안목을 가졌다면 당연히 독창성도 가졌으리라는 말을 덧붙여야겠는데, 방금 내 말에 혹시 재능을 무시하는 기미가 있었을지 몰라도 그것이 소설에서 소용없다는 뜻은 아니었다. 그래도 그 도움은 부차적일 뿐이고, 가장 첫째의 능력은 직접적인 인상을 받아들이는 능력이다.

베전트 씨는 '스토리'에 대해서도 몇 마디 했는데, 이 자리에서 굳이 비판하지는 않겠지만, 나로서는 잘 이해가 되지 않는 걸 보니 특이하게 모호한 구석이 있는 것 같다. 소설에 스토리인 부분이 있고, 불가사의한 이유로 그게 아닌 부분이 있다는 듯 말하는 그의 의도가 무엇인지 이해하기 어렵다. 누구나 무엇이든 전달할 수 있다고 가정하기 어렵다는 의미에서 그렇게 구분한 게 아니라면 말이다. '스토리'가 무엇이라도 대표한다면 그것이 대표하는 것은 소설의 주제와 방안과 구상이다. 그리고 소설에서 다뤄지는 방식이 전부이지 주제는 아무 상관없다고 주장하는 '학파'—베전트 씨가 학파 운운하니까—는 당연히 존재하지 않는다. 다루어야 할 대상은 당연히 있어야 하니까. 어떤 학파든 그 사실은 잘 알 것이다. 내가 아는 바로는 스토리가 소설의 구상이고 출발점이라는 생각이야말로 소설이 유기적 전체가 아닌 다른 어떤 것인 양 말하는 유일한 경우가 아닌가 싶다. 작품이 성공적인 정도만큼 애초의 구상이 그 속에 스며들어 관통하며 형태를 이루고, 그것에 생기를 불어넣어 결국 단어 하나하나, 구두점 하나하나가 직접 표현에 기여할 테니, 스토리가 칼집에서 빼낸 칼날과 마찬가지라는 의식은 그에 비례해서 사라질 것이다.

스토리와 소설, 구상과 형식은 실과 바늘 같다. 바늘 없이 실만 쓰라거나 실 없이 바늘만 쓰라고 권하는 재봉사는 들어본 적이 없다. 인간의 삶 속에 스토리에 기여하는 부류가 있고 그렇지 않은 부류가 있는 양 이야기하는 비평가는 베전트 씨만이 아니다. 아마 베전트 씨의 강연에 푹 빠진 모양인, 『팰맬가제트』(*Pall Mall Gazette*)의 재미난 글에서 마찬가지로 희한한 암시를 발견했다. "중요한 것은 스토리다!" 마치 어떤 다른 생각에 반대하듯 저자는 이렇게 말한다. 주제를 확정하지 못한 채 시간에 쫓기는 예술가라면 다들 동의하겠지만, 그림을 '보내야' 할 시간은 무시무시하게 다가오는데 여전히 주제를 못 잡고 있는 화가에게는 아무래도 그럴 것이다. 우리에게 말을 거는 주제가 있고 그렇지 않은 주제가 있지만, 누구라도 스토리와 스토리 아닌 것을 따로 분리해줄 규칙—금서 목록처럼—을 정하겠다고 나선다면 그는 정말 똑똑한 사람일 것이다. 순전히 자의적이지 않은 그런 규칙을 상상하기란, 적어도 내게는 불가능하다. 『팰맬가제트』의 그 저자는 『상처 입은 마고』(*Margot la balafrée*)라는 유쾌한(내 생각에는) 소설과 '보스턴의 젊은 여자들'이 '심리적 원인으로 영국 공작들을 거부하는' 이야기[6]를 대비시킨다. 언급된

6 제임스의 단편소설 "An International Episode"를 암시한다.

로맨스를 잘 알지 못하는 나로서는 작가의 이름을 명시하지 않은 『팰맬가제트』의 그 비평가를 용서하기 힘들지만, 어쨌든 제목으로 보면 어떤 영웅적 모험을 하다가 상처를 입은 부인의 이야기인 것 같다. 이 작품을 알지 못해 슬픔을 가눌 길이 없지만, 좌우간 그것은 스토리인데 어째서 영국 공작을 거부하는(아니면 받아들이는) 것은 스토리가 될 수 없는지, 아문 상처는 주제가 될 수 있는데 심리적이든 아니든 어떤 원인은 어째서 주제가 될 수 없는지 도무지 이해할 수가 없다. 그 모두가 소설이 다루는 무수한 삶의 입자이니, 어떤 것을 건드리는 일은 적법한데 다른 것을 건드리면 적법하지 않다는 식의 신조는 분명 단 한 순간도 제대로 버틸 수 없을 것이다. 제대로 버티거나 버티지 못하고 넘어지는 것은 특정한 그림일 테고, 그 안에 진실이 담겨 있는지 아닌지에 따라 양단간 결정이 날 것이다.

스토리에는 '모험'이 있어야지 안 그러면 스토리가 아니라는 베전트 씨의 암시가 딱히 그 주제에 관해 밝혀주는 바는 없는 듯하다. 모험 대신 녹색 안경은 어떤가? 구제불능의 것들을 열거한 그의 목록에는 '모험이 없는 소설'이 들어 있다. 모험 대신 결혼이나 독신, 출생, 콜레라, 물 치료법, 얀센주의[7] 따위는

---

7 물 치료법은 중세 유럽에서 관절염 치료 등에 물을 썼던 것을 가리킨다. 얀센주의는 17세기 벨기에 신학자 얀센이 주장한 원리주의적이고 극단적인 구원론이다.

어떤가? 그것은 광범위하면서 세심하게 삶과 교류하는 광대하고 너른 특성을 부여받았던 소설을 끌어내려, 기발한 가공물이라는 불운한 역할을 다시 소설에 던져주는 일이다. 게다가 더 따져보자면 모험은 또 무엇이며, 귀를 기울이는 학생들은 어떤 표식으로 그것을 알아볼 것인가? 내가 이 소소한 글을 쓰는 것도 모험이다. 심지어 아주 대단한 모험이다. 그리고 보스턴의 젊은 여성이 영국 공작을 거절하는 일도, 아마 영국 공작이 보스턴의 젊은 여성에게 거절당하는 일보다는 약간 덜 흥미진진하겠지만 어쨌든 모험이다. 나는 그 안에서 겹겹의 드라마와 수많은 시각을 본다. 심리적 원인도 내 상상으로는 멋지도록 시각적인 대상이다. 안색의 옅은 색조를 잡아내겠다는 마음, 그런 마음에서 영감을 받아 어마어마한 노력을 쏟게 될 수도 있다. 한마디로 내게는 심리적 원인보다 더 흥미진진한 것이 별로 없고 소설은 여전히 가장 장엄한 예술 형식이다.

최근 로버트 루이스 스티븐슨의 『보물섬』이라는 유쾌한 이야기를 읽었고, 얼마 후엔 에드몽 드 공쿠르(Edmond de Goncourt)가 생전 마지막으로 쓴 『연인』(Chérie)이라는 제목의 소설을 읽었다. 하나는 살인과 수수께끼 같은 사건, 무시무시하기로 이름난 섬, 아슬아슬한 탈출과 기적적인 우연과 땅속에 묻힌 금화를 다룬다. 다른 하나는 파리의 좋은 집에서 살던 프랑스 소녀가 아무도 자신과 결혼해주지 않아 마음의 상처로 생을 마감하는 내용을 다룬다. 『보물섬』을 유쾌하다고 했는데, 그건 그 작품이 의도했던 바를 멋지게 이루었기 때문이다. 『연인』에는 그런 수식어를 차마 붙일 수 없는데, 그것이 의도했던 것, 곧 소녀의 도덕의식의 성장을 따라가는 일에서 처참하게 실패했다고 여겨져서 그렇다. 하지만 어느 쪽이든 내게는 똑같이 소설이고, 똑같이 '스토리'를 지닌 것으로 보인다. 아이의 도덕의식은 중부아메리카의 스페인령 섬과 마찬가지로 삶의 일부이고, 어느 쪽 지형이든 베전트 씨가 말한 '뜻밖의 사건'을 갖고 있다고 본다. 나로서는(말했다시피 종국에는 각 개인의 선호가 문제일 테니까) 아이의 경험을 그려내는 일의 장점이라면, (『펠맬가제트』에 베전트 씨 평론을 쓴 필자가 말한 바 '관능적 즐거움'에 근접하는 엄청난 호사로) 예술가가 각각의 단계마다 내 앞에 내어놓는 것에 대해 '맞다 또는 틀리다'라고 말할 수 있다는 것이다. 아이의 경험은 실제 내게도 있지만 숨겨진 보물을 찾아나서는 일은 상상으로만 해봤을 뿐이고, 공쿠르의 작품을 읽으며 대부분 '틀리다'라고 말했던 것은 어쩌다 보니 그렇게 된 것이다. 그에 비해 조지 엘리엇이 아주 다른 지적 작용으로 그 영역을 그려냈을 때 난 늘 '맞다'고 말했다.

베전트 씨 강연에서 가장 흥미로운 부분은 애석하지만 가장 짧은 대목으로, 소설의 '의식적인 도덕적 목적'을 건성으로 언급하는 부분이다. 이 부분 역시 사실의 기록인지 원칙의 정립인지는 도통 분명하지 않다. 원칙의 정립이라면 그 구상을 더 상세히 밝히지 않아 무척 유감이다. 소설이라는 주제의 이쪽 분야는 비할 바 없이 중요한데, 간단히 처리해버릴 수 없는 아주 포괄적인 고려사항을 베전트 씨는 한두 마디로 끝내버린다. 이 고려사항에서 이어지는 길을 하나도 놓치지 않고 내내 따라갈 준비가 되어 있지 않다면 소설이라는 예술을 그저 피상적으로만 다루게 될 것이다. 이렇게 광범위한 주제를 다루는 이 글이 철저한 탐구는 못 되겠다고 글 첫머리에 독자에게 미리 알린 것도 그런 연유에서다.

베전트 씨와 마찬가지로 나 역시 소설의 도덕성이라는 문제를 마지막까지 미뤄두었는데, 마침내 그 문제를 다루려니 이제 더 할애할 지면이 없다. 명확한 질문이라는 모습으로 문간에서 맨 먼저 우리를 맞이하는 어려움이 증명하듯이 그 문제는 온갖 어려움에 둘러싸여 있다. 그 논의에서 막연함은 치명적인데, 일단 도덕성이나 의식적인 도덕적 목적이란 무엇을 의미하는가? 우선 용어를 정의해야, 그림(소설도 결국 그림이니까)이 어떻게 해서 도덕적이거나 부도덕한지 설명할 수 있지 않을까? 누군가 도덕적 그림을 그리거나 도덕적 조각상을 만들고 싶어 한다면 그에게 그 일을 어떤 식으로 할지 알려줄 수 있지 않을까?

지금 우리는 소설이라는 예술에 대해 논의하고 있다. 예술의 문제는 가장 넓은 의미에서 실행의 문제다. 그러니 그런 것들을 어떻게 그렇게 쉽게 마구 뒤섞을 수 있는지 좀 알려줄 수 없겠는가? 이런 것들이 베전트 씨에게는 아주 명료한 모양인지 그는 그로부터 영국 소설에 구현되었다고 여겨지는 법칙을 추론하면서, 그것이 '진정 감탄할 만하고 대단히 축하할 일'이라고 한다. 가시투성이 난제가 실크처럼 매끈해질 수만 있다면 그야말로 대단히 축하할 일이다. 한마디 덧붙이자면 베전트 씨가 인식했다시피 영국 소설이 사실의 차원에서 지금까지 그 미묘한 문제에 어마어마한 힘을 쏟아왔다면 결국 대체로 그의 발견이란 속빈 강정일 것이다. 오히려 사람들은 그와 반대로 영국 소설가들이 대개 얼마나 소심했는지, 현실을 다루자고 들 때 사방팔방에서 들이닥치는 어려움을 대면하는 일을 얼마나 꺼려왔는지 깨닫고 진심으로 놀랄 것이다. 극히 몸을 사리는 경향이 나타나고(반면 베전트 씨가 그려 보이기로는 대담하기 그지없다) 작품에서 드러나는 표식은 대체로 특정한 주제를 둘러싼 조심스러운 침묵이다. 영국 소설(미국 소설까지 포함한 영어권 소설을 뜻한다)에는 전통적으로 사람들이 아는 것과 안다고 인정하기로 합의한 것 사이의 격차, 사람들이 보는 것과 외부로 발설하는 것 사이의 격차, 삶의 일부라고 느끼는 것과 문학에서 다뤄도 된다고 허용하는 것 사이의 격차가 다른 어떤 나라의 소설보다 크다. 한마디로 대화에서 다루는 내용과 인쇄매체에서 다뤄지는 내용 사이에 큰 격차가 있다.

도덕적 활기의 본질은 판 전체를 살피는 것이니, 난 베전트 씨의 발언을 정면으로 반박하며 이렇게 말해야겠다. 영국 소설에는 목적의식이 아니라 소심함이 있다고 말이다. 목적의식이 예술작품에서 얼마만큼 타락의 원천이 되는지는 여기서 자세히 살피지는 않겠다. 나로서는 완벽한 작품을 만들어내겠다는 목적의식이 그나마 가장 덜 위험한 것이 아닌가 싶다. 우리 소설과 관련해 이런 점에서 마지막으로 하고 싶은 말은, 현재 영국에서 나오는 소설들은 상당 부분 '젊은 세대'를 대상으로 하는 듯하고, 따라서 아무래도 조심스러워야 한다는 전제가 깔린 것 같다. 젊은이들 앞에서는 논의해서 안 되거나 아예 입에 올리지도 말아야 한다고 보편적으로 합의되는 것들이 얼마간 있으니 말이다. 그건 좋지만, 논의의 부재가 열렬한 도덕의식의 징후는 아니다. 따라서 '진정 감탄할 만하고 대단히 축하할 일'이라는 영국 소설의 목적의식은 내게는 오히려 부정적으로 다가온다.

도덕의식과 예술의식이 아주 가까워질 수 있는 지점이 딱 하나 있다. 그것은 예술작품의 가장 내밀한 특성은 언제나 창작자의 정신의 특성이라는 명백한 사실과 관련된다. 소설이나 그림이나 조각은 창작자의 지성이 훌륭한 만큼 아름다움과 진실이라는 실재를 입고 나타날 것이다. 그런 요소로 구성되었다면 목적의식은 충분해 보인다. 피상적인 정신에서 좋은 소설이 나올 리 만무하다. 그 격언만으로도 소설을 쓰는 예술가에게 필요한 도덕적 기반은 다 포괄할 수 있지 싶다. 소설가의 포부를 지닌 젊은이가 그것을 명심한다면 '목적의식'이라는 수수께끼의 많은 부분이 밝혀질 것이다. 그에게 해줄 다른 유용한 조언이야 많지만, 이제 글을 마무리 지어야 할 테니 간단히 한두 마디 말로 갈음해야겠다.

앞에서 언급한 『펠맬가제트』 비평가는 소설이라는 예술을 논의하며 일반화의 위험을 지적한다. 하지만 내 생각에 그가 염두에 둔 위험은 오히려 특수화의 위험이 아닌가 한다. 베전트 씨의 암시적 강연에서 구체화된 발언 말고도, 혹시 잘못된 길로 인도하지 않을까 하는 우려도 없이 순진한 학생들에게 전할 만한 포괄적 발언이 얼마간 있기 때문이다. 내가 학생들에게 하고 싶은 일이라면 우선 그들이 활용할 수 있는 소설이라는 형식이 얼마나 대단한지 상기시키는 일이다. 그 형식은 가시적인 제한은 거의 없고 수많은 기회를 제공하기 때문이다. 그에 비하면 다른 예술은 이런저런 제약으로 방해를 받는다. 실제 예술 행위가 이루어지는 이러저러한 조건이 상당히 엄격하고 확고하기 때문이다. 하지만 앞에서도 말했듯이 소설 창작에 수반되는 조건으로 내가 떠올릴 수 있는 것은 진지해야 한다는 요구뿐이다. 이러한 자유로움은 멋진 특권이니, 젊은 소설가들이 배워야 할 첫 번째 교훈은 그에 값하는 작업을 해야 한다는 것이다. 이제

이 글을 마치며 다음과 같은 말을 전하려 한다.

"그것은 충분히 누릴 만하니 맘껏 누리게. 수중에 넣어 최대한 탐사하고 발표하고 맘껏 기뻐하게. 모든 삶이 자네들에게 속해 있으니, 자네들을 한쪽 구석에 가두고는 예술이 여기나 저기에서만 살 수 있다고 말하는 사람들, 혹은 이 천상의 존재는 날개를 퍼덕이며 삶에서 완전히 벗어나 극히 섬세한 공기를 마시고 세상사의 진실에 고개를 돌린다고 주장하는 사람들의 말은 듣지 말게나. 어떤 삶의 인상이든, 삶을 보고 느끼는 어떤 방식이든 소설가의 계획이 자리를 깔아주지 못할 것은 없네. 알렉상드르 뒤마나 제인 오스틴, 찰스 디킨즈, 귀스타브 플로베르처럼 아주 다른 재능을 가진 이들이 소설이라는 분야에서 똑같이 영광을 누렸다는 사실만 기억하게. 낙관주의나 비관주의를 너무 따지지 말고 삶의 색채 자체를 잡아내려 애쓰게. 요즘 프랑스에는 비상한 노력(에밀 졸라가 그러한데, 소설의 잠재적 능력을 탐구하는 사람이라면 진지하고 견고한 그의 작품에 존경심을 보이지 않을 수 없지)이 활발한데, 그런 비범한 노력이 협소한 의미의 비관주의로 손상되는 것이 보이잖나. 졸라는 정말 대단한 작가이지만 영국 독자들은 그가 뭘 잘 모른다는 인상, 어두컴컴한 곳에서 작업한다는 인상을 받지. 그가 기운을 지닌 만큼 빛도 지녔다면 그 결과는 최고의 가치에 이르렀을 텐데. 협소한 낙관주의라는 일탈적 경향이라면, 그곳의 흙 속(특히 영국 소설에서)에는 작은 유리조각

같은 연약한 입자들이 가득하다네. 꼭 결론을 내야겠다면 넓은 식견이 느껴지는 결론이 되도록 하게. 자네들의 첫 번째 임무는 가능한 한 빈틈없이 작업해야 한다는 것, 가능한 한 완벽한 작품을 만드는 것이라는 사실을 기억하게. 너그러운 마음으로 섬세하게 작업하여 그 상을 차지해보게나."

가장 고귀한 종류의 영감

런던

6장

런던이 스스로 구체적인 사항을 내놓지 않는다면 내가 대신해서 그런 일을 하겠다고 나서봐야 주제넘은 일로 보일 테고, 그러면 독자들은 분명 내가 열거하는 일에 지독히 실패해서 벌을 톡톡히 받았다고 여길 것이다. 사실 일일이 열거하는 일보다 어려운 일도 없다. 목록이 너무 길어질 테니 말이다. 손전등을 들이대고 그 불빛—어쨌든 불빛이라면—으로 보석의 각각의 면을 다 비췄다고 상상할 수는 있다. 하지만 그렇게 해봐야 혼란스러운 밝은 빛이나마 얻었다면 그나마 성공적인 결과라 할 수 있다.

런던을 전체적으로 이야기할 다른 방식은 없다. 그냥 전체라는 것이 없기 때문에 그렇다. 런던은 측정할 수가 없다. 끌어 안았을 때 두 팔이 서로 맞닿는 법이 없다. 오히려 여러 전체들의 무리라고 할 수 있으니, 그 가운데 무엇을 가장 중요하게 이야기할 만한 것이라 하겠는가? 부득불 선택을 해야 한다면, 나로서는 변명을 해야 할 수도 있을 것을 제외하는 방법이 가장 과학적이지 않나 싶다. 추함, '빈민가', 불쾌한 면모, 여러 거리의 밤 풍경, 술집, 술집에서 손님이 몰려나오는 문 닫기 직전의 시간 등등, 우호적인 요약을 하기에 앞서 빼놓아야 할 부류가 많기 때문이다.

그러나 어마어마한 비참함에 눈을 감는 조건에서만 그런 우호적인 태도가 나온다는 식으로까지 말할 수는 없다. 오히려 아무리 기를 써봐야 우리가 그 어두운 구렁을 의식할 수밖에 없기 때문에, 위대한 도시의 가장 전반적인 호소력이 파란만장한 인간 삶의 가장 커다란 책장이라는 본연의 상태를 유지하지 않나 싶다. 희한하게 뒤죽박죽인 이 괴물이 앞으로 어떻게 진화할지 나로서는 전혀 알 수가 없다. 빈곤층이 나아져 부유층을 몰아낼지, 부유층이 빈곤층을 다 벗겨먹을지, 두 계층이 현재의 불완전한 교류 조건으로 계속 함께 살아나갈지. 어쨌든 전반적인 진동 속에 고난의 인상이 들어 있는 것은 확실하다. 그것이 다른 것들과 섞여들어, 일관되게 런던을 사랑하는 사람이 최고로 귀하게 여기는 소리―굉장한 인간 공장이 우르릉 돌아가는 소리―를 만들어낸 것이다. 갖가지 음조로 귀를 맴돌며 매혹시키고 고무하는 노랫가락이다. 그래서 비참함이 화폭에 들어오지 못하게 막는 일에 성공하건 못하건, 약간의 칙칙한 음영이 있다고 그림을 망치는 일은 없으리라고 기꺼이 인정할 것이다. 런던의 단점을 좋아하기 전까지는 런던을 충분히 좋아한다고 말할 수 없다. 대체로 겨울날의 분위기를 풍기는 짙은 어둠, 굴뚝 통풍 구멍은 물론 어디에서나 눈에 띄는 그을음, 이른 저녁의 가로등, 흐릿한 갈색의 주택들, 12월 오후에 옥스퍼드가나 스트랜드가에서 물을 튀기며 달려가는 이륜마차 같은.

안개를 뚫고 빛나는 상점 유리창에는 어린 시절의 매혹—크리스마스의 기대감, 명절날 산책의 기쁨—을 떠올리게 하는 무언가가 여전히 존재한다. 각각의 상점이 빛과 온기의 작은 세상이 되고, 그래서 한편으로 지저분한 블룸즈버리가 있고 다른 한편으로 더 지저분한 소호가 있어도 난 여전히 상점을 들여다보며 얼마든지 시간을 보낼 수 있다. 본래 감미롭지는 않지만 없으면 어쩐지 추억의 현(絃)이나 심지어 눈물샘을 건드리는 듯한 겨울 효과라는 것이 있다. 예를 들어 어둑한 오후 브리티시 박물관의 전면이라거나, 험악한 날씨 속 펠맬가의 네모진 커다란 클럽 현관처럼. 그런 회상의 미묘한 시적 감흥은 제대로 설명할 수가 없다. 그건 연상의 문제인데, 우리는 연상의 끈을 종종 놓치고 마니까. 박물관의 널찍한 기둥, 대칭을 이루는 양쪽 별관, 화강암 위에 세운 높은 철책, 안으로 들어가면 온갖 보물들이 놓여 있는 부연 전시실. 몇 겹의 기체를 뚫고 이 모든 것이 은근히 모습을 드러내는데, 그로 인해 음산해 보이는 게 아니라 오히려 폭풍우 속 붉은 빛의 생기를 띤다. 불이 완전히 잦아들지 않았을 때 가로등이 전반적으로 환대의 낯빛을 띤다는 사실에서 런던 겨울날 오후의 로맨스가 얼마간 생겨나지 않나 싶다. 팰맬가 클럽 내부를 밝히는 빛의 색도 그러한데, 나는 개인적으로 그 장엄한 계단에 안개가 자욱이 내려앉았을 때의 불빛이 특히 좋다.

이 조용한 장소들이 망명자에게는 십중팔구 향수를 일으키는 환등상이 될 수 있다고 말할 때, 음울한 외관만을 뜻하지는 않는다. 실내가 훨씬 더 음울할 수 있지만 자신의 런던을 끝까지 좋아하리라 마음먹은 방문객에게 그 장소들이 덜 소중하지는 않다. 적어도 나중에 되돌아봤을 때는 말이다. 음울함이란 당신의 용기에 바치는 공물이 아니면 무엇이겠으며, 고요함이란 삶의 강렬함의 세련된 증거가 아니면 무엇이겠는가? 이런 결과를 만들어내려면 여러 안목을 조화롭게 동원해야 하고 그것은 고도의 문명에서만 가능하다. 고도의 문명이라는 추상적인 용어가 사실 부연 도서관을 독차지한 사람의 기분, 자기가 읽으려던 잡지를 먼저 차지한 사람이 그것을 내려놓을 때 신나할 일조차 없는 사람의 기분이라는 점을 은근슬쩍 내비치게 된 것 같지만 그런 추정 정도는 기꺼이 넘길 수 있다. 도시가 텅 비었을 때 런던 클럽을 감상하는 일은 상대적으로 한적한 시기의 위대한 도시 — 겉모습과 달리 전혀 무뚝뚝하지 않은 — 를 더 좋아하는 마음의 강한 표현에 다름 아니기 때문이다. 런던의 일년 일정에는 군데군데 휴가철이 박혀 있고, 비교적 한가한 날들도 작은 섬처럼 들어 있다. 사교계의 중간 휴식기랄까. 그러면 '잠깐 기분전환 하러 도심을 벗어나는' 영국인의 놀라운 능력이 무한히 발휘되어, 가족마다 아이방과 욕조 등을 영국적 삶의 진정한 근저를 이루는 시골 풍경으로 통째로 옮긴다. 이런 때에야말로 진정 런던을 사랑하는 사람에게는 천국과 같다. 열정의 대상을 직접 대면할 수 있으니까. 다른 때라면 경쟁자에게 가로막힐 교제의 시간을 맘껏 누릴 수 있다. 아는 사람들은 다들 도시를 떠나서, 모르는 사람들만 가득할 때의 짜릿한 기분은 그만큼 더 깊어진다.

그런 연유에서 그의 만족감에 사교성이 없기는커녕 전적으로 애정이 넘친다고 말한 것이다. 그런 기분에서야말로 런던의 거대한 인간성을 최대로 가늠할 수 있고, 런던의 한계는 점점 멀어져 가능한 예시들이 북적대는 어스레함으로 사라진다. 지인이 아무리 많다 한들 어쨌든 그 수가 한정되어 있으니까. 그와 달리 아직 찾아보지 않은 다른 편의 런던은 무한하다. 그 속에서 하게 될 실험과 외도를 머릿속에서 굴려보는 일도 하나의 즐거움이다. 딱히 그런 모험이 실행되지 못하더라도 말이다. 다정한 안개가 그것들을 감싸 보호하고 풍요롭게 해서 신비와 안

정감이 더해지면, 겨울철이야말로 상상력이 그런 식의 즐거움을 가장 많이 엮어내는 시기가 된다. 그것은 아마 도심은 텅 비고 시골 별장들이 북적거리는 시기, 엄밀하게 말해 사교계의 황무지라 할 크리스마스 주간에 정점에 이를 것이다. 그때야말로 내게는 디킨즈의 런던이 가장 강하게 떠올라, 마치 그것을 여전히 그대로 되찾을 수 있을 듯한 기분, 그 가치를 아는 사람이라면 감지할 수 있는 군데군데 땜질한 모습으로나마 그것이 기묘한 분위기를 내뿜는 듯한 기분에 사로잡힌다. 그러면 고적한 클럽의 어스름 속에서 불꽃이 화르륵 피어오르고 탁자에 놓인 새 책들이 '이제 나를 읽을 시간이 있겠군'이라고 말한다. 그리고 오후의 차와 토스트, 졸다 깨어나 탄산수를 주문하는 무기력한 늙은 신사의 모습으로 내 확신이 맞았음을 알게 된다.

문필가에게는 그때가 글쓰기 가장 좋은 시기라는 사실 역시 사소하게 넘길 수 없다. 그래서 날씨의 장막에 꼭꼭 둘러싸인 채 그 시간에 불을 켜고 앉은 그의 앞에 놓인 종이, 이제 까맣게 채워야 할 탁자 위의 흰 종이가 불빛의 원환 속에서 더욱 선명하고 무엇이든 빨아들일 기세인 것이다. 새벽녘까지 밤을 새워 일을 할 수 없는 사람이라면 11월과 3월 사이 아침나절에 비슷한 호사를 누릴 수 있다. 날씨로 인해 집에 들어앉은 자정의 분위기가 풍기고 누군가에게 방해받을 가능성도 적어지기 때문이다. 시력에는 안 좋겠지만 이미지를 떠올리기엔 더할 나위 없이 좋은 시간이다.

7장

런던 삶의 만족감이 말 그대로 런던에서 사는 데서 나온다고 말하는 건 당연히 과하다. 런던을 벗어나는 데서 상당한 만족이 나온다는 말도 딱히 역설은 아니라 그렇다. 런던을 벗어나는 일이 벗어나지 않는 일보다 쉽고, 런던의 풍요로움과 흥미로움이란 것은 사방으로 뻗어나간 가지에서, 영국 전체가 런던의 교외인 셈이라는 사실에서 주로 생겨나기 때문이다. 파리를 벗어나거나 들어가는 일에 비하면 꽤나 대단한 일이다. 런던은 보기 흉한 너른 구역들을 지나 초록의 시골로 스며들어가고, 잠깐 멈춰 모습을 바꾸는 일도 없이 암암리에 무심히 아름다워진다. 이는 시골을 망치는 일일 수도 있지만 만족을 모르는 도시가 만들어낸 것이기도 해서, 무력하고 염치없는 런던내기라면 어쩔 수 없이 마주해야 한다.

런던에서는 자기 시민의식을 확장할 수만 있다면 무엇이든 용납된다. 굉장한 교통체계와 활동적이고 친절한 민족의 습관, 정교한 철도시설, 열차의 빈도와 속도, 그리고 이에 못지않게 중요한 마지막 사항으로 아름다운 영국 풍경이 대부분 런던에서 50마일 반경에 있다는 사실, 이 모든 사항 덕분에 런던 시민에게는 런던의 문간만 나가면 멋진 시골 풍경이 있고 중심과 주변의 경계라는 문제에서 한없이 막연할 수 있으니 런던을 사랑하는 사람의 시민의식에 무척이나 득이 된다.

영국의 나머지 지역, 혹은 대영제국 전부, 혹은 그가 미국인이라면 지구상에서 영어를 구사하는 다른 모든 영역을 단지 주변부로, 꼭 맞는 허리복대로 여기는 것도 충분히 가능하다. 나머지 세계와 천상의 견지에서 보면 영광스러운 하나의 언어—서로 기탄없이 읽어보라고 그 언어로 온갖 글을 쓰고 책을 펴내느라 우리는 노고를 아끼지 않는다—로 결속된 우리는 얼마나 위대한가, 우리 모두는 얼마나 위대하며 우리가 형제애로 뭉쳐 다 함께 우리 인종의 수도로 여기는 이 위대한 도시는 얼마나 위대한가, 그런 생각을 즐겨 떠올린다. 내가 런던 기차역에 특별한 애착이 있는 것도 그래서일까? 미학적 측면에서 좋아하고, 관심이 가고 마음이 끌리며, 딱히 기차를 타고 출발하거나 도착하고 싶은 마음이 없을 때도 그곳을 흡족하게 바라보는 것은 그래서일까? 기차역을 보면 우리의 호혜성과 활동성이, 우리의 정력과 호기심이 떠오르고, 끊임없는 움직임이라는 우리의 위대한 공통된 특징과 바다와 사막과 지구상의 다른 지역을 향한 열정, 어떤 부류든 앵글로색슨 인종은 강하다는 인상—사회적으로 성숙했다거나 완성된 건 아니고—의 비밀이라 할 그 열정이 떠오른다.

안개 자욱한 멋진 계절에 내가 패딩턴이나 유스턴이나 워털루—고백하자면 난 근엄한 북부 역들을 더 좋아한다—의 광경을 보며 기뻐할 때엔, 유치하다는 비난에 맞서 스스로 방어할 태세는 되어 있는 셈이다. 이 경박한 광경에서 내가 찾으려 하고 또 발견하는 것은 실상 삶을 바라보는 우리의 더 큰 시각에 대한 증거가 대부분이기 때문이다. 다양한 유형의 전시는 바로 런던이 통상 자신의 혐오스러운 면모를 잘 봐달라며 당신에게 떠안기는 뇌물이다. 런던만큼 다들 각자 어떤 부류인지 추측할 수 있는 명확한 표시를 내보이는—관찰자의 눈으로 보기에—곳은 어디에도 없는 것 같다. 무엇보다 상대가 어떤 부류인지 알아차리고 싶은 사람은 쌍수를 들어 환영할 일이다. 영국인이 다른 민족과 무척 다르다면, 사회적—영국에서는 여기에서 도덕적·지적 결과가 줄줄이 딸려 나온다—면에서 각각의 영국인도 극히 다르다는 사실을 깨닫게 되는 것이다. 각자 다른 짙은 색이 입혀져, W. H. 스미스[1] 가판대에서 다들 멋지게 번쩍거리는 것을 볼 수도 있다. 그것은 패딩턴과 유스턴의 매력을 꼽을

1 W. H. Smith. 1792년에 신문 가판대로 시작하여 기차역에 분점을 만들었고 이후 기차역, 공항, 버스 터미널, 병원 등에서 신문잡지와 도서를 비롯한 잡화를 팔아온 체인점.

때 빼놓으면 안 될 특징이기도 하다.

그곳은 연기 자욱한 거대한 동굴 속에서 온기와 빛이 모이는 지점이다. 그래서 문학이란 찬란한 존재이고, 눈부신 고갱이를 지닌, 가스등이 비추는 무한한 붉은 빛과 금빛이라는 생각이 든다. 번쩍이는 가판대에 눈부신 화려함이 가득하고, 새로 나온 기발한 물건들은 애간장을 녹인다. 책이란 책은 모두 얼마나 빼어나고, 막 찍어낸 순수한 잡지들은 얼마나 진실하고 정중한지! 토요일 오후에 기차가 출발하길 기다리며 자리에 앉아 있으면, 차창을 액자 삼아 빛나는 그림이 나타난다. 굳이 토요일 오후라고 한 까닭은 그때가 가장 특징적인 시간이라서 그렇다. 끊임없는 순환, 그리고 특히 일요일 일정을 위해 급행을 타고 저녁식사가 시작되기 직전에 시골 별장의 현관으로 뛰어 들어가는 일, 런던이 배제하는 더한 친밀함과 한없이 늘어지는 대화, 친숙함을 더해주는 산책이라는 형식 안으로 재빨리 뛰어드는 일을 가장 잘 전해주는 시간이기 때문이다.

여름이면 런던이 텅텅 빈다는 사실도 있다. 그때는 도심을 독차지할 수 있는데, 런던의 부정적인 시기를 너무 강조하면 무례하게 느껴지지 않을까 걱정스러운 마음만 없다면, 8월 1일부터 시작하는 여름 이야기를 여기서 길게 늘어놓을 수도 있다. 사실 여름은 다른 방식으로 긍정적이라, 런던 삶에서 유일하게 우연성이 허용되는 시기에 내가 행복한 우연을 누렸던 멋진 추억도 있다. 런던은 세상에서 가장 호화로운 존재이지만, 예기치 않은 것이나 즉흥적인 것이라는 특정한 호사의 측면은 대체로 너무 부족하다. 사람들이 얼마나 빽빽하게 들어차 있는지 그 속에서 다리를 긁을 수도 없고, 런던에서는 사회적 압력이 워낙 강해서 수직으로 솟은 선에서 벗어나거나 대중이 움직이는 방향이 아닌 다른 방향으로 움직이기가 힘들다. 자투리 시간도 너무 없다. 삼십 분마다 해야 할 일이 정해져 있고, 작은 수첩에 매달의 일정이 적혀 있다. 하지만 앞서 넌지시 비추었듯이 8월부터 11월까지는 이 수첩이 근사하게 비어 있다. 순간의 영감이라는 가장 고귀한 종류의 영감을 맛볼 계절인 셈이다.

'오, 그럼요, 무료하거나 잠깐 기분전환을 하고 싶으면 배를 타고 블랙웰로 가면 되죠.' 런던의 자원은 어마어마해서 어떤 취향이든 모두에게 제공할 것이 있다는 점과 관련하여 일전에 한 신사가 내게 이렇게 말했는데, 그때 그가 염두에 둔 것도 틀림없이 그 점이었으리라. 나로서는 그 특정한 처방에 기댈 기회가 지금까지 없었다. 어쩌면 내가 무료한 적이 없었다는 반증이 될 수도 있겠다. 왜 블랙웰이지? 당시 그렇게 혼잣말을 했는데, 그 신비로운 이름이 어떤 오락을 대표하는지는 아직까지 확실히 알아내지 못했다.

아마 상대방은 강의 전반적인 매력을 자유롭게 포괄적으로 암시할 셈으로 두루뭉술하게 그 이름을 댔을 것이다. 그런 맥락이라면 런던을 사랑하는 사람으로서는 전적으로 동감이다. 템스강은 어디를 보나 멋지고 훌륭해서 그것을 전면에 내세우지 않으면 자기 그림 속 배분이 영 서투르다는 느낌이 든다. 상류로 올라가건 하류로 내려가건 한결같이 런던 삶의 부속물이자 런던 관습의 표현이니 말이다.

웨스트민스터부터 하구까지는 상업적인 용도의 지역이지만, 그래서 볼거리가 넘쳐난다. 반대 방향, 그러니까 상류로 조금만 올라가면 사적이고 사교적이며 미적이고 목가적이다. 오락적 측면에서 보자면 아주 독특하다. 유명한 강치고 오로지 재미를 누리느라 그렇게 첨벙거리는 강은 달리 보지 못했다. 휴일이라거나 날씨가 좋다거나, 별별 사소한 구실로 그렇게 엄청난 무리가 보트를 타러 나오는 광경에는 거의 우스꽝스러우면서도 동시에 뭉클한 면이 있다. 아담하고 좁은 물길에서 보트가 서로 부딪히며 움직인다. 옥스퍼드에서 리치먼드까지 끊이지 않고 열을 지어간다. 이 민족의 개별적인 정력, 그리고 운동과 모험을 위해서라면 손에 넣을 수 있는 무엇이든 얻겠다는 대단한 열성을 이만큼 잘 보여주는 것도 없다.

규모가 작고, 인원 수와 공간이 너무 안 어울리긴 하지만 다들 템스강에서 아주 절묘한 것을 얻는다는 말은 바로 덧붙여야겠다. 한마디로 템스강이 런던의 교외 중에서 가장 붐비는 장소라면 또한 단연코 가장 아름다운 장소이기도 하다는 뜻이다. 물론 다리 너머 하류에는 그 말이 덜 어울리겠지만 오히려 그래서 그 지역이 더 큰 찬사를 받을 만하다. 일관된 입장을 취하자면 난 강물이 시커멓게 물들고 도시와 마찬가지로 흉한 모습일 때, 이 다리에서 저 다리—다들 놀랍도록 크고 희끄무레하다—쪽으로 기름기가 둥둥 뜬 다갈색 강물, 너벅선과 페니 증기선, 시커멓고 지저분하고 서로 어울리지 않는 강변을 내려다볼 때 템스강이 가장 마음에 든다. '편린들'을 사랑하는 사람의 눈에는 미천한 것들이 너무 많은 눈앞의 광경이 아마 좀 더 나은 대의에 어울릴 법한 어떤 힘으로 아로새겨진다.

훌륭한 기회가 있었음에도 런던이 이렇다 할 강기슭을 내보이는 일을 소홀히 했다는 사실은, 당연히 예전에는 건축에 별로 마음이 없었다는 가장 확실한 증거다. 현재는 그런 마음이 있다는 값싼 표시를 내보이긴 하지만 말이다. 여기저기 자리 잡은 멋진 조각들이, 그런 무관심을 고치지 못한 일을 사과하는 듯하다. 우뚝 선 서머셋하우스[2]는 아마 그 화강암 기단에 세워진 어떤 건물보다 더 높을 테고, 웨스트민스터 궁[3]은 강의 단구 위 커다란 의원석에 비스듬히 기대어—서 있다고 말하기가 힘들

---

2 Somerset House. 원래 16세기 서머셋 공작의 저택이었는데 18세기에 신고전주의 양식으로 새로 설계되었고 이후 더욱 확장되었다.

3 the palace of Westminster. 영국의 국회의사당.

다—있다. 북쪽 강변길은 딱히 흥미롭지는 않아도 근사하긴 해서, 그나마 할 만큼은 하고 있고, 18세기 숙녀들이 끔찍한 황야를 살펴보듯이 과장되게 격식을 차린 첼시의 주택들이 건너편 배터시 공원을 노려보고 있다. 다른 한편 현재 자리에 세워진 채링크로스 기차역은 민족적 범죄에 해당한다. 폭력을 벌하겠다고 지은 밀뱅크 교도소는 그것이 처벌하는 폭력보다 더 심한 폭력이고, 강 바로 앞 물가는 전반적으로 어떤 식의 효과도 포기하는 뻔뻔스러운 체념이다. 하지만 그 냉소에서 표현되는 바가 많다는 것은 인정해야겠다. 그래서 다시금 그런 면에서 영국이 으레 보여주는 무책임함과 갑작스럽게 밀려드는 특정한 양심의 가책 사이에서 선택—런던의 루브르가 있지 않는 다음에야—을 해야 한다면, 아마 지금까지 해온 대로 하는 편이 나을 것이다. 첼시에서 와핑까지 뻗은 구간이 지금 어떤지는 알지만 앞으로 어떻게 될지는 알 수 없다. 어쨌거나 여름 오후 그리니치로 향하는 값싼 증기선 위에서 짜릿한 기분을 느끼지 못한다는 법은 없다.

/

4부

/

미국에서

세일럼의 물웅덩이에서 꽃이 피어나듯

너새니얼 호손

1장 초년 시절

이 짧은 글이 전기라기보다 비평문의 형식이 될 수밖에 없었던 까닭은 여럿 있다. 너새니얼 호손의 삶에 대한 정보가 전혀 풍부하지 않고, 설사 풍부했다 하더라도 전기 작가의 목적에는 제한적인 소용밖에 되지 않았을 것이기 때문이다. 아마 지금까지 문필가에게 주어졌던 운명 가운데 호손의 작품 생활만큼 무사 평온한 경우도 없을 것이다. 사건이라 할 만한 것, 극적인 특성이라 할 만한 것이 현저히 부족하다. 그 정도로 천재적이고 그 정도로 명성을 얻은 사람치고 전반적으로 그보다 단순한 삶을 살았던 인물은 거의 없지 싶다. 파동 없이 잔잔한 운명에 세운 일종의 기념비와도 같은 여섯 권짜리 『공책』(*Notebooks*)이 이 사실을 예시한다.

호손의 일생에는 부침이나 변동이 거의 없었다. 주로 동질적인 작은 사회, 고루한 시골 공동체 안에서 생을 보냈고, 세계라 할 만한 존재, 공적 사건이나 당대의 관습, 심지어 이웃의 삶과도 눈에 띄는 접촉을 한 적이 별로 없다. 문학적 사건도 그리 많지 않다. 분량으로 봐서는 창작물도 미미했다. 그의 작품으로는 네 편의 장편소설과 미완성 소설 한 편, 다섯 권의 단편소설집, 짧은 산문 모음집 한 권과 아동용 이야기책 두세 권이 전부다. 그래도 호손이라는 작가의 인물됨을 그려 보이는 일은 충분히 할 만한 일이다. 개인적 운명이 어떠했든 가장 멋지고 걸출한 문학계의 대표자라는 중요성이 있기 때문이다. 문학적 중요성은 논란의 여지가 있을 수도 있지만, 여하튼 문단에서 호손이라는 인물은 미국적 천재성의 가장 소중한 사례다.

그 천재성이 대체적으로 문학적이지는 않았지만, 호손은 제한된 범위 안에서는 표현의 대가였다. 미국인들이 모국어가 풍요로워졌다는 근거를 대고 싶을 때 자신 있게 내세우는 작가가 바로 호손이고, 현재 상황으로 미루어 그런 명예로운 자리를 빠른 시일 안에 내어줄 것 같진 않다. 같은 분야에 딱히 경쟁자가 없었고 당시 그가 처한 문학적 장이 전반적으로 생기가 없었기에 그가 더 부각될 수 있었다는 점에서 그에게 아주 운 좋은 상황이었다면, 그를 지켜보는 입장에서는 그런 상황이 꽤 안쓰러운 면도 있다. 워낙 겸손하고 섬세한 천재라서, 대표적인 위치라는 외로운 영광에서 그의 호소력이 나온다는 상상도 든다. 저

울질할 수 없도록 무거운 자신의 문학 보따리와 미국의 전반적 상황 사이의 고통스러운 불일치에서 말이다. 이쪽의 호손은 너무나 미묘하고 여리하고 겸손한데, 저쪽의 미국 세계는 너무나 광활하고 다양하고 단단하기 때문에, 거대한 문명과 그를 비율로 대조한다면 『주홍 글자』와 『낡은 저택의 이끼』(*Mosses from an Old Manse*)의 저자에게 부당한 대접으로 느껴질 수도 있다. 하지만 귀중한 교훈을 짚어주는 장점이 있으므로 그는 명성의 명예로운 면모와 더불어 곤란한 면모도 받아들여야 한다. 귀중한 교훈이란, 예술이라는 꽃은 두터운 토양 위에서만 피어날 수 있다는 것, 얼마간의 문학을 생산하려면 대단히 오랜 역사가 필요하고 작가가 제대로 작동하려면 복잡한 사회기제가 필요하다는 것이다. 지금까지 미국 문명은 꽃을 피워내는 일이 아닌 다른 일로 분주했고, 현명하게도 작가를 내놓기 전에 미리 그들이 쓸 거리를 제공하는 일을 열심히 해왔다. 지금껏 세상에서 인정받은 존재라고는 대서양 양안을 오가며 자라난 서너 명의 훌륭한 재능이 전부이고, 이 소박한 꽃다발에서 호손이라는 천재성은 가장 진귀하고 매력적인 향기를 지닌다고 인정할 수 있다.

그의 단순함은 그에게 유리했다. 완전하고 균질하게 보이는 데 도움이 되었던 것이다. 그가 민족적이라는 식의 이야기는 무리하게 비율상의 오류를 저지르는 일일 테다. 하지만 사실주의적 특성이 없었음에도 불구하고 그는 강렬하고 생생하게 지역을 대표한다. 그는 뉴잉글랜드의 토양에서 나왔다. 꿈쩍도 하지 않는 그 화강암 틈새에서 싹을 틔우고 꽃을 피웠다. 어떤 식으로든 분석하는 성향을 지닌 미국 독자가 보기에, 그가 지닌 흥미로움의 반은 그에게 잠재된 뉴잉글랜드 풍미에서 나오는 것이 틀림없다. 말하자면, 멀찍이서 그를 아는 사람에게 그가 어떤 여흥을 제공하건, 그를 제대로 감상하려면 보스턴이라는 특출한 도시를 주요 도시로 삼는 위대한 지역의 생활 태도와 도덕, 그리고 그 기후에 대해 각자 특정한 인상을 받는 일이 필수 불가결한 조건이라는 뜻이다.

그의 책장을 넘길 때마다 뉴잉글랜드의 환하고 냉랭한 공기가 불어오고, 그것이 그곳의 신선한 대기와 아주 기분 좋게 친분을 맺을 수 있는 매체라는 것이 대체적인 의견이다.『일곱 박공의 집』과『블라이서데일 로맨스』에 깊이 숨은 의미를 뽑아내려면 뉴잉글랜드를 얼마간 알 필요가 있는가라는 문제에 대해 여기서 논의할 필요는 없겠다. 하지만 그 안에서 직접 다루어지는 사회를 어지간히 잘 살펴보는 일이 그 작품을 즐기는 요긴한 준비 작업임은 확실하다. 호손에게는 요즘 한참 유행하는 사실주의적 특성이 없다고 앞서 언급했는데, 그에 대해서는 당연히 더 할 말이 있을 것이다. 하지만 어쨌든 발자크와 그의 몇몇 후계자들―플로베르와 졸라―이 프랑스 민족의 생활방식과 도덕을 적절하게 증명한 정도만큼, 호손도 자신이 작가로서의 명성을 누린 사회의 정서를 증명한다(비율까지 고려해서)고 해도 황당무계한 이야기는 아닐 것이다.

호손은 문학 이론을 지닌 인물은 아니었다. 체계라는 것도 전혀 몰랐고, 사실주의라는 용어도 과연 들어보긴 했을지 의심스럽다. 그 중요한 단어는 그보다 앞서 발명되기는 했지만 그의 사후에야 보편적으로 쓰였으니 말이다. 동료 시민들의 사회적 특성을 설명하겠다는 목적이 그에게 없었던 것은 확실하다. 그런 점을 다루는 부분에서는 늘 기술(記述)이 가볍고 모호하기 때문이다. 그는 역사가의 도구를 지니지 못했고 어슴푸레하게 그려진 초상 어디에서도 엄격한 기준의 정확성을 찾아볼 수 없다. 그럼에도 그의 작품은 사실상 지금껏 문학적으로 표현된 어떤 경우보다 더 생생하게 뉴잉글랜드의 삶을 반영한다. 코미디에 통상 등장하는 양키를 묘사하려고 시도하지 않았고 신세계에서 찾아볼 수 있는 일상적인 대화체의 영어를 기념할 기회에도 거의 비난받아 마땅할 만큼 무관심했지만 그렇다고 이런 측면의 그의 가치가 감소되지는 않는다. 그의 인물들은 『비글로우 페이퍼』[1]의 언어로 말하지 않는다. 그들의 언어는 걸핏하면 지나치게 우아하거나 지나치게 섬세하다. 실제 유형의 초상을 의도하지 않았고 인물들의 입에서 나오는 말은 현실을 모방하

---

1 *Biglow Papers.* 제임스 러셀 로월의 풍자시.

는 면모라고는 없다. 그러나 그럼에도 불구하고 호손의 작품은 철두철미 그 지역 토양의 풍미를 지니고 있다. 그의 존재가 자리했던 사회체계의 향이 나는 것이다. (후략)

2장 청년 시절

이후 십이 년의 기간[2]은 호손의 삶에서 아주 행복하고 성공적인 시기는 아니었다. 사실 어딜 보나 특이하게 음산한 시절이었던 것으로 보인다. 하지만 쓸모는 있었다. 종국에는 그에게 명성과 번영을 안겨다 줄 훌륭한 글의 배양기였기 때문이다. 그렇다 하더라도 당시 젊은이는 무미건조하기만 한 삶을 고통스럽게 의식했음이 틀림없다. 그 인상을 내내 떨쳐버릴 수 없었으니 말이다. 조지 래스럽[3]은 이와 관련하여 말년에 호손이 쓴 편지의 한 대목을 인용한다. "나 혼자 모든 것을 감내해야 했던 그 시절에 내 몫의 역경이 전부 찾아왔기를 바라는 심정으로 내 인생 초반의 음울함과 냉기에 대해 신께 감사하고 싶다." 또한

2　호손이 보던대학교(Bowdoin College)를 졸업한 이후를 말한다.

3　George Parsons Lathrop. 호손의 막내딸인 로즈(Rose)의 남편으로 호손의 전기를 펴냈다.

『영국 공책』(*English Notebooks*)의 뭉클한 대목도 인용하는데, 여기에 인용문 전체를 옮겨 싣겠다.

올(1854년) 크리스마스에는 내 집 난롯가에서 아내와 아이들과 함께하면서 그 어느 때보다 행복했던 것 같다. 현세에서 내가 가진 것에 그 어느 때보다 만족하고 무엇이든 가지지 못한 것에 대한 걱정도 덜했다. 아마 내 인생 초반기가 노쇠해가는 인생 후반기를 위한 좋은 대비가 되었나 보다. 워낙 텅 빈 공간이라 그와 비교하면 이후 삶의 단계는 하나같이 더 나을 정도이니. 오랫동안, 아주 오랫동안 특이한 꿈이 이따금 나를 찾았는데, 내가 영국에서 지냈던 이후부터 시작되었던 것 같다. 내가 여전히 대학을 다니거나, 혹은 심지어 학교에 다니는 꿈이다. 터무니없이 오래도록 학교를 다니고 있다는 느낌, 그리고 내 동년배들에게서 볼 수 있는 진전을 이루지 못했다는 느낌이 들고 그들을 만나면 수치와 우울감이 밀려드는데 그 생각이 떠오를 때면 그 감정이 나를 떠나지 않아 잠에서 깬 뒤에도 여전하다. 지난 이삼십 년 동안 거듭 이런 꿈을 꾸는 것은 대학 졸업 뒤 십이 년 동안 나만 남겨두고 다들 앞으로 나아가는 사이 두문불출했던 칩거생활의 여파가 분명하다. 내 스스로 명성과 풍요로움을 얻었다고 여기는 지금, 게다가 행복하기만 한 지금에 와서 그런 꿈을 꾸다니 얼마나 기이한가!

여기서 언급된 상황은 당시 젊은 호손이 적극적으로 선택했던 고독함을 말한다. 아니면 적어도 숫기 없고 내성적이던 천성에 밀려 그쪽으로 흘러 들어갔다고 할까. 그는 밖으로 터놓는 성향이 아니었고 새로운 관계의 실험이나 시도에 심취하지도 않았다. 한마디로 사교적인 성격이 아니었다. 침묵을 좋아하고 어둑한 그늘을 찾는 그의 성격적 측면이 주는 전반적인 인상은 틀림없이 과장되었고, 그것을 기반으로 그를 침울하고 불길한 인물로 여긴다면 그것은 얼토당토않게 잘못된 생각이다. 그는 조용하고 소심하며 주저하는 경향이 많았고, 자신을 내세우기보다 살펴보고 기다리며 사색하는 것을 좋아했고, 거의 모든 자리에 모습을 보이기보다는 자리를 피하기를 더 좋아했다. 이런 특성은 그의 글 어디에서나 잘 나타난다. 이 모든 면에 차갑고 가볍고 얇은 어떤 것, 오로지 상상력에만 속한 어떤 것이 존재하고, 그것은 사회와의 관계, 어떤 식으로든 사회와의 접촉면을 늘리고 싶지 않았던 인물을 나타낸다. 이런 비사교적인 측면의 증거를 찾겠다는 마음으로 여섯 권의 『공책』을 읽으면 증거야 충분히 나올 것이다. 그러나 그가 숫기는 없되 무뚝뚝하거나 불쾌한 인물이 아니었고, 무엇보다 특히 우울하다고 할 면이 없다는 사실 또한 알게 된다.

전체적으로 보아 『공책』이 증명하는 특성은 무엇보다 정신의 평온함과 유쾌함이다. 이런 특성이 그야말로 경이로울 정도로 드러난다. 평온함과 단순함이 어떤 면에서는 거의 어린아이를 닮았다. 반짝거리는 흥겨움이나 활달함은 거의 없다. 하지만 차분하고 평탄한 기질과 자신이 눈여겨 본 사물에 대한 경쾌하고 만족스러운 시각이 어디서나 엿보인다. 이 방대한 기록에 달리 적을 만한 것이 무엇이 있었을지, 속으로 삼키고 글로 적지 않았을 침울하고 울적한 문장들이 있었는지 나로서야 알 수 없지만, 이 일기를 그대로 받아들이자면 그로부터 상당 정도 드러나는 정신은 슬픔의 방향으로 발달하는 정신은 아니다.

깊은 관찰력보다 활달한 공상이 더 두드러진 영리한 프랑스 비평가 에밀 몽테규는 1860년 『르뷔 데 듀 몽드』(*Revue des Deux Mondes*)에 글을 쓰면서 호손과 관련해 '비관주의 소설가'라는 명칭을 만들어냈다. 피상적으로 보자면 잘 어울리는 명칭일 수도 있다. 하지만 피상적으로만 그렇다. 비관주의란 어슴푸레한 공상과 예술적 고안에 심취하는 상태가 아니라, 인간 본성에 대해 섬뜩하고 냉혹한 견해와 이론을 지니는 것을 뜻한다. 그런데 호손이 그런 이론이나 확신을 지녔음을 알려주는 것은 전혀 없다. 우울이나 절망, 인류를 경시하는 기미는 그의 일기 어디에서도 찾아볼 수 없다. 이 책에는 무슨 종류이건 확신이나 이론을 기록한 대목은 거의 없다. 철학적인 면의 표층에서 특이하도록 굴곡 없는, 멋지고 우아한 물결을 이루며 흘러갈 뿐이다. 얼마나 고집스럽게 표층에만 머무는지 독자로서는 호손에게 이렇다

할 철학, 조금이라도 불편한 구석을 지닌 전체적 시각이라고는 없지 않았나 하는 생각이 들기까지 한다. 거기에서 드러나는 것은 당혹스러움이 없는 지성이다.

나는 방금 호손의 정신이 슬픔의 방향으로 발달하지 않았다고 말했다. 어쩌면 거기서 더 나아가 그의 정신이라 할 만한 것, 그러니까 견해나 믿음의 항목을 담고 있는 정신에 굳이 들여다봐야 할 중요한 발달이 없었다고까지 말할 수 있을지도 모른다. 발달한 것은 그의 상상력이었다. 통찰력 있고 섬세한 그의 상상력이 언제나 노닐면서 늘 오락거리를 만들어 즐기고, 숨바꼭질 놀이에 빠져 있는 것이다. 그것도 그가 보기에 그 놀이에 가장 적합한 장소인 우리 도덕적 본성의 어둑한 그늘과 하부 구조, 아랫부분이 그늘에 잠긴 기둥과 지주 사이에서 말이다. 이렇게 상상력이 움직이면서 일으키는 잔물결, 바닷물 표면만큼이나 자유롭고 즉흥적인 잔물결 바로 아래 그의 개인적 애정이 놓여 있다. 견고하고 강한 애정이지만, 내가 받은 인상으로는 혼자 따로 존재하는 것 같다.

그렇다면 순진하게 내성적인 면과 고독을 즐기는 성향—과장되었지만 전혀 냉소적이지 않은—은 상당 부분 그 무미건조한 시간—얼마나 무미건조한지 이후 행복을 맛보며 돌아보았을 때 텅 빈 공간이라고 단언했던—을 그나마 참을 만하게 만들기 위해 지속적으로 그에게 부과된 속성이었을 것이다. 그야말로 따분한 시절이었지만 그것이 호손의 탓만은 아니었다. 그의 상황은 본질적으로 빈곤했다. 차마 자세히 들여다보기도 꺼려질 정도로 빈곤했다. 오십 년 전 뉴잉글랜드 작은 마을의 지적인 삶과 취향이 어떠했을지 생각해보면, 그리고 문학과 로맨스를, 다채로움과 유형과 형태와 색채를 사랑해서 그 사이에서 평생 할 일을 찾아보려 노력했던 재능 많던 젊은이를 생각해보면, 무엇보다 그에 대한 연민이 일어날 테고, 메마른 너른 마을의 모습을 아마 거의 매서운 눈길로 바라보게 될 것이다. 그런 상황이라면 차라리 개방적이거나 탐구심이 많지 않았던 것이, 혼자만의 시간을 즐기며 자신의 '환경'에 대해 별로 질문하지 않았던 것이 호손에게는 축복이었으리라는 생각도 든다. 원하는 것이 많고 야심도 있었다면, 강한 욕구에 다양한 앎도 지녔다면 십중팔구 세일럼의 테두리가 참을 수 없이 좁게 느껴졌을 것이다.

그를 둘러싼 문화는 단순한 부류였다. 당시 미국에서 구할 수 있던 문화는 달리 없었고, 뭔가 다른 의미심장한 기회들이 틀림없이 그의 눈앞에서 아른거렸겠지만, 당시 호손이 자신을 바라보던 시각은 여명기였던 초기 사회에 반세기 문명이 흘러든 이후 그를 판단하는 비평가의 눈에 비친 연민의 대상은 아니었을 것이다. 당시 뉴잉글랜드가 사회적인 측면에서 아주 협소한 곳이었다면 세일럼은 더욱 협소했다. 그리고 미국적 특성이 대체로 극히 협소하고 투박했다면 아무리 미국에서 최고였던들 뉴잉글랜드도 크게 다르지 않았다. 그들에게는 만사가 극히 자연스러웠을 테니, 지금에 와서 그 시절 그 장소에 아이러니가 차고 넘쳤다는 식의 이야기보다 더 큰 오류는 없을 것이다.

그때 미국의 삶은 겨우 토대를 쌓고 있었다. 일단 **존재하는** 일이 급선무였다. 즐기는 삶과는 비할 바 없이 멀리 떨어져 있었다. 당시 뉴잉글랜드에 살았던 사람들 가운데 즐기며 살았다고 할 만한 이렇다 할 무리는 없었으리라고 본다. 그런 일이 가능할 만한 준비도 되어 있지 않았고 그런 일을 장려할 수도 없었다. 호손은 막연하게나마 그런 운명적인 기획을 품었을 것이 분명하다. 하지만 성공 여부는 오로지 자신의 재능에 달려 있다고 느꼈을 것이다. 나는 그가 즐기는 삶을 살고자 마음먹었다고 했는데, 그건 그저 그가 예술가가 되려 했고 그 즐기는 삶이 부득이하게 예술가의 계획에 들어갔기 때문이다. 삶을 즐기는 방법이야 수두룩하게 많지만 예술가의 방식이 가장 순결한 하나의 방식이다. 여하튼 그것은 즐거움의 관념과 연결된다. 예술가는 즐거움을 주고자 하고, 즐거움을 주려면 우선 본인이 즐거움을 얻어야 한다. 다만 어디서 즐거움을 얻을 것인가는 상황에 따라 다르고, 호손에게는 상황이 호의적이지 않았다.

그는 가난하고 고독했으며, 문학에 대한 관심이 아직은 정말 변변찮은 사회에서 문학에 헌신하고자 했다. 미국에서는 여전히 '돈벌이에 종사'하지 않는 지위가 상당한 불편을 초래한다고 해도 크게 틀린 말은 아니다. 소위 실용적인 부문에 속하지 않는 직업을 택하려는 젊은이, 한마디로 자기 이름이 박힌 명패가 달린 사무실을 시내 업무지구 내에 갖지 못한 젊은이는 사회조직 안에서 제한된 자리밖에 주어지지 않아 확고하게 자리잡기가 힘들다. 그렇다고 그런 이에게 의심스러운 눈길을 보내거나 한량 취급을 하지는 않는다. 미국 사회는 늘 문학과 예술에 대단한 존경심을 보였고 그 분야의 종사자들은 다른 나라에서보다 더 나은 대접을 받았다. 미국 사회의 특성이 어떤 면에서 투박하다면, 무엇보다 이렇게 작가에게 과도한 경의를 바친다는 점에서 그러할 것이다. 어떤 모임에서 누구든 책을 썼다고하면 얼마나 무턱대고 감탄을 퍼붓는지, 좋은 글쓰기를 장려하는 역할도 못 된다. 오십 년 전이라고 이런 경향이 덜했다고 볼 근거는 없다. 하지만 문학 종사자의 경우 특정한 계층에 속함으로써 얻을 수 있는 편안함과 영감이 부족한 면은 지금보다 오십년 전이 훨씬 더했음이 분명하다.

일반적으로 최고의 결과란 재능 있는 인물이 어떤 집단에 속해 있을 때 나온다. 누구든 같은 분야에서 일하는 동료들이 있어서 제안과 비교와 경쟁이라는 자극이 있을 때 더 나은 결과를 얻는다. 물론 위대한 결과들은 혼자만의 작업으로 탄생했다. 하지만 대개 그보다 우호적인 상황에서 들였을 노고의 두 배를 들여 이루어졌다. 혼자 작업하는 사람에게는 사례와 토론에서 나오는 이득이 없다. 서툴게 실험하기 쉽고, 상황의 특성상 얼마간 경험주의적일 수밖에 없다. 세상은 경험주의적인 인물을 숙련된 전문가로 우대하겠지만, 경험주의의 단점과 불편함은 여전하다. 사실 대중의 취향에 균형 감각이 부족한 것 아닌가 싶은 미심쩍은 마음이 감사하는 마음에 섞여 들면서 단점과 불편함은 심화된다.

세일럼에서 섬세한 단편소설로 작품 활동을 시작한 호손은 어딜 보나 경험주의적이었다. 당시 미국에서 문학을 직업으로 선택한 사람은 기껏해야 여남은 명 정도였고 호손은 그중 하나였다. 지금도 미국에서 문학이라는 직업은 아직 젊고 위상도 보잘 것 없다. 그러니 1830년에야 흙을 뚫고 올라온 싹이 보일까 말까 했다. 글을 써서 얻는 이득만큼이나 명예나 보수도 빈약했을 분야에 발을 들여놓겠다고 마음을 먹었으니 지금의 시각으로 보자면 가히 대단한 용기가 아닌가 싶다. 앞서 말하기로 현재 미국에서는 작가를 떠받들고 문학을 높이 산다고 했다. 그러나 호손의 개인사는 오십 년 전까지만 해도 수많은 걸작을 써내고도 여전히 무명일 수 있었다는 사실을 증명한다.

『전승된 이야기』(*Twice-Told Tales*)의 서문에서 그는 자신이 '수년 동안 미국에서 지극히 이름 없는 문필가'로 살아왔다는 말로 글을 시작한다. 일단 이 작품이 인정을 받게 되자 그 인정은 거의 전폭적이었다. 호손은 글로 큰돈을 벌어본 적이 없었던 것이 분명하고, 이 매력적인 글 모음집으로 초반에 벌어들인 돈도 상당한 액수는 아니었다. 사실 대다수가 이미 잡지나 신문에 실렸던 글이라 전혀 돈을 받지 못했다. 하지만 명예의 경우 일단 여명이 밝아온 이후―그리고 작가의 길에 들어선 지 얼마 안 되어 밝아온 셈이었다―로는 한 번도 기운 적이 없었다. 호손의 동포들은 일치단결하여 그를 자랑스러워했다. 래스럽의 『호손 연구』의 어조 자체가 미국 이야기꾼들이 찬사를 듣고 싶어 할 방식을 잘 보여준다.

전업 작가로 살려 했던 호손의 초기 시도는 신중히 계획되었던 듯하다. 보통 회계사나 변호사 사무실에서 이런저런 일을 시도하다가 평생 뮤즈를 섬기며 살겠다는 선언이 뜬금없이 나오는 경우가 많은데, 호손이 그런 일을 했다는 이야기는 들어보지 못했다. 일단 글을 쓰기 시작했고, 그걸로 무엇이든 해보려 했다. 그저 그의 가족인 모친과 두 누이가 세일럼에 살았기 때문에 그곳에 계속 머물렀던 것이 아닌가 싶다. 세일럼에 모친의 집이 있었고, 호손은 1838년까지 십여 년 동안 그곳에 함께 살았던 모양이다. 호손보다 오래 살았던 누이에게서 래스럽이 알아낸 바로는, 그는 『팬쇼』(Fanshawe)를 출간한 이후 『내 조국의 이야기 일곱 편』(Seven Tales of My Native Land)이라는 제목의 단편집을 썼다. 오빠가 읽어보라고 주었던 그 책을 누이는 상당히 잘 기억했다. 하지만 그 책은 세상에 나오지 못했다. 출간해보려는 시도가 줄곧 좌절되어 마침내 젊은 작가는 분노와 절망감으로 원고를 태워버린 것이다.

아마 「원고 속의 악마」(The Devil in Manuscript)라는 인상적인 단편에 자전적인 요소가 담긴 듯하다. "열일곱 군데 출판사에 원고를 보냈다." 그 이야기의 주인공은 엄청난 노고를 쏟아부은 원고 더미를 두고 이렇게 말한다.

그들의 답장을 읽으면 눈이 휘둥그레질 것이다. (…) 한 출판사는 자신들은 교재만 출판한다고 하고, 또 다른 출판사는 지금 검토 중인 소설이 다섯 권이라고 한다. (…) 또 다른 출판사는 막 폐업을 했다고 하는데, 내 책을 출간하지 않으려고 일부러 그런 것이 분명하다. 한마디로 열일곱 군데 출판사 가운데 그나마 내 원고를 읽어본 출판사는 딱 하나다. 그리고 그 사람—내 판단으로는 분명 문학 애호가일 텐데—은 무례하게도 내 작품을 비평한답시고 전반적으로 뜯어고치라고 제안하고는, 두루뭉술하게 비난하는 문장 끝에 뭘 어떻게 하든 자신은 관심이 없다는 확고한 결론을 덧붙인다. (…) 그래도 열일곱 명의 부당한 출판인 가운데 그래도 한 명은 정당한 인물이 있어, 작가 자신이 위험을 감수한다면 모를까 어떤 미국 출판사도 공연히 미국 작품에 손을 대지 않을 거라고, 알려진 작가라도 웬만하면 안 하는데 신진작가라면 절대 안 한다고 알려주었다.

『내 조국의 이야기 일곱 편』을 책으로 펴내지 못했지만 그래도 호손은 계속 글을 써나갔고, 그다음 것들은 세상에 나올 수 있었다. 당시 지역 신문과 연감에 실었던 글을 모아『전승된 이야기』와『설경』(Snow Image) 두 권을 출간했다. 그는 스스로 판단하기에 가장 좋은 글을 골라 세 권의 단편집을 구성했다. 나머지에 대해서는 이렇게 말했다. "십오 년이나 이십 년 묵은 거무칙칙한 잡지들이나 추레한 모로코가죽을 씌운『기념품』잡지를 더 뒤지면 몇 편 더 건질 수는 있겠다. (하지만 그런 수고를 들일 가치는 없다.)" 이 세 권의 단편집은 아주 오랜 기간에 걸쳐 상당한 문학적 노고를 들인 책은 아니며, 작가 스스로도 '그 당시 작가 인생에 담긴 생각과 노력'을 별로 보여주는 바가 없다고 인정한다. 그는 작품 생산이 빈약했던 원인을 '원래 정신이 가장 팔팔할 나이에 주변에서 전혀 지지를 받지 못했'는 사실에서 찾는다. "명성이나 금전적 이득의 적절한 전망이라는 차원에서 문학적인 노력을 기울일 만한 자극이라고는 전혀 없었다. 그를 지탱한 것은 창작 자체의 기쁨, 그 과정에서 자연스레 나오는 즐거움뿐이었다. 그 즐거움은 아마 목전의 작업이 지닌 장점에는 핵심적이지만 궁극적으로 작가의 가슴에서 냉기를 없애거나 저린 손가락의 통증을 덜어주는 일은 거의 해주지 못할 것이었다." 이 문장은 1851년에 나온『전승된 이야기』2판의 서문에 들어 있다. 그에 관해 한마디 하자면, 호손의 서문에는 늘

어떤 매력이 있어 거기서 한 대목 인용할 구실이 생기면 감사한 마음이다.

당시 그는 『주홍글자』로 막 명성을 얻은 참이라 그의 단편도 후하게 환영하는 분위기였다. 초판이 돌풍을 일으키지 못했다는 그의 설명(4년을 사이에 두고 두 권으로 출간되었다)은 그가 곧바로 인정을 받지는 못했지만 제때 인정받았다는 내 주장과 모순되게 들릴 수도 있겠다. 『주홍글자』가 출간된 1850년 호손의 나이는 마흔여섯이었고, 그렇게 보면 확실히 한참 늦게 인기를 얻었다고도 할 수 있다. 하지만 다른 한편으로 그가 그때까지는 세간의 관심을 그리 크게 끌지 못했다는 사실을 기억할 필요가 있다. 『전승된 이야기』는 매력적이긴 하지만 대단한 문학적 성취는 아니다. 작가가 더 엄격하게 작업해서 『주홍글자』를 내놓자마자 그것이 대중의 귀에 닿아 마음을 끌었고, 그런 상태는 그 뒤로 마지막까지 지속했다. 독자로서는 이렇게 외칠 법도 하다. "당연한 일이지! 하지만 똑같은 청각기관이 왜 그렇게 둔한지 한참 길을 막았고, 그로 인해 호손이 쉰 살이 가까워져서야 첫 소설을 썼고 생산적인 기간이 그만큼 줄어들었으니 얼마나 애석한 일인가!" 사실을 말하자면, 그는 아주 야심찬 인물일 수는 없었다. 그는 다작하는 작가가 아니었고, 확실히 그의 성향에는 게으름이 적잖이 있었다. 열의가 부족했는데 그렇다고 그게 밉지 않았다. 어떤 식으로든 그를 북돋우는 자극이 있었더라도 그는 중년을 지나서야 처음으로 눈에 띄는 일격을 가했을 것이다. 게다가 말년의 십년 동안 고작 소설 두 편과 미완성 작품 한 편을 썼을 뿐이다.

그래도 그가 초기에 무엇이든 수중에 들어온 재료로 아주 기쁘게 작업했던 것은 확실한 사실이다. 몇몇 단편은 『보스턴 징표와 대서양 기념품』(The Boston Token and Atlantic Souvenir)이라는 멋진 제목이 달린, 당시의 연감에 실렸다. 이 품위 있는 보고(寶庫)의 편집자는 아마 미국의 잡지 문학의 선구자일 S. G. 굿리치였을 것이다. 그는 피터 팔리라는 필명으로 수많은 대중 교재와 이야기책, 그리고 인류의 지식을 유아적 정신에 맞도록 통속화하는 여러 책을 펴내서 대중에게는 그 이름으로 더 잘 알려져 있다. 공교롭게도 사업가 기질을 가진 이 문학제품 조달업자가 초기에 호손을 보호해준 인물이었다. 젊은 작가가 그에게서 받았던 대접을 과연 보호라고 할 수 있을지는 모르겠지만 말이다.

1836년 굿리치는 호손을 보스턴으로 불러서 자신이 관심을 두던 잡지인 『유용하고 재미있는 지식을 담은 미국 잡지』(The American Magazine of Useful and Entertaining Knowledge)의 편집을 맡겼다. 나는 문제의 잡지를 실물로 본 적은 없지만, 호손의 전기 작가가 전하는 바에 따르면 볼품 없는 책이었다고 한다. 브윅사라는 회사가 그 일을 맡았는데, "목판술을 복구한 영국 예술가 토머스 브윅의 이름을 따서 설립한 회사로 그의 멋진 삽화를 사용하여 그를 기리고자 했다. 하지만 사실 누구도 기린다고 할 수 없었고 수익을 내지도 못했다. 수많은 주제에 관한 압축된 정보들이 있고, 소설은 없이 약간의 시가 들어 있을 뿐인 1페니짜리 대중잡지였다. 목판화는 말도 못하게 조야하고 형편없었다. 여러 편집자와 출판사의 손을 거쳐 갔다. 호손은 일 년에 오백 달러를 받기로 하고 고용되었지만 돈을 거의 받지 못한 것으로 보인다. 그래서 그 자리에 오래 붙어 있지 않았다".

1836년 겨울 보스턴에서 호손은 이렇게 적었다. "난 도착하자마자 사십오 달러를 주겠다는 굿리치 씨의 확실한 약속을 믿고 이곳에 왔다. 하지만 그는 며칠이 지나도록 그 약속을 지키지 않았고 지금 봐서는 돈을 줄 생각이 없는 것 같다. 이제 난 그와 아예 상종을 하지 않고 근처에도 갈 마음이 없다. (…) 그가 브윅사의 주주이자 임원이니 편집일에 관해 내가 의무감을 가질 필요는 전혀 없다. (…) 내가 오백 달러를 받고 하는 이 일을 천 달러를 준다 한들 과연 할 사람이 있을지 찾아보라고 했다." 또 다른 편지에서는 이렇게 적고 있다. "저녁 전에 역사나 전기 분야 글을 쓰지만 보수는 전혀 받지 못한다." 굿리치는 『만국사』의 집필 작업에 동참하면 백 달러를 주겠다고 제안했다. 호손은 그 제안을 받아들였고 그 일을 도왔다. (어느 만큼이나 관여했는지는 알 수 없다.) 호손이 쓴 것으로 전기 작가가 확인할 수 있었던 구절은 딱 한 군데다. 조지 4세에 관한 글이다. "꽤 어렸을 때에도 이 왕은 여느 멋쟁이 청년처럼 복장에 관심이 많았다. 그쪽으로 안목이 상당해서 왕이 되지 않았다면 뛰어난 재봉사가 될 수도 있었을 테니, 왕이 되어 애석한 일이다."『만국사』는 엄청난 인기를 얻어 수백 판을 찍었다. 하지만 호손은 백 달러 말고 더 받은 돈은 없는 것 같다. 나 자신도 학교에 들어간 지 얼마 안 되어 그 책을 보았던 기억이 생생하다. 아주 두껍고 투박해 보이는 책으로, 표지는 녹색 종이를 덮은 판지였으며, 본문에는 가장 초보적인 수준의 아주 작은 판화들이 실려 있었다. 지금까지도 그 책을 마주치면 세소스트리스와 세미라미스[4]라는 이름이 연상되는데, 아마 그 통치자들의 정복을 설명하는 대목에 어린 아이의 상상력에 깊이 각인될 만한 뭔가가 있었지 싶다. 호손은 넉 달이 지나 『미국 잡지』의 편집 일에 대한 보수로 겨우 이십 달러—사 파운드—를 받았다.

이런 일화를 보면 좀 안쓰럽다. 섬세하고 뛰어난 천재가 그런 시시한 일에 매달릴 수밖에 없었으니 그야말로 가슴이 아프다. 당시 미국에서 글을 써서 먹고살려 했던 사람에게 그보다 나은 가능성이 없었다는 것은 확실한 사실이다. 그리고 살아가기 위해서 호손은 말하자면 자신의 존재를 작게 만들었다. 게다가 가진 게 더 많고 기운찬 천재들에 비하면 자신을 작게 만

---

4   성경에 기록되어 있는, 기원전 20세기경의 이집트 왕들.

드는 일이 그리 힘들지도 않았다. 왜냐하면 그는 극히 겸손했던 것이 틀림없고, 자신에게 드문 재능이 있다는 의식이 아주 강렬하지 않았던 것으로 보이기 때문이다.

호손은 세일럼으로 돌아갔고 1837년 봄, 평온하게 자리 잡은 채로 『전승된 이야기』의 첫 권이 세상에 나오는 것을 지켜보았다. 그가 세일럼에서 십 년가량의 청년 시절을 보낸 뒤였다. 그때와 관련된 자료가 정말 변변찮긴 하지만 그를 다루는 글을 쓰는 미국인으로서 그곳에서의 삶을 얄팍하게나마 재구성해보고 싶은 욕망이 든다 해도 다들 너그러이 봐주지 않을까 싶다. 따분하고 텅 비었던 그의 언급은 앞에서 인용했지만, 그런 표현으로 내 호기심이 잦아들기보다 오히려 더 살아난다. 전기 작가는 불가피하게 자잘한 내용에서 즐거움을 느낀다. 인물의 특징을 나타내는 점을 무수히 찍는 것이 그가 할 일이기 때문이다.

래스럽이 적은 바에 따르면 호손은 "심지어 가족 성원과도 거의 교류가 없었다. 식사도 잠긴 방문 앞에 놓아둘 때가 많았고, 허버트가의 낡은 집에 사는 네 명의 식구가 한 자리에서 만나는 일은 빈번하지 않았다. 그는 자신이 쓴 글을 모친이나 누이들에게 읽어주는 법이 전혀 없었다. (…) 이 집안에서는 가족 성원이 각각 따로 지내는 것이 관례였다. 세 명의 여성도 아마 그만큼 칩거하는 성향이었고, 그들 사이에 자리 잡은 고립감을 언급하며 한번은 호손이 이렇게 말했다. '우리는 우리 집에서조차 **살고 있지 않아!**'" 덧붙여 그는 교회에도 잘 가지 않았다고 한다. 별로 활기찬 그림이라고 할 순 없다. 수년 동안 '햇빛을 본적이 없다'는 진술이야 명백히 틀린 말이지만 그가 낮에 돌아다니는 일이 거의 없었고 '한밤중이 아니라면 마을을 걸어 다니려 하지 않았다'고 단언했던, 그의 일상 습관에 대한 래스럼의 또 다른 설명도 신명나지 않기는 마찬가지다.

어둑해지면 그는 해안가를 따라 수 마일을 걷거나 다들 잠든 세일럼 거리를 헤매고 다녔다. 그것이 그의 취미였고 분명 그가 삶과 가장 친밀하게 접촉하는 순간이었다. 작은 뉴잉글랜드 마을의 생김새를 잘 아는 사람이라면 충분히 떠올릴 수 있겠지만, 밤 아홉 시가 넘은 시각은 그다지 삶의 활기가 넘치는 때는 아니다. 하지만 호손은 자잘한 것들의 관찰에 인이 박힌 인물이었고 아주 사소한 사건에서 상상력이 노닐 장을 찾아냈다. 『전승된 이야기』에 실린 「밤 풍경」이라는 제목의 짧은 글만큼 이 다행스런 능력을 잘 보여주는 사례도 없다. 이 짧은 글은 사실 별것 아니고, 굳이 언급하는 일만으로도 중요성을 과장할 수 있다. 사실 함께 실린 다른 많은 글도 마찬가지여서, 아주 호의적인 비평가조차도 자신이 무분별한 게 아닌가, 심지어 가혹한 게 아닌가 하는 특이한 기분이 들 정도다. 얼마나 가볍고 사소하고 다정하게 하찮은 글들인지, 거론하는 일만으로도 그것을 그릇된 자리에 놓게 된다. 작가 편에서 그 가치를 주장하는 목소리도 겨우 들릴까 말다가. 가장 예민한 귀를 가졌더라도 그렇다. 기호에 따라 읽거나 말거나, 즉 즐기면 그만이지 그것을 두고 굳이 이야기할 만한 것들은 아니다. 읽지 않는다면 부당한 대접이 되겠지만(읽는 일이 본질적으로 그 맛을 즐기는 일이다), 거기에 비평이라는 기제를 들이댄다면 더한 잘못을 저지르게 될 것이다. 하지만 이 원칙을 너무 밀고 나가도 지금 이 작품의 전반적 타당성을 위태롭게 하는 일이 된다는 사실도 명심해야 한다. 그리고 그런 결말은 피하고 싶은 것이 내 바람이다.

따라서 호손의 경우 평범한 사물을 대상으로 하는 묘사적인 감정 토로식의 짧은 글 형식—방금 언급한 「밤풍경」이 여기에 해당한다—이 대상의 실재가 보장하는 이상의 매력을 지닌다는 말 정도는 할 수 있지 않을까 한다. 이 글의 매력은 대상을 가지고 노는 상상력의 즉흥성과 사사로운 특성, 단순함과 미묘함의 혼재, 순수함과 상냥함에서 나온다. 「밤 풍경」은 비가 내리는 날, 길고 따분한 하루 일과가 끝난 뒤 제대로 포장되지 않아 진창이 된 읍내 거리를 우산을 쓰고 걸어 다녔던 일을 가볍고 친숙하게 기록한 글이다. 드문드문 세워진 가스등의 불빛이 커다란 물웅덩이 위에서 반짝이고 약국 유리창 위로 줄줄 흘러내리는 빗물 사이로 푸른색 단지가 빛난다. 이런 유의 소재는 그리 강력한 영감이 못 된다고 할 수도 있고, 이 경우도 틀림없이 그러하다. 하지만 그럼에도 불구하고 세일럼의 물웅덩이에서 꽃이 피어나듯 자연스럽고 매혹적인 산문이 피어난다.

호손은 작은 것들에 눈길을 주는 인물이라고 했는데, 정말이지 그는 너무 하찮아서 아무런 생각도 떠오르지 않는 대상은 없다고 보았던 모양이다.『공책』에 적힌 글을 보면 어쩌다 눈에 띄는 평범한 것을 어느 만큼이나 인지하는지, 그것들을 기록하는 습관은 어느 정도인지를 가늠할 수 있다. 그런데 이쯤에서 이런 말을 해도 무방할 듯해서 하는 말이지만 이『공책』은 아주 독특한 책이다. 문학사 전체를 뒤져봐도 과연 정확히 이에 상응하는 것이 있을까 싶다. 여섯 권으로 된 이 책은 호손이 세상을 뜬 뒤 몇 년 지나 각 권마다 시차를 두고 출판되었는데, 그 작가를 주제로 글을 쓰려는 사람으로서는 그 책이 굳이 세상에 나오지 않아도 되었겠다고 여길 수는 없을 것이다. 어떤 시각에서는 그렇기도 하지만, 가능한 한 많은 자료를 모으려는 것이 전기 작가의 자세이기 때문이다.

지금 그의 일생을 쓰는 나로서도 그 책이 나와 감사한 마음이긴 한데, 방금 그 책을 다시 주의 깊게 읽어본 뒤에도 어떻게 이 글이 쓰이게 되었는지, 이렇게 세세하고 종종 사소한 일상사의 기록을 그 오랜 세월 동안 지속해나간 호손의 목적이 무엇이었는지 여전히 오리무중이다. 무슨 수를 써서라도 정보를 얻고자 하는 이에게는 아주 귀중한 자료다. 그의 성격과 습관, 그의 정신의 특성을 생생하게 밝혀주니까. 하지만 그것이 호손 자신에게는 무슨 가치가 있었을지 궁금해진다. 인상의 기록이라 할 면은 극히 미미하고 감정의 기록으로 볼 면모는 그보다 더 미미하다. 외부 대상이 훨씬 커다란 자리를 차지한다. 견해나 믿음, 순전한 관념이라고 할 만한 측면은 거의 존재하지 않는다. 속내를 털어놓는 적은 거의 없고 나중에 출간할 책에 넣을 만한 생각을 펼쳐놓는 적도 없다.

극히 객관적인 이 일기의 어조를 가장 간단히 묘사한다면, 혹시 배달 중에 누가 열어볼지도 모른다는 의심에 그 안에 문제가 될 만한 대목은 절대 집어넣지 않기로 작정한 사람이 자기 자신을 수신자로 하여 쓰는 편지, 유쾌하지만 좀 지루한, 전적으로 공식적인 일련의 편지처럼 읽힌다고 말할 수 있다. 출간을 염두에 두었다고 보기엔 지나치게 시시한 내용이 많다. 그렇다고 사사로운 인상이나 의견을 적었다고 보기엔 특이하도록 냉랭하고 공허하다. 앞에서 말했듯이 그것은 호손의 정신을 들여다볼 우리의 기회를 넓혀주지만(우리의 평가가 높아진다는 뜻은 아니다), 그것은 그 속에서 우리가 찾아내는 것만큼이나 거기에 담겨 있지 않은 것들을 통해서다. 하지만 지금 우리의 관심사는 그 책이 호손의 지성에 대해 밝혀주는 면이 아니라 그의 습관과 사회적 상황과 관련한 정보다.

호손이 몇 살 때부터 일기를 쓰기 시작했는지는 알 수 없지만,『공책』의 첫 번째 글은 1835년 여름〔그가 서른한 살 때다〕이다. 자신의 소설『변신』[5]에 붙인 서문에 이런 대목이 나오는데, 유럽 세계를 배경으로 소설을 쓰려 시도하는 많은 미국인의 마음 밑바닥에 깔려 있을 것이 분명한 대목이다. "그림자도 없고 유물도 없으며 불가사의도 없고 고색창연하며 음울한 비행도 없고 환한 백주대낮에 일상적인 흔해빠진 풍요로움 외에 아무것도 없는 나라, 행복하게도 나의 조국의 상황이 그렇듯이 그런 나라를 주제로 로맨스를 쓰는 일의 어려움을 떠올리며 괴롭지 않을 작가는 없을 것이다."

호손의『공책』을 정독하는 일은 사실상 약간 불길한 이 문장에 대한 논평과 다를 바 없다. 적어도 내 생각에는 그렇다. 영국의 일반 독자에게도 마찬가지라고 한다면 그건 너무 나가는 것이겠지만, 적어도 미국 독자는 행간을 읽으며 알아서 암시를 완성하고 하나의 그림을 구성한다. 호손의 미국 일기에서 구성해낸 그림은, 물론 그 나름의 매력이 없지 않지만 전체적으로 보아 흥미롭지 않다고 말해도 터무니없이 부당한 대우는 아니라고 본다. 기이한 공백, 희한하게 옅은 색채와 자잘한 묘사의 결핍을 특징으로 하기 때문이다. 앞에서 말했듯이 호손에게는 세부사항에 대한 건강하고 상당한 식욕이 있었기에, 그의 관찰

---

5   변신(transformation)은 *The Marble Faun*의 영국판 제목이다.

이 받아들일 음식이 그렇게나 빈곤했다는 사실이 더욱 강하게 다가온다.

그의 일기를 넘기다 보면 그가 살았던 조야하고 단순한 사회가 내 눈앞에 떠오르기도 한다. 물론 단순하다는 형용사는 심기를 거스르기 위해서가 아니라 그저 묘사용으로 사용한 것이다. 호손의 상황 속으로 가능한 한 가까이 들어가보고 싶다면 그의 상황을 재현하려 노력해야 한다. 그 안에 부재한 요소가 너무 많다는 사실에 놀라고, 앞에 썼던 형용사를 다시 쓰자면 냉랭함과 얄팍함과 공허함이 얼마나 생생하게 모습을 드러내는지, 무엇보다 먼저 밀려드는 감정은 그런 장에서 주제를 찾는 로맨스 작가를 향한 연민이다. 나이가 들어 그보다 조밀하고 풍부하며 따뜻한 유럽의 광경을 알게 되었을 때 호손 자신도 분명 느꼈겠지만, 소설가가 쓸 만한 많은 연상이 쌓이려면 아주 많은 것들이, 상당히 축적된 역사와 관습, 그 정도로 복잡한 생활방식과 유형이 필요하기 때문이다.

호손이 동일한 수준의 재능, 동일한 정신 구조, 동일한 습관을 지닌 젊은 영국인이나 프랑스인이었다면 주변의 세상을 바라보는 그의 의식은 아주 달라졌을 것이다. 아무리 무명이고 아무리 숫기가 없어도, 함께 살아가는 사람들의 삶에 대한 인식은 헤아릴 수 없이 더 다양했을 것이다. 사색에 잠겨 산책을 하고 상상의 나래를 펴던 호손의 눈앞에 펼쳐진 광경의 부정적인 면모란 약간의 독창성만으로도 거의 우스꽝스럽게 만들 수 있다. 발달된 문명을 나타내는 항목 가운데, 다른 나라에는 있지만 미국의 삶의 조직에는 부재하는 것을 열거하다 보면, 그렇게 다 빼면 도대체 뭐가 남을까 의아해질 정도다. 유럽적 의미에서의 국가도 없고 사실 나라의 명칭이라고 할 만한 것도 없다. 군주나 법정, 개인적 충성심, 귀족도 없고, 교회나 성직자, 군인이나 외교도 없고, 지방 대지주나 궁전이나 성채도 없고, 영주의 저택이나 오래된 시골 저택이나 사제관도 없고, 초가지붕이나 담쟁이로 덮인 유적도 없고, 대성당, 수도원, 작은 노르만 양식의 교회도 없고, 위대한 대학이나 사립학교도 없어서 옥스퍼드나 이튼이나 해로우가 없고, 문학도 소설도 없고, 박물관, 회화, 정치 모임도 없고, 스포츠 집단도 없어서 엡섬도 애스컷[6]도 없는 것이다!

미국의 삶, 특히 사십 년 전의 미국 삶에 부재했던 것들의 목록을 만들자면 이런 식으로 이어지고, 그것이 영국이나 프랑스의 상상력에 영향을 미쳤다면 아마 그 결과는 대체로 처참했을 것이다. 거의 기소장과도 같은 그런 충격적인 상황을 보며 자연스럽게 나올 말이란, 그런 것들이 빠져 있다면 결국 전부 빠져 있다는 것이다. 미국인은 그래도 남아 있는 것이 상당히 많다는

6 엡섬(Epsom)과 애스컷(Ascot)은 영국에서 경마로 유명한 지역이다.

것을 안다. 무엇이 남아 있는가, 그건 말하자면 각자의 비밀이자 농담이다. 이렇게 끔찍하도록 헐벗은 상태에서 민족적 재능, 최근 무척 많이 들려오는 '미국적 유머'의 위안조차 허락되지 않는다면 잔인한 일이 될 것이다.

하지만 호손의 일기는 무엇이 남았는지를 가늠하는 데 도움이 되고, 앞에서 주장했다시피 그 대신 미국에 주어진 멋진 보상을 새삼 떠올리는 사람들보다는 미국의 사회적 상황의 부정적 면모라고 일컬었던 면을 그려 보인 앞선 짧은 묘사에 경악할 사람에게 오히려 위안을 줄 것이다. 호손의 일기는 대부분 시골길 산책이나 역마차를 타고 다닌 일, 술집에서 만난 사람들을 다룬다. 그의 관심을 끈 대상, 스스로 기억해둘 만하다고 보았던 대상들은 종종 극히 사소한 것들이고 그런 사실에서 우리는 그의 눈앞에 펼쳐진 장이 대체로 텅 비어 있었다는 인상을 받는다.

"일요일 저녁, 교도소 옆을 지나는데 지는 해가 창문을 아주 경쾌하게 밝히고 있었다. 마치 그 어둑한 돌담 안에 밝고 안락한 빛이라도 있는 듯이." "어제 S씨와 라즈베리를 따러 갔다. 그가 낡은 통나무 다리 사이로 떨어져 아래쪽 구멍에 빠졌다. 뒤를 돌아보니 썩은 통나무와 덤불 위로 머리와 어깨만 나와 있었다. 소나기가 쏟아졌고, 소리도 들리지 않는데 어디선가 맨발의 어린 남자아이가 빠른 속도로 달려와 우리를 지나쳐 쌩하니 앞으로 나아갔다. 내리막길을 달려 내려가 반대쪽으로 올라가는 아이의 맨발바닥이 보였다." 또 다른 곳에서는 자기 꼬리를 물려고 맴을 도는 개 한 마리를 묘사하느라 한 페이지를 전부 할애한다. 또 다른 곳에서는 독립된 문장으로 이런 말도 적었다. "이탄(泥炭) 태우는 연기의 향내가 화창한 가을 공기에 퍼지는데 매우 상쾌하다." 서른 살이 넘은 남자의 정신—그리고 잉크병—에 이런 사소한 것들이 들어갈 자리가 있다면 그것은 그 안에 들어갈 아주 중요한 것들이 달리 없었기 때문이라고 독자는 혼잣말을 하게 된다.

『공책』에 담긴 것 모두, 성글게 조직된 단순한 민주주의 사회를 가리킨다. 누구든, 무엇이든, 작가가 친밀한 관계나 다양한 관계를 맺었다는 증거는 전혀 없다. 동네 과수원 사과나무의 시기별 성장 단계에서 받는 인상이 일상적인 산물이고 손풍금 연주자나 별난 강아지와의 만남이 그보다 드문 산물인 그의 시골 산책에, 식사를 방문 앞에 놓았다는 래스럽의 진술을 더한다면 결혼 전 칠 년 동안 그의 일상이 어떠했는지 대강의 그림이 그려진다고 믿을 만한 충분한 근거가 있다. 책을 많이 읽은 것으로 보이고, 약간 자의식이 있고, 세련되었으되 지나치게 세련되진 않은, 멋지고 표현력 좋은 그의 문체로 보건대 좋은 영어 문장에 친숙했음이 틀림없다. 그런데 초기의 글이든 후기의 글이든 『공책』 어디에도 독서와 관련된 언급은 없다. 문학과 관련된 판단이나 인상은 전혀 없고, 작품이나 작가를 언급하는 대목도 거의 없다. 어떤 부류이든 특정한 개인에 대한 언급 역시 통상적으로 기대되는 것보다 훨씬 적다. 심리적인 측면도 거의 없고 생활방식에 대한 묘사도 거의 없다.

래스럽이 말하기를 호손 인생 초반에는 '계층적 차별성을 엄격하게 유지하고' '화려한 오락거리를 즐기고 성대한 생활방식을 지녔던' '부유층의 견고한 공동체'가 있었다고 한다. 이는 상당히 안락하고 점잖게 살았던, 소규모 지역사회에서 분명 제나름대로 특별한 존재를 자처했던 사람들—이를테면 상업이나 전문직에 종사하는 귀족 계층—이 많았다는 사실의 그럴듯한 표현일 뿐이다. 래스럽은 호손이 아주 유쾌한 그 사교계를 자유로이 드나들었다고 주장한다. 충분히 믿을 만한 이야기인 것이, 미국에서는 사실상 그 누구보다 장구한 가문 출생인 데다, 아주 잘생겼고(말년의 외양으로 판단하건대 호손은 그즈음 눈에 띄게 잘생긴 인물이었음이 분명하다) 재능과 교양도 갖춘 젊은이가 그런 특권을 갖지 못할 이유는 찾기 어려울 것이다. 하지만 호손은 그 지역 상류사회를 거의 전적으로 무시했던 것으로 보인다. 작품이나 일기 어디에서도 그런 교류의 반향을 찾을 수 없기 때문이다. 반향이 있었더라도 아마도 딱히 듣기 좋은 가락은 아니었을 테니, 숫기 없고 뻣뻣한 그의 성향, 내성적이고 소심하며 의심 많은 성격, 혹은 다른 어떤 이유로 그쪽 세계에서 알 수 있었을 것들을 알지 못해 독자로서 유감스러운 마음이 든다 해도 그것은 그가 거기서 대단한 이득을 얻었으리라는 확신이 있어서는 아니다.

그렇더라도 세일럼에서 성장한 멋진 작가가 그곳의 가장 풍요로운 땅에서 번성하던 유형들을 얼마간이라도 기록할 기회를 가지려 하지 않았던 것은 애석한 일이다. 이야기꾼의 재능을 상당히 지닌 사람이라면 거의 다 그렇듯이 호손은 민주주의적 기질이 있었고 인간 본성의 평범한 재료를 즐겼다. 어느 면에서나 철두철미 미국인이었던 만큼, 사회적인 차원의 탁월함에 대한 인식이 막연하고, 거기에서 도덕적이거나 지적인 자극을 얻더라도 쉽게 잊어버리는 특성만큼 그 점을 두드러지게 내보이는 것도 없다. 그는 평민들과 친하게 어울리길 좋아했고, 그들이 사는 모습 그대로를 받아들이면서 가능하면 그들의 입장을 이해하려고 했다. 『공책』도 그렇지만 그의 소설에도 색다른 동료 인간을 향한 편안하고 자연스러운 감정—상상력을 통한 관심과 사색적인 호기심—의 증거들이 가득하고, 때로는 그 감정들이 가장 매혹적이고 우아한 형태로 나타나기도 한다. 이는 작가 자신의 예민함과 섬세함, 상스러운 면이라고는 전혀 없는 특성과 잘 뒤섞여, 그의 인성 가운데 독자들이 가장 환영하는 면모라 할 수 있다. 그러니까 그를 음침하고 불쾌한 천재로 보는 일부 독자와는 다른 독자들 말이다.

그러나 설사 그가 허세가 많은 인물이었더라도, 주어진 상황에서는 아무래도 얼마간 민주주의에 동조했을 것이다. 그가 몸 담고 생활했던 단순한 사회구조의 핵심이 민주주의였기 때문이다. 그의 일기와 소설의 대기에는 진정한 민주주의 정서가 가득하다. 뉴잉글랜드의 삶에서 이 정서가 사라진 적은 없었다. 특히 시골 사회에서 그렇지만 지금도 아주 많은 집단 속에서 창창하게 이어진다. 하지만 호손처럼 대체로 까다로운 작가라 할지라도 이제는 「끌로 만든 부스러기」(Chippings with a Chisel)의 다음 대목처럼 순진한 표현이 나오진 않을 것이다. "읍내에서 술집을 운영하는 명민한 신사계급 부인은 세상을 뜬 가족 성원을 위해 묘비 두세 개를 구하고 싶은 마음이 간절해서, 조각가를 하숙생으로 들여 그 엄숙한 물품의 비용을 지불하고자 했다."

신사계급의 부인이 술집을 운영하며 하숙생을 들이는 이 상황은 지금 내가 암시한 시각에서 봤을 때 어울리지 않는 것은 전혀 아니다. 문제의 부인이 명민하다는 사실을 알게 될 것이고, 그가 배울 만큼 배웠고 평판 좋은 삶을 살아왔을 법도 하고, 활력이 넘치는 인물임은 확실하다. 이런 특성으로 미루어 그 부인을 신사계급이라고 칭하는 일이 호손에게는 자연스러웠다. 평등의식이 지배하는 사회에서는 하위 계층보다 상위 계층을 당연시하는 것이 자연스러운 경향이기 때문이다. 하지만 호손의 소설을 통틀어 민주주의적 정서를 보여주는 가장 두드러진 예는 아마 『일곱 박공의 집』(*The House of the Seven Gables*)에 등장하는 인물인 베너 아저씨일 것이다. 베너 아저씨는 챙 없는 모자를 쓰고 누덕누덕 기운 바지를 입은 가난한 노인으로, 세일럼 상류층 집안 안팎에서 이런저런 일을 해주고 받는 돈으로 불안정한 생계를 꾸려간다. 뉴잉글랜드에서 '허드렛일'이라고 부르는 일이다. 그는 짐을 들어주고 장작을 패고 감자를 캐고 집돼지에게 먹일 음식쓰레기를 거두면서, 철학적 평정심을 갖고 빈민 구호소에서 마지막 날을 보낼 때를 고대한다.

사회 계층이라는 면에서는 이렇게 보잘 것 없는 자리를 차지한 인물이지만 유서 깊은 가문의 헵지바 핀천은 그를 편하고 친숙하게 대한다. 그리고 여름날 저녁나절에 그 연로한 부인이 지인들과 함께 정원에서 바깥공기를 즐길 때면, 그는 그 고상한 무리에 끼어들어 담배 연기를 뿜으며 교양 있는 대화에 참여한다. 이것이 얼마간 상상력의 산물임은 명백해서, 베너 아저씨는 호손이 의도적으로 창조한 인물이다. 그는 독창적인 자연 도덕가이고 철학자다. 그런 인물을 도입하여 하고자 하는 바가 무엇인지 잘 알았던 호손—그는 언제나 자신이 하고자 하는 바를 잘 알았다—은 그 인물을 통해 케케묵은 여주인공의 대단한 허세와 대비되는 유머러스한 체념과 가장 단순하고 소박한 요소로 압축된 삶을 예시하고 싶었다. 전적으로 인간적이고 사적인 분위기를 만들고 싶었던 것이다. 그 목적을 위해서 구애받지 않고 자유롭게 작업하고 있다는 사실도 알았다. 하지만 중요한 점은 그렇다고 사실성을 과도하게 훼손한다고 생각하지 않았다는 것이다. 1830년경에 쓴 한 편지에서 그는 코네티컷을 돌아다닌 짧은 여행에 관해 들려주면서 17마일에 걸친 여정의 말미에 이렇게 말한다. "그런데 저녁에 아주 정중하고 상냥한 신사와 성경 연구회에 참석했는데, 나중에 알고 보니 그는 아주 의심스러운 습관을 지닌 유랑 재단사더군."

호손은 여러 번 세일럼을 떠나 뉴잉글랜드의 다른 주를 떠돌아다녔던 것으로 보인다. 하지만 당시 행적 가운데 『공책』에서 어지간한 분량으로 다룬 경우라고는 1837년 여름 대학친구인 호레이쇼 브릿지를 찾아간 일이 유일하다. 그 친구는 메인에 위치한 부친의 주택에서 살았는데, 북쪽 산림지대에서 학생을 구하던 프랑스어 교사인 별난 프랑스 청년이 그 집에 함께 머물고 있었다. 호손의 일기에는 보통 기대하는 것보다 심리묘사가 적다는 이야기는 앞에서 이미 했다. 그래도 어쨌든 얼마간의 심리묘사는 있는데, 그 두드러진 프랑스 청년 '무슈 S'와 관련된 여러 대목만큼 심리묘사가 많이 나오는 대목도 달리 없다. (일기의 처음부터 끝까지 자기 친구들, 가장 친한 친구들에게도 한결같이 '미스터'라는 호칭을 붙인 것처럼, 호손은 분명 그와 꽤나 친해진 모양이지만 늘 그에게 '무슈'라는 칭호를 붙였다. 콩코드 숲에 살던, 인습에 얽매이지 않는 동료 소로와, 관습에 맞서 살았던 브룩팜의 동료에게조차 그 칭호를 붙였다.)

　이 대목은 오로지 무슈 S만을 다루는데, 그는 확실히 프랑스 민족의 생기로 가득한 독특한 인물이었던 모양이다. 그 프랑스 젊은이의 성향을 분석하려는 정교한 노력이 보이는데, 꼼꼼하게 공을 들이고 존경심을 보이며 솔직하고 거의 근엄하기까지 하다. 이 대목이 매우 흥미로운 까닭은 이 같은 묘사가, 많은 미국인 특히 많은 뉴잉글랜드 사람들이 타인을 만나 판단을 내릴 때 즉각 동원되는 요소가 없다는 사실을 상기시키기 때문이다. 그리고 이것은 다시 미국 사회에서 개인의 중요성이라 할 만한 것을 일깨워준다. 그것은 미국 사회가 생겨난 지 얼마 안 된 젊은 사회로 치열한 경쟁이 부재하다는 사실에서 생겨난 결과다. 말하자면 그곳에서는 개인이 더 중요하고, 다양한 사회 유형이 부재하며 편리하고 수월하게 각각을 분류할 수 있는 정해진 항목이 없는 덕분에 개개인이 어느 정도까지는 경이롭고 신비로운 존재다.

　영국인이나 프랑스인, 무엇보다 프랑스인은 각자 사회적 견지에서 재빨리 쉽게 판단하고, 그러면 끝이다. 뉴잉글랜드 사람들에게 찾아들게 마련인, 동떨어져 존재하는 약간 냉랭한 도덕적 책임감 같은 것은 그 과정에 존재하지 않는다. 게다가 각자의 기준이 자신이 몸담고 있는 사회의 전반적인 합의로 확고해진 기준이라는 이점도 있다. 이런 점에서 프랑스인은 특히 행복하고 편안하다. 아무리 높이 쳐도 지나치지 않을 정도로 행복하고 편안하다. 자기 기준이 세상에서 가장 명확한 기준이고, 아주 쉽고 빠르게 호소할 수 있는 기준이며, 이는 곧 프랑스적 재능의 발휘와 똑같은 것이기 때문이다. 영국의 경우 그렇게까지 사정이 좋지는 않지만, 의구심 많고 머뭇거리는 바다 건너 사촌보다는 사정이 낫다. 다행히 분석을 불신하는 건강한 성향을 부여받았고, 까다롭게 따지는 일이야말로 그들이 가장 경멸하는 일이기 때문이다. 영국인이라면 다들 얼마간의 존슨 박사[7]를 지니고 있으며, 애석하게도 존슨 박사는 달빛의 무게를 따져보는 성향—호손에게는 천재적 재능인 만큼이나 민족적 특성이기도 한—은 견디지 못할 것이다. 그렇지만 호손은 보즈웰의 주인공[8]의 진가를 알아주는 진정 멋진 헌사(영국에 대해 쓴 책의 '리치필드와 유톡시터' 장에서)를 바친 바 있다. 미국의 지적 기준은 모호하다. 또한 호손의 동포들이 저울을 들 때면 그들의 손은 좀 불안하고 양심도 약간 흔들리기 십상이다.

---

7   Samuel Johnson. 18세기 영국의 시인, 비평가. 영어사전의 편찬과 비평집 『영국 시인전』으로 유명하다.

8   제임스 보즈웰이 『새뮤얼 존슨의 생애』를 썼다.

너희를 세운 건 다시 허물기 위해서일 뿐

다시 찾은 뉴욕

1

이 거대한 주제에 가장 혹은 특히 부합할 만한 인상으로 딱 하나를 꼽는다면 넓은 지역을 배로 움직인 어떤 시간일 텐데 그 것은 태평양 서부 연안지역에서 돌아온 내게 한창 무르익은 봄 기운과 더불어 최고의 보상으로 마련되었다 할 만했다. 내가 내 린 곳은 펜실베이니아철도의 대서양 연안 기차역이었다. 일단 끔찍한 도심─여러 가지 면에서 왜 내게 '끔찍한지'는 곧 설명 하겠다─을 관통하지 않고 보스턴으로 가는 일이 문제였고, 이 상당한 이득을 용이하고 기분 좋게 달성하는 방법은, 기차를 실 어 나르는 최고로 강력한(내겐 그렇게 보였다) 배를 타고 서쪽 강 물을 따라 뉴욕시 아래쪽을 돌아 반대쪽 강물을 타고 할렘까지 올라가는 것이었다. 그러면 워싱턴에서 타고 온 특별객차를 '벗 어날' 일이 없었다. 그렇게 벗어날 일이 없었다는 사실에서 어느 정도의 효과—멈춰서지도 않고 혼란스럽지도 않게 줄줄이 이어진 거대한 객차를 신속하게 물에 띄우는 전 과정과 관련해서나 돈을 아끼지 않는 순진한 여행객의 오락거리 차원에서나—가 생겨났는지는 이후의 마음 상태, 그러니까 다행스럽게도 뉴욕의 위대한 얼굴을 보고 설레며 재미난 견해를 갖게 되었다는 사실에 틀림없이 큰 영향을 주었을 것이다.

규모, 용이함, 정력, 용량과 수, 그리고 주변에 널린, 무슨 일에서나 멋지게 자연과 과학이 함께 신나서 뛰노는 듯한 온갖 분위기를 보자면, 크게 선회하고 곤두박질치며 허공에 머물고 높은 곳에 내려앉는 바닷새의 무리, 흰 날개 달린 그 정령의 이미지를 들썩이는 뉴욕만(灣)의 상징으로 다시 취할 만도 했다. 다른 때도 그랬지만, 뉴욕만의 어마어마한 개성은 언제나 상대의 얼굴을 정면으로 후려치는 듯하다. 정확히 종축을 맞추어 늘어선 수많은 증기선의 이물이 온힘을 다하듯, 말하자면 당신에게 덤벼들며 돌진하는 것이다. 하지만 한없이 침착한 그 자신감을 이 정도로 의식한 적은 지금껏 없었고 그 천재성이 이렇게 웅장하게 뛰노는 것도 본 적이 없다. 아마 바다 위에서 부산스러운 거대한 곳을 한껏 감상하거나 특히 상류로 가면서 좁아지는 동쪽 강을 따라 올라가는 경이로운 모험을 예전엔 즐기지 못했기 때문이 아닌가 싶다.

당시의 어떤 분위기나 일시적인 기분 탓인지 눈앞의 광경

전체가 엄청난 암시를 담고 말을 걸어왔다. 일단 또렷이 울려 퍼지면 그 암시는 불가항력이다. 두말할 나위 없이 그것은 모두 최근이나 지금 막 **이루어진** 것, 거대한 몰개성적 무대 위에서, 그리고 과도한 이득이라는 기반 위에서 이루어진 것들의 표현이다. 다른 그 무엇의 표현도 아니다. 그래도 그 광경에서 생겨나는 인상(이미 앞서 여러 시점에서 내 상상력을 향해 강력한 힘을 내보인 적이 있다)은 대담무쌍하고 짜릿하다. 어떤 시각에서 보자면 매력적이기까지 하다. 바로 그렇게 해서 신비로움과 경이로움이라는 요소가 인상 속으로 들어오는 것이다. 말하자면 대개 필수 불가결하다고 여겨지는 특성들이 부재할 때 어디서 아름다움과 기쁨이 나올까 알아보고픈 관심이 생겨난다.

'위대한' 만이고 위대한 항구임은 의심할 바 없다. 하지만 그 효과에 기여할 만한, 일반적으로 이해되는 식의 낭만이라거나 풍광은 하나도 없다. 낮은 강기슭에, 대부분 우울할 만치 들어선 것이 많고 운치라고는 없이 사람으로 북적거린다. 섬이 많긴 하지만 내세울 만한 멋이라고는 없어서, 같은 부류의 지형을 지닌 진정한 꽃이라 할 다른 장소들, 그러니까 나폴리나 케이프타운, 시드니, 시애틀, 샌프란시스코, 리우데자네이루 등을 떠올리며 **그 장소들**의 명성이 정당하다면 뉴욕의 명성은 어떻게 정당화될 수 있는지 묻게 된다. 그러다가 명성에도 여러 가지가 있다는 사실을 기억해낸다. 무엇보다 이곳에 펼쳐진 상황에 대한 상상의 반응이 단지 특정한 관찰자의 과도한 지적 작용에서 우연히 나왔을지도 모른다는 사실을 기억해내는 것이다. 그 인물이 삶의 강렬함을 바라보는 거의 모든 폭넓은 견해에 물들 가능성이 있을 때 그가 받는 파장은 **스스로도** 설명하기 힘든 문제가 되기 십상이다. 명백한 사실들을 한 무리 끌어대봐야 자기만족적인 감상을 설명하지 못한다고 자인해야 할 것이다. 뉴욕의 너른 바닷물 위로 자유로이 여행하면서 받은 신나는 기분에 대해 적절한 종류의 승인을 받았다는 느낌이 과연 들었는지 다소 자신이 없는 것은 바로 그런 연유에서다. 빛과 대기의 아름다움과 엄청난 공간감이 있고, 서쪽 저 멀리 보이는 허드슨 강어귀가 멀리에서도 그 나름 웅장해서 고상함을 나타내기는 한다. 하지만 진정한 매력은 분명 이미 언급한 그 지역 삶의 격렬함이라는 분위기 속에 있다. 그것이 불굴의 힘이라는 특정한 유형의 매력이기 때문이다.

그러면 힘은 어떤 면모로 나타나는가, 그것은 가히 형언할 수가 없다. 그것은 아침의 목소리로 자신의 힘과 행운, 타의 추종을 불허하는 자신의 조건에 기꺼워하는 가장 사치스러운 도시의 힘이다. 대상과 요소마다, 떠다니고 서두르고 헐떡대는 모든 것의 움직임과 표현에, 연락선과 예인선의 고동소리에, 철썩이는 파도와 바람의 움직임과 번쩍거리는 불빛과 날카로운 호각소리와 산들바람에 실려오는 고함소리의 권위와 특징(사실상 전부 허공으로 퍼져 사라지는 요란한 **폭발** 소리다)에, 어떤 자유분방하고 예리한 억양을, 무엇보다 누군가 '뒤를 봐주고' 있고 뒤를 봐줄 수 있다는 권력자의 분위기를 전달하는 도시의 힘이다. **응용된** 보편적 열정이 그 구성 안에서 전례 없이 눈부시게 빛나는 것으로 보인다. 특히 바삐 움직이고 악을 쓰는 모든 것의 크기와 대담함과 오만불손함으로, 물기가 흥건한 넓은 마룻바닥에서 반은 흥겹고 반은 필사적으로 적어도 반은 반항적으로 미친 듯이 춰대는 복잡한 춤 같은 분위기로 말이다.

무시무시한 생물체의 조각난 몸을 대양을 가로질러 대담하게 꿰매어 연결하는 이 모양새, 한없는 작동과 어울리는 형태인 증기로 움직이는 베틀 북이나 전기 실패(달리 뭐라고 불러야 할지 모르겠다)의 거대한 체계가 끊임없이 움직이며 꿰매는 모양새가 아마 그 무엇보다 정력이라는 이미지의 정점을 보여줄 것이다. 교양 없는 어린 거인이 '재밋거리' 삼아 분리된 사지를 저 멀리 던지며 괴물이 점점 자라나고, 그 조각들을 엮는 바늘땀은 쉴 새 없이 더 멀리 더 빠르게 날고 더 단단히 조여지는 느낌이다. 하늘 아래, 바다 위에 펼쳐진 복잡한 미래의 거미줄은 그렇게 어마어마한 태엽장치, 팔을 휘두르고 주먹을 내리치며 턱을 열었다 닫았다 하는 강철 영혼을 지닌 기계실의 미래가 되는 것이다. 측량할 수 없는 다리들은 그저 밤낮을 가리지 않고 고압으로 움직이는 피스톤을 덮는 수평의 덮개이고, 어떤 환상적이고 무자비한 증식을 앞두고 있는 듯하다. 우리는 그와 어울리지 않을 침울한 마음으로 그것을 근심스럽게 바라보게 된다. 이런 근심에서 보자면 산들바람 부는 뉴욕만의 밝은 모습은 그야말로 다른 무엇보다 과학이 그 위에 검은 선을 그어주기를 기다리는 거대한 백지를 닮았는지 모른다.

얼른 덧붙이자면, 백지의 하얀색이 바로 그 매력이자, 당신이 그것을 알아보고 기억할 가장 솔직한 표식이다. 엄밀히 말해 풍광이라 할 것도 없이 효과라는 면에서 그렇게 잘 해나가는 주된 기반에 대해 내가 더듬더듬 이름붙인 특성이 바로 그것이다. 글래스고나 리버풀이나 런던처럼, 풍광이라는 빛으로 안개와 검댕을 환히 밝히기엔 이미 구제할 수 없을 만큼 책장이 시커멓게 더러워진 위풍당당한 항구도시들이 있고, 가령 마르세유나 콘스탄티노플, 혹은 알려진 바는 전혀 다를지라도 뉴올리언스처럼 무엇보다 풍부한 색채를 지니려 애쓰면서 즉시 명백하게 풍요로운 광경을 내보이는 항구도시도 있다.

하지만 내 기억으로나 실제 받은 인상으로나 뉴욕은 대체로 여름날 새벽이나 겨울날의 서리, 바다에 이는 거품, 색 바랜 돛과 길게 친 차양, 희멀건 선체, 박박 닦인 갑판, 새 밧줄, 광을 낸 황동, 창공에 선명하게 휘날리는 색색의 띠라는 분위기와 사뭇 연관 짓게 된다. 그리고 이 장소의 개성, 숨김없는 욕심과 신선한 뻔뻔함이 무엇보다 강하게 투영되는 것도 의심할 바 없이 그러한 조화를 통해서다. 얼마나 순식간에 영광을 강탈했는지 아직은 스스로도 자기 모습에 놀라워하는 인상을 주는 '높은 건물들', 바다에서 보면 이미 넘치도록 핀이 꽂힌, 그것도 캄캄한 곳에서 아무렇게나 대충 핀을 꽂아놓은 쿠션처럼 시야에 펼쳐지는 수많은 고층건물들은 적어도 하얀 색조와 대리석 탑처럼 태양과 그늘을 취하는 행운을 누리기는 한다. 전혀 없지는 않겠지만 당연히 전부를 대리석으로 지었을 리 없는데, 되바라지도록 새롭고 더욱 되바라지도록 '신기(新奇)하며'—미국의 다른 많은 끔찍한 것들과 공통되는 면이다—또한 의기양양하게 배당금을 나눠준다. 누군가의 반대를 겪어본 적 없는 넉살좋은 그 모든 자부심은 무수히 많은 창문과 부수적으로 덧붙인 금빛의 반짝임과 더불어 그 길고 좁다란 얼굴을 오르내리며 타오르는 어떤 전반적이고 영원한 '축하'의 불빛 같다.

저지시티에서 23가로 내려가면 핀 꽂힌 쿠션의 옆모습을 볼 수 있는데, 멀찍이 배터시공원으로 돌면 건축이라는 꽃으로 만든 그 느슨한 꽃다발의 넓은 옆면을 마주보면서 전체를 아우를 수 있다. 그러면 한없는 줄기를 지닌 장미라 할 '미국의 아름다움'은 무릇 그 꽃송이의 표식이 된다. 단언하건대 그것만으로도 당신의 최종적인 인상을 역설할 수 있을 정도로 말이다. 그렇게 성장해봐야 적당한 시간이 지나 전지가위로 '잘라내기' 위한 성장일 뿐이다. 이윤을 낳도록 응용된 '과학'이 소매 안쪽 깊숙이에서 더 승산이 있는 카드를 꺼내 탁자에 올려놓자마자 준비된 운명에 의해 바투 잘려버린다. 역사가 없을 뿐 아니라 역사를 이룰 시간을 가질 수 있겠다고 믿을 여지도 없고, 세상없어도 상업적인 용도 외에 다른 용도를 부여받지 못했기에, 그것이야말로 뉴욕에서 받는 최고의 인상이 용해되는 값비싼 임시변통의 합주에서 가장 새되게 귀청을 울리는 곡조다. 그 건물들은 지금까지 우리가 알아온, 영원하거나 오래 지속되는 권위를 지닌 존재들—탑이나 신전이나 요새나 왕궁처럼—이 그렇듯이 세계의 장엄한 건축물로서 말을 거는 법이 없다.

하나의 이야기는 그저 다른 이야기가 나오기 전까지만 유효하고 지금 첨단을 자랑하는 고층건물은 다른 첨단의 존재가 등장할 때까지만 그러하다. 다음 것은 아마 더 흉물스럽겠지만, '결단코 절약'이라는 구절은 무한한 자원을 나타내고 그러한 사실의 인식, 유한하고 위태롭고 본질적으로 **발명된** 상태의 인식은 한갓 시장이라는 이 거인의 수천 유리 눈알 속에서 반짝거리는 듯하다. 창문이 없는 축에 드는 피렌체 조토의 종탑 같은 건축물은 아름다움이라는 측면에서 비할 바 없이 평온하다. 그것은 온갖 열정이 솟구쳐 들썩이며 더 유연한 형태를 무한정 찾아다니는 사심 있는 열정의 숨결로 생겨났다는 느낌을 주지는 않는다. 아름다움은 창작자의 뜻이었고, 아름다움을 찾았으므로 그 아름다움이 멋지게 자리 잡을 형태를 찾은 것이다.

트리니티 교회 첨탑을 지은 이의 목표는 진정 아름다움이었다. 하지만 이제 높은 건물에 무자비하게 가려, 기차를 실어 나르는 너벅선 위에서 멀찌감치 떨어져 바라보면 무력하게 영락한 채 면목을 잃어 거의 구분해내기도 힘들다. 가상한 노력이 형편없이 쪼그라든 모습에서 아름다움이라는 미신이 얼마나 목소리를 낼지 물을 만도 하다. 아주 보기 좋은 이 건축물을 한때 도시의 자랑이자 브로드웨이의 명물로 만들었던 간결해진 고딕양식, 그 특출한 고귀함의 절묘한 표현은 이제 어디서 찾아볼 수 있는가?

당연하게도 그 대답은, 그 근사한 요소들이 여전히 같은 자리를 지키고 있지만 가시성을 무자비하게 박탈당했다는 것이다. 질식된 가시성이 우리에 갇힌 치욕스러운 상황에서, 그나마 치욕스러움이 자신의 탓이 아니라는 생각으로 버티면서 고통스럽게 헐떡이는 것이 느껴진다. 우리는 이리저리 가로막힌 공기를 헤치며, 가엽고 다정한 마음으로 그것과 교감한다. 현기증을 일으키는 기이한 상층 공기에 마지못해서나마 편하게 자리한 우리의 시선이 무력하고 가엾은 존재를 보듯 그것을 내려다본다. 하늘을 찌르도록 커다란 포부를 가졌을 때에도 보행자의 참을성 있는 인식에 말을 걸고 그렇게 친밀한 관계를 허용했던 건축물을.

그것이 내게 또렷한 소리로 말을 걸 기회가 앞으로 두세 번 있을 것이었다. 월스트리트에게서 정신이 나가버릴 만큼 호된 채찍질을 당하는 브로드웨이의 광란이 자욱한 곳에서도 말이다. 그것은 설득력 있는 명징함으로 자신의 비극적 상황을 이렇게 설명할 것이다. "그래요, 지금 내가 보이는 가련한 모습은 당신도 알다시피 내 잘못이 아니에요. 어디서나 교회를 시야에서 지워버리는 것을 제1의 관심사로 삼는 저 건물들의 잘못이죠. 당신도 알아챘겠지만 '그래도' 뉴욕에 두세 군데─시내 바깥쪽, 눈에 들어오는 두세 개 교회─는 남아 있어요. 그나마 그것들도 끔찍하게 위협받고 있죠. 정말이지 그 사실에 충격을 받는 사람은 아무도 없는 모양이고, 거기서 너무 뻔히 나오는 추론을 잠깐이나마 해보는 사람도 전혀 없고, 한마디로 놀랍도록 어리석어서인지 아니면 놀랍도록 냉소적이어서인지 다들 그러려니 하죠." 붉은 갈색(칙칙한 갈색이 아닌 부분)의 유구한 트리니티 교회와 이보다 명징하던 시대의 것으로 그나마 아직 살아남은 건물들이 그나마 그렇게 확실한 생각을 전달했다. 앞으로 들려주겠지만, 그 암묵적인 소통을 통해 맛볼 역사의 쓴 맛은 또 있었다.

글 첫머리에 언급한 바, 배를 타고 주변을 돌았던 그날, 극히 강렬한 인상이 쏟아져 들어왔던 그날, 바로 맞은편에 보인 아주 오래된 캐슬가든의 원형 건물이 모호한 무명의 존재처럼 숨어 있던 것도 역사의 쓴 맛이 아니었을까? 난 한참 전부터, 또렷이 새겨진 어린 시절의 심상과 함께 오래전부터 그것을 보아왔다. 그곳이 뉴욕의 커다란 연주회장이었던 때, 오래전에 사라진 스타들의 창공이 되어주었던 때부터 말이다. 그렇게 사라졌지만 그곳은 내게 관대한 부모님이 어린 나를 데리고 가서 보여주었던 신동 아델리나 패티[1](당시 눈이 동그래진 나와 비슷한 나이였다)의 모습만큼이나 여전히 살아 있다. 부채 모양의 작은 흰색 앞치마와 '판탈레츠'[2]와 경기병 재킷 같은 붉은 재킷을 입은 아이가 안락의자에 탄 채로 등장해 무대 앞쪽에 자리 잡은 뒤, 의자에 등을 기대고 앉아 둥지 속 자그마한 새끼 지빠귀처럼 노래를 했다.

이제 쇠락하여 추레한, 거의 분간할 수 없는 옛 원형 건물은 이후 다른 용도로 쓰이면서 수십 년 동안 눈에 띄는 삶을 구가했다. 그리고 지금 내 손에 들린 잔에 시큼한 맛을 더하는 것은 현재의 외딴 모습, 직접 경험했기에 가깝게 느껴지는 이 모든 추방당한 미래다. 고층건물과 길게 뻗은 다리들, 지금 존재하는 것과 앞으로 더 생길 것들이 이 시대—전성기의 캐슬가든이 그 '자산'이었을 수도 있는 시대—가 튀어나온 지점을 정확히 표

---

1 Adelina Patti. 19세기 중반에서 20세기 초까지 활동했던 유명한 이탈리아 성악가.

2 여성용 긴 속바지.

시했다. 그 자체만 보자면 별것 아니었다. 당연히 각 시대는 처음 들어간 지점과는 아주 멀리 떨어진 곳에서 튀어나오게 마련이니까. 하지만 이 시대는 19세기 후반에 다소 직접적인 존재감으로 튀어나왔다. 이쪽 끝과 저쪽 끝의 차이가 얼마나 생생하고 구체적인지 어떤 면모든 단 하나의 음영도 지나칠 수가 없었다. 응집된 과거 전체에서 받은 충격으로 내가 늙어버렸다는 불쾌하고도 밉살스러운 느낌이 바로 밀려들었다.

그래도 결국 내가 지칭한 바 한갓 시장이라는 괴물들이 '영향'이라는 문제에서 내가 처음에 용납했던 이상으로 할 말이 있었던 걸까? 기억 속 단편들이 이제 넉넉하게 서로 녹아들면서, 직접 들어가서 보고 느낀 '시내 중심가'의 특정한 인상을 통해 점점 커다랗게 모습을 드러낸 요소가 바로 그것이었기 때문이다. 측정하거나 꿰뚫어볼 엄두도 낼 수 없는 막대하고 불가사의한 문제에 '느낀'이라는 단어를 사용했으니 참 주제넘은 일이었다. 고작해야 아낌없이 놀라움을 내보이며 그저 주위를 맴돌고, 예술가—입회할 수도 있는 장소에서 그렇게 일찌감치, 그렇게 치명적으로 떨어져 나와서는 안 되는 삶의 화가—의 엄청난 '재료'가 숨어 있는, 굳게 닫힌 채 꿈쩍 않는 문 뒤의 세상을 빤히 바라보기만 한 주제에 말이다.

좌절된 호기심, 지적 모험을 영원히 체념했다는 느낌은 분명 충분히 절절한 심경이었고, 사실 월스트리트(그러니까 그 거대한 소용돌이의 너른 가장자리를 말하는 것이다)의 짜릿함과 함께 구제불능의 무지함이 당연하게 받아들여지는 일에 몸을 맡겼던 그와는 다른 삼십여 분의 시간이 떠오르자 과연 어떤 강렬한 반응이 부족했다는 건지 갈피를 잡을 수 없었다. 도대체 다들, 각자 정말 무슨 일을 하고 있는지 이해하지 못하는 무능이 약간이라도 덜 확정적이었다면 상상력이 좀 더 반응했을 것이다. 하지만 내가 개인적으로 그렇게 어리석도록 모자란 건 둘째 치고, 다시 눈앞에 떠오른 그 그림에 얼마나 온갖 특색이 가득한지, 고백하건대 내가 다루어야 할 것이 더 많지 않아 다행이라는 심정이었다.

근심 섞인 우려가 설사 승객을 찾아다니는 대중교통만큼 개방되어 있다 한들, 거기에는 한 종류의, 그것도 일정한 양의 삶 이상은 태울 수가 없다. 그리고 그것이 슬쩍슬쩍 눈에 띄는 동안은 적어도 그 광경의 바깥 공기에서 노니는 것치고 앞 다투어 내 안으로 들어오려 하지 않는 것은 없었다. 시내로 들어가는 전차든 나오는 전차든 거기 올라타려고 입구마다 다들 죽을 동 살 동 기를 쓰며 몸을 들이미는 정도로 말이다. 뉴욕만의 최종적 기능이 내 나이를 새삼 일깨워주는 것이었다면, 두말할 나위 없이 월스트리트는 내 귀에 대고 요란한 목소리로 선언을 한 셈이었다. 어느 쪽으로 방향을 틀건 그 존재가 눈앞에 보이는 일등상을 위해 달음박질하는 청년처럼 숨을 몰아쉬고, 거친 아이들이 달팽이나 애벌레를 발로 밟듯 새로운 랜드마크가 예전의 랜드마크를 뭉개고 있었으니 말이다.

내게 처음 떠오르는 순간은 보슬비가 내려 대기가 부옇고 뉴욕만에 짙은 안개가 내려앉은 어느 겨울날 아침이다. 앞으로 보고 즐길 아주 기이한 광경의 하나였다. 나는 동행할 친구를 만나러 상업지구의 중심부로 들어갔다. 날씨가 날씨인 만큼 건물들의 꼭대기에 아주 신기한 광경이 펼쳐졌다. 마치 우뚝 솟은 산맥의 봉우리와 산중턱을 휘감으며 떠돌듯이 비구름이 그 주위를 감돌았다. 공정하게 말하자면 그들도 시각적인 면에서 전할 말이 있다는 증거가 분명히 있었던 것이다. 마지막으로 한번 더 부연하자면, 시내를 오가다 보면 그 전언을 만나볼 다른 기회는 자주 생긴다. 겨울과 여름 대기의 빛과 음영, 특히 오후의 '마무리 붓질' 같은 빛과 음영처럼 말이다. 그럴 때면 하늘에서 섬세한 손길이 내려와 창문이 과도하게 많고 투박한 새로 지은 상업적 건물이나마 그 흰색 고층건물들에 잠깐씩 특별함을 부여한다.

방금 거론한 아침에 그런 광경을 안에서 바라볼 첫 번째 기회를 얻었다. 난 어디를 가든 그런 기회를 거듭 구했고, 고층건물의 굉장한 작용, 마치 각각이 주민이 가득 들어찬 도시인 양 무수한 삶이 수용된 광경을 앞에 두니 자유로운 관찰자, 그러니까 들썩이는 분석가에게 그 사실을 묘사하고 제시하고 싶은, 거기서 느끼는 인상을 표현하고 싶은 충동이 얼마나 강하게 솟구치는지 깨달았다. 시각을 알려주는 단 하나의 목적으로 고동치는 복잡한 시계처럼 단 하나의 열정으로 무궁무진한 동맥과 땀구멍을 통해 고동치는, 인간이 세운 이 거대한 압축된 공동체 각각이 뉴욕의 **특성**을 압도적인 인상으로 증명했다. 그리고 들썩대는 분석가의 입장에서 그 자신의 열정은 뉴욕의 특성을 추출하려는 열정이다.

하지만 지금 여기서 구제불능의 이 괴짜가 맘껏 활보하게 내버려두면 할 말이 너무 많아질 것이다. 지금 논의되는 인상이란 아무리 짧은 경험에서 나온 것이라도 잔을 다 채우고도 흘러 넘쳐 거칠 것 없는 추측의 망망대해로 퍼져나가기 때문이다. 가능하다면 그 깊은 물에는 나중에 한번 빠져보도록 하겠다. 그런 근거에서 처음부터 내 머릿속에 떠오른 것이 바로 기적 같은 일을 해낸 위대한 에밀 졸라와 인간 군상―뉴욕보다 못한 파리 정도의 규모로 대단한 상점과 대단한 사업, 대단한 '아파트'에 스스로를 소진하는 인공적인 소우주―에 대한 **그의** 사랑이었다는 사실을 기억해내는 것으로 일단은 만족해야겠다. 이미지를 불러내는 그의 기운, 오직 그런 기운만이 집적거려볼 엄두를 낼 재료를 앞에 두니, 그가 그려낸 이미지에 공감을 바쳐야 마땅하지 않나 싶었다. 만약 졸라가 뉴욕에서 영감을 받았다면 『파리의 배』(*Le Ventre de Paris*) 『여인들의 행복백화점』(*Au Bonheur* *des Dames*) 『살림』(*Pot-Bouille*) 『돈』(*L'Argent*) 등은 과연 어떤 작품이 되었을까?

지금 당장 그 대답은 십중팔구 뉴욕은 (그런 발언을 곰곰이 따져볼 때) '사업적' 장관의 최대치도, 그에 관한 풍자적 탐구의 최대치도 생산하지 못하리라는 것이다. 어쨌든 졸라의 거대한 반사장치는 전연 다른 공기에서 형성되었으니까. 그런 광경이 실제 규모에서 어느 정도 수준에 이르기 한참 전부터 고갱이가 서성이며 자신이 노닐 장면을 기다리고 있었다. 그에 반해 뉴욕의 허공에 매달린 반사하는 표면, 풍자적이고 서사적인 종류의 그 표면은 이제부터 빛을 반사한다는 표시를 내보여야 하고, 그사이 이미 출발하여 엄청난 가속도가 붙은 괴물 같은 현상 자체는 시나 극으로 적합하게 담아낼 가능성보다 한참 앞서나간 게 아닌가 싶다.

트리니티 교회 북쪽으로 높이 솟은 고층건물을 건너다 볼 때 특히 그 사실을 확신했다. 건물 남쪽 면이 얼마나 크고 높은지, 이따금 산사태를 일으켜 산 아래 마을과 마을의 첨탑을 덮치는 알프스 산의 깎아지른 면처럼 보였다. 내가 알게 된 바에 따르면 그런 건물을 지은 당사자가 기가 막히게도 바로 교구위원들, 혹은 적어도 교회재단의 이사들이라니 무엇보다 이 사례가 특히 흥미롭다. 인정사정없는 흉포함의 참으로 훌륭한 사례가 아니겠는가? 갈수록 교회가 시야에서 사라진다는, 그 **실재가**

어디에서나 축소되고 폐지된다—사실 그것이 교회의 미덕의 대부분을 차지한다—는 무자비한 법칙이 그런 자들의 손 안에서 최고의 축성(祝聖)이라는 대접을 받는 셈이다.

앞서 말했듯이 당시 날씨 탓인지 절벽 같은 건방진 숭고미를 보이며 어렴풋이 나타난 거대한 돈벌이 건축물이 아주 흉측하고도 아주 낭만적으로 스스로를 정당화했기에 축성이라는 측면이 두말할 나위 없이 더욱 대단했다. 그 모든 경험에서 날씨가 풍부한 내 인상에 긴히 섞여 들어갔다. 예를 들어 빽빽한 무리를 이루어 움직이며 마구 밀쳐대는 남성의 무리—어떻게든 이해할 수도, 감지할 수도 없도록 혼돈 상태에 이른 갈팡질팡하는 모습의—의 표정과 발걸음, 그 모든 특성과 **유혹하는 힘**, 극에 달한 단조로운 평범성이 마구 달려드는 혼탁한 공기와 '거리의 상태'와 하나인 듯 보이던 것도 그렇다. 위안, 초연함, 품위, 의미, 그런 건 완전히 다 사라져 권한을 상실한, 물건과 소리의 아수라장. 그 혼탁한 매체는 물건이 가득 쌓인 산업 전장의 모든 표식, 움직임을 향한 보편적 의지—어떤 대가도 감수하는 식성, 그 자체가 목적인 움직이고 움직이고 또 움직이려는 의지—의 온갖 소리와 침묵, 밀치고 터덜거리는 침울한 침묵까지 아우르는 모든 다른 요소나 기운과도 하나가 된 듯했다.

그 오전 나절에 뉴욕만에는 큰 선박의 이동도 지체될 만큼 안개가 아주 짙게 끼었다. 앞으로 나아가는 거대한 선박의 뱃머리 바로 아래쪽에서 부딪히는 얼음덩어리밖에 보이지 않을 정도였는데, 그 짙은 안개 역시 다른 것 못지않게 그런 면에서 핵심적이었다. 매체라는 측면에서 그보다 무미건조한 것은 무엇이나 끔찍한 엘리스섬[3]의 실상의 엉터리 흉내에 불과했을 것이다. 매년 우리의 공식적 대문을 두드리는 백만여 명의 이민자들이 처음 발을 딛는 피난처 항구이자 인내심을 시험하는 단계. 수많은 서류와 절차를 거치고 나서야 불평하듯 삐걱거리며 열쇠가 돌아가 문이 열리고, 그들은 그 앞에 서서 잠깐이든 오래든 호소하고 기다린다. 관리들이 그들을 모으고 이리저리 몰고 다니고 나누고 또 나누고 분류하고 체로 거르고 수색하고 소독을 한다. '과학적으로' 공장에 노동력을 투입하려는 목적으로 이루어진다는 그 굉장한 전 과정 대부분을 보며 진지한 관찰자는 정작 이야기로 들려줄 수도 없을 수천 가지 상념을 떠올릴 법했다. 요는, 엘리스섬의 인상만으로도 책의 한 장을 이룰 만했다는 것이다. 나중에 보니 수많은 내 인상이 내내 하나같이 그러했지만 말이다. 이 일을 담당하는 경이로운 부서의 국장을 소개받았는데, 그가 얼마나 후하게 환대해줬는지 내가 지켜본 드라마 전체의 흥미가 더욱 통렬하고 잊지 못할 것이 되었고, 그 깨달음만 적어도 또 한 장을 이룰 터였다.

3 1892~1943년에 이민자들이 이곳에서 입국수속을 밟았다.

우리 정치적·사회적 통일체의 게걸스러운 흡입이라는 눈에 띄는 행위는 한시도 쉬지 않고 해마다 매일매일 계속되는 드라마로, 놀라움으로 치자면 진정 칼이나 불을 삼키는 서커스를 능가한다. 내가 어쩌다 목격한 두어 시간이란 게, 결코, 결단코 멈추지 않는—태엽을 끝까지 감아놓았음을 알리는 시각, 미국의 운명이 평소보다 더 요란하게 울리는 그 시간엔 더 말할 것도 없고—어마어마한 시계의 초침이 한두 걸음 움직인 것에 불과하다는 생각이 들자 그야말로 경탄을 금할 수 없었다.

어쩌다 엘리스섬에 '들러본' 감수성 예민한 시민의 정신에게 가해진 작용을 최대한 간단하게 표현하자면, 일단 그곳을 들어갔다 나오면 다른 사람이 된다. 앎의 나무의 열매를 먹었고 그 맛이 영원히 입안에 감돌 테니까. 이미 알 만큼 안다고 생각했을 것이다. 우리의 신성한 미국적 의식, 내밀한 미국적 애국주의를 불가해한 이방인과 나누는 일이 상당 정도 미국의 운명임을 충분히 의식하고 있다고 생각했을 것이다. 하지만 그 진실을 그렇게 강렬하게 절감한 적은 없는 것이다. 그 과정을 목격한 당혹스러운 시간이 적나라한 빛을 밝혀, 그 진실이 그의 존재를 저 밑바닥까지 휘젓는다. 혹은 적어도 그렇게 상상하고 싶다. 볼 수 있는 사람에게만 보이겠지만, 가슴 속에 스민 새로운 냉기가 내비치는 표시로 예전에 없던 표정이 생겨 이후 평생토록 그런 표정으로 돌아다니리라 생각하고 싶고, 단연코 그렇게

생각해야만 한다. 안전하다고 여겼던 낡은 집에 혼령이 들어와서 귀신을 보고 만, 특권이 미심쩍게 된 사람의 표식을 간파할 수 있다면 아마 그러할 것이다. 그러니 무방비로 엘리스섬을 방문하지 말도록.

나 자신이 알게 되었다시피, 그 격심한 경험의 여운은 결코 털어버릴 수 없었다. 오히려 어디를 가건 점점 더 자라났다. 다른 인상도 오고 가긴 했지만, 아무리 측량할 수 없을 만큼 이질적이라도 이방인 누구나 우리가 누리는 최고의 관계를 공유할 권리가 있다는 단언이 어딜 가나 확고한 요소로 나타나 그 사실을 상기시켰고, 피하려 해도 피할 수 없었다. 늘 주장하듯이 최고의 관계란 조국과의 관계다. 그것은 대체로 동포로 구성되는 개념이다. 그러니 그 산물이 지금까지 주로 보여왔던 소중한 전통을 고려할 때, 마치 조국이라는 관념 자체에 신성모독적인 대규모 정비가 이루어지고 그를 통해 변화라는 굴욕을 겪고 있는 것만 같다. 보통 이와 관련한 우리 본능이란 앞으로도 오롯이 견실할 수 있도록 그 관념을 단순하고 강하고 지속적인 상태로 지켜나가고자 하는, 본질적으로 안전한 방향이 아닐까? 지나치게 건드리거나 이리저리 밀치고 당기면 약화시킬 위험이 있다고 보는 것이다.

하지만 뉴욕의 이방인들은 거기에 거리낌 없이 공격을 가해야 한다고, 주제넘은 무지막지한 **자신들의** 이해관계에 맞춰

재조정을 해야 한다고 끝없이 주장하는 듯했다. 토착민이 보기에 그들의 용량과 그들의 질량의 조합―뉴욕이 무엇보다 볼거리로 제공하는 이방인성의 요란한 초기 단계―은 누구에게 신세진 바 없는 확고한 소유권을 풍기는 식으로 작용한다. 그래서 우리는 확고하지 **못한** 소유로 강등되는 처지에 놓인다. 결국 그 안에 함축된 의미는 자신감을 회복하고 잃어버린 세력을 다시 찾기 위해서는 그들이 아니라 우리가 굴복하여 새로운 지향을 받아들여야 한다는 것이다. 다른 말로 하자면 우리는 그들과 만나기 위해 중간**을 지나 더** 나아가야 한다.[4] 우리에게 소유와 박탈의 차이란 그것일 뿐이다. 이후로 절감했다시피, 한마디로 뉴욕의 거리마다, 승객이 꽉 들어찬 교통수단―**그 모습에** 질겁해서 다시 거리로 떠밀려나간 것과 마찬가지로 거리에서 벗어나려고 다시 매달리듯 찾게 되는―마다 박탈감을 도대체 떨쳐버릴 수 없어서 그것을 가장하거나 속이는 기술을 계발해야 할 정도였다. 하지만 오래지 않아 마음에 드는 다른 대안이 모습을 드러냈는데, 그것은 지금 논의되는 분야의 이상적 형태를 상상―더 심하게는 선망―하는 것이었다. 스위스나 스코틀랜드에서 볼 수 있는 친밀하고 다정한, **전체를 아우르는** 민족의식이라는 호사스러운 이상을 상상하는 일이었다.

4   중간에서 만난다는 meet someone halfway는 타협이나 절충을 한다는 뜻이다.

3

내가 알아챘다시피 애정 어린 뉴욕의 관찰자가 시각을 통해 전반적인 소유의식을 갖는 일에 뉴욕만(灣)이 큰 도움이 되었다면, 외부 풍경이라는 면에서 그것이 행했던 역할에 상당하는 내부 풍경의 역할은 겨울날 오후 나를 위해 마련된 대형 숙소의 굉장한 인상이 해주었다. '마련되었다'고 말한 건 의도적이었다. 열성적인 안내를 받으며 왈도프 아스토리아 호텔의 끝 모를 미로를 따라가다가 우연히, 만족스럽게도, 일찌감치 내려앉은 어스름과 1월의 진눈깨비와 진창에서 벗어나서 좀처럼 중단되는 법이 없지만 어디를 보나 경이롭게 정리된 복마전에 대한 사색의 시간에 들어섰던 것이다.

이런저런 면들을 일별한 뒤 특정한 면을 가장 의미심장한 면으로 꼽는 일이 대도시를 구경하면서 빠지기 쉬운 잘못임은 나도 모르는 바가 아니다. 그래서 일단 뉴욕이 그때 그 자리에서 곧바로 내게 들려준 이야기가 이후 어떤 다른 기회에 내가 듣게 될 이야기보다 더 많았다는 고백부터 하고자 한다. 사실 귀에 대고 악을 쓴 정도가 아니었나 하는 이런 우려와 더불어, 그 이야기의 종류나 관심의 정도에 상당하는 호기심도 따라왔다. 그래서 내가 할 수 있는 일이라곤 구절양장처럼 이어지는 길을 따라가며 계시처럼 나타난 것들을 가능한 한 놓치지 않으려 눈을 부릅뜨고 바라보는 일뿐이었다.

외부의 혹독한 기상 상황은 뉴욕에서 규모 있는 편의시설을 세우려면 항상 참작하고 최대한 이용해야 하는 것인데, 적어도 특정한 시점에 방문객을 그를 위해 마련된 장관 속으로 냅다 집어던져서 느닷없는 새된 음조를 더욱 두드러지게 하는 효과는 있다. 그런 난폭함마저 대단한 온기와 색감과 광채로 푹 덮어버리긴 했지만 말이다. 난폭함은 바깥에도 있어서, 기념비적인 건물 전면의 장엄함이 애석하게도 평소만 못하고, 둘레에 여유가 없어서 공간이 빈약하고, 구역이 크지 않고 근처의 대로가 만성적인 정체에 시달린다는 고약한 사실이 작용하면서 건물은 거리의 상스러운 공격에 그대로 노출된다. 그로 인해 건축상의 '양식'은 무례한 교차로에 휘둘리고, 초연함과 독립성은 아주 드문 경우가 아니라면 해결 불가능한 문제가 된다. 또한 유감스러운 마음도 없이 뜰이나 정원이라는 요소를 애초부터 배제해버린 터라 특별함을 추구하는 건축가에게 가능한 대안은 높은 하늘에서 보상을 찾는 것, 그 위대한 모험뿐이다.

어디까지든 올라가 마음껏 하늘에서 보상을 구할 수 있다는 사실에 뉴욕 시민들이 내보이는 자부심은 약간 지나치지 않나 싶다. 진입 공간인 뜰도 없고 사이사이에 이렇다 할 공간도 없으며 그저 평면도의 일부를 차지하거나 파도처럼 밀려와 부딪는 군중의 물결을 감당하는 데 도움을 줄 뿐인데도 말이다. 원초적인 지형적 저주에 대해, 구성과 분배라는 이해할 수 없는 낡은 부르주아적 기획에 대해, 미래를 보는 상상력도 없고 장엄한 두 해안가가 제공한 기회를 앞에 두고도 보지 못하는, 도대체 교정되지 못하는 정신노동에 대해 뉴욕이 치르는 대가가 이 정도다. 한없이 남북으로 뻗었지만 교차로는 결핍된 대로, 동서로 이어지는 훌륭한 전망이라는 명확한 대안을 조직적으로 희생시킨 이 원죄는 이따금 좀스러운 일관성에서 벗어난다면 여전히 용서받을 여지가 있을 것이다. 하지만 그 일관성 탓에 뉴욕은 모든 위대한 도시를 통틀어 어엿한 광장이나 멋진 정원이라는 축복받은 장소가 가장 부족한 곳, 어떤 행복한 우연이나 뜻밖의 놀라움, 운 좋게 찾은 구석이나 어쩌다 마주치는 모퉁이, 한마디로 자유롭거나 매력적인 일탈이라고는 전혀 갖추지 못한 도시가 되었다. 하지만 다시 자식의 마음이 된 입장에서 너무 화가 나는 건 바로 그래서일 수 있다. 그러니까 가능했을 일을 상상하며, 속수무책인 현재 모습과 비교해 그 모두를 함께 떠올리다 보니 그렇다고 말할 수도 있다.

속수무책인 상황 하나를 예로 들자면, 앞서 명시한 대로, 대형 숙소와 직접 관계를 맺을 수 없도록 쏟아지는 거리의 공격이 그것이다. 어디든 두 개의 선로 위를 다니는 전차가 마치 총알이 나가는 총구멍처럼 좁은 도로 폭을 다 차지하고 있다. 그래서 삶의 여유도 없이 무릎 위와 양팔 사이를 다 내어주는 왈도

프 아스트리아는 차량이 오가는 위험한 거리 너머로 억지 미소를 보이며 회전문 너머로는 자기도 해줄 수 있는 게 별로 없다고 고백하는 지경에 이르렀다. 자신에게 이르는 길이 안전하지 못할 수 있다고 인정하는 모양이지만, 그러면서도 선한 미국인은 물론 호기심 많은 선한 이방인들까지 위험을 감수하더라도 자신을 위해서 그 정도 호의는 기꺼이 내보여야 한다고 상기시키는 듯도 하다. "그러니까 조심히 잘 움직여요. 빨리 내달려야겠지만 내게 그만한 가치는 있거든요." 그런 주장이 정당하다면 이 상황이 틀림없이 그럴 것이다.

차와 행인의 물결에서 겨우 빠져나와 일종의 강둑에 오른 생존자는 자신을 기다리는 풍요로운 오락거리에 곧장 자양강장제를 들이킨 기분이다. 경이로운 호텔 세계가 재빨리 주위를 둘러싼다. 그러고는 최소화된 이동 과정을 거쳐, 자체의 법칙에 따라 작동—그것도 그에 맞는 완성도를 갖추고—하고 그 나름대로 완벽한 삶의 체계를 표현하는 보기 드물게 복잡하고 현란한 상태로 그를 옮겨놓는다. 다른 곳에서는 거의 찾아보기 힘든, 응집되고 축적된 **특성**이 강렬할 만큼 대기 중에 바글바글하다. 시선이 움직일 때마다 먼저 튀어나오는데, 모든 면모와 목소리가 이렇게 한 뜻으로 튀어나오는 속성이야말로 방금 요란스러운 뉴욕의 이야기라고 지칭했던 것의 핵심이다. 그렇게 슬쩍 내비쳤던, 전 소통 과정 속의 난폭함이라는 효과는 경이로운 도덕을 강조하려고 산더미처럼 쌓아놓은 증거의 어마어마한 부피, 말하자면 그 존재감의 용량에서 나오는 것이다.

지금 말하는 도덕, 즉 이 이야기의 가장 큰 흥미는 지금 당신은 바로 계시처럼 드러난 호텔—미국적 정신은 그 안에서 전례를 찾아볼 수 없는 유용함과 가치를 발견했다—의 가능성을 목격하고 있다는 것이다. 더 나아가 그것으로 사회적 이상, 그야말로 확실한 미적 이상을 표현하고, 이 정도 최고 수준에서는 상상된 예의범절의 확보, 곧 문명과 동의어로 삼기까지 했으니, 호텔 정신이야말로 스스로 가장 열심히 구하고 또 찾아내는 미국적 정신이 아닌지 진정 묻고 싶어진다. 현시대는 갈수록 호텔의 시대라는 진실이 이 특정한 시설물을 보자마자 기다렸다는 듯이 마음속에 떠오르지는 않았다. 결실을 거둔 미국적 사례를 통해 우리 모두 세계 어디에서나 얼마간 배워온 사실이니까 말이다. 그 결과 다른 사회들도 똑같은 불가항력적 추동력으로 별별 품위와 편의를 그 사업에 갖다 붙이며 각자의 유구한 사회 규범, 특히 사적인 삶을 선호하는 유구한 분별력을 될 수 있는 대로 머릿속에서 지워버리는 모습을 앞으로 목격할 공산이 크다. 그런 쪽의 미국적 편의가 애초에 존재하지 않았던 사회의 경우 그 사업이 저절로 자라날 만한 여지가 크지 않아 아직까지 나온 산물은 변변치 않다. 미국의 상황과 가장 다른 점이라면, 미국에서는 모두가 전면적인 기계의 윤활유가 되어 사실상 모든 일에 관여하고 있는 반면, 유럽에서는 대체로 특정한 사람들만 어떤 일에 관여한다는 것이다. 그래서 유럽에서는 전면적이라는 특성이 훨씬 덜한 기계가 더 작은 규모로 더 뻣뻣하게 움직인다.

이 대형 숙소 하나만 해도 미국적 편의를 워낙 생생하게 구현하여, 세상에서 처음 보는 새로운 것의 실례로 내세울 만한 용량을 지닌다. 그것은 단 두 가지를 제외하고 장벽이란 장벽은 다 허무는 군집 상태의 표현이다. 큰돈을 지불해야 한다는 금전상의 장벽은 보자마자 명백하다. 그보다 미묘한 다른 장벽은, 그 무리에 들려면 남녀 성원―그러니까 특히 여성 구성원―누구나 추정컨대 '점잖은' 사람이어야 한다는 조건이다. 거기서 벗어난다는 사실이 다른 사람 눈에 띄면 안 된다. 모험―완곡어법으로 사용하는, 듣기 좋은 말로서의 모험―을 좇거나 바라는 기색이 행여 보일까 아주 엄격히 억누르는데, 전체적으로 어마어마하게 난잡한 그 분위기를 고려하면 꽤나 흥미로운 점이다. 그 두 지점에서 장벽의 보호를 받을 뿐 나머지 범위에서 난잡함은 파죽지세로 나아간다.

우리는 그렇게 자기만의 멋진 생각에 따라, 가장 멋진 환상을 공급할 법한 물질적 화려함, 일부러 짜 넣은 수많은 다양한 그림과 배경에 둘러싸여, 앉고, 걷고, 말하고, 먹고 마시고, 음악을 듣고 음악에 맞춰 춤을 추고, 다른 식으로 흥청거리고 쏘다니고, 물건을 사고팔고, 들락날락한다. 예술과 역사가 가장무도회 복색을 하고 가장된 위엄과 회유하는 품위라는 금빛 공단으로 숨이 막히도록 잔뜩 덮인 채 위선의 마지막 냉소를 보이며 히죽거리며 서 있는 무도회장과 응접실을 행진하듯 신나게 돌아다닌다. 바로 그런 점에서, 그 과시가 난잡함이되 동시에 어떤 식으로도 완화되지 않은 과도한 단조로움이기도 하다는 점에서, 이런 기반에서도 어디서든 기회만 보이면 자신만의 비범한 속임수를 써서 그런 일을 해낸다는 점에서 더욱 경이롭다. 대체로 난잡함과 단조로움의 조합이 미국에서 벌어지는 인간 풍경의 현 단계가 지니는 흥미로움이 아닌가 싶다. 유형과 면모와 조건 따위에서 공통된 점이 그렇게 많은데 대체 어떻게 의식적인 혼합물을 이룰 수 있는지 궁금해지는, 유쾌한 수수께끼의 측면일지라도 말이다.

하지만 미국에서 사회적 동일성의 작용과 범위, 실질적인 탄력성이라는 그 문제는 도중에 다른 곳에서도 마주칠 테고, 고백하건대 내 마음속에서 단 하나의 불가항력적인 강박이 모든 질문을 대체했다. 그것은 그저 굉장한 공적 무대에서 자신이 원하는 것을 정확히 찾아낸 사회를 바라보는 동통 같은 시기심이었다. 구현된 이상, 그리고 그것—미국에 있다 보면 최고의 사교성이라는 분위기로 거듭 알아차릴 터다—에 어린애처럼 몰려들고 굴복하고 그러쥐는 모습을 전에 없이 마주했던 것이다.

그로써 눈앞에 펼쳐진 상 전체가 잊을 수 없는 것이 되었고, 그것이 인간의 완벽한 행복을 얼핏 들여다본 순간이라도 되는 양 사색에 빠지는 시간마다 어느새 그 순간으로 돌아가는 것이다. 거기엔 엄밀하고도 철저하게 집단적이라는 경이로운 표식이 있었고, 낡은 문구를 빌리자면, 최대 다수의 최대 행복으로 선명하게 나아가는 것이었다.

순간의 명료한 인식으로 깨달은 바로는, '혼합된' 사회 현상과 관련하여 미국 사회가 내적인 불화라는 원칙이나 그럴 가능성에서 행복하게 면제되어 있다는 점이 보기 드문 묘미였다. 자신의 대지이자 하늘인 그 조건에 완벽하게 들어맞았고, 그 상황의 어느 부분이든, 거대한 전체의 어느 항목이든, 경이로운 복잡성의 어떤 톱니바퀴든 나머지와 최고의 관계를 유지하고 있었다. 그런 인식이 당시 금빛 광채를 이루어 그 속에서 시기심이 타올랐다. 진눈깨비와 진창, 시끄러운 전차의 움직임, 그리고 떠밀고 떠밀리는 군중이 외부세계를 차지한 사이 신전의 이 방 저 방으로 관심을 옮긴 것도 그 빛 속에서였다. 그 장소가 말을 거는 방식이란, 예배당과 제단 무리를 거느린, 관념에 따라 지어진 신전처럼 위대한 건축물로 성취된 조화로움이 말을 거는 방식이었기 때문이다. 주변을 빙빙 도는 수백 명의 사람들, 특히 금색 칠을 한 여러 층의 미로에서 가정의 난롯가와 복도를 찾는 시늉을 하는, 커다란 모자를 쓴 무수한 여성들이 그렇게 평온한 신자가 되었다. 이슬람 신전에서 얼굴을 가린 천을 벗어버릴 수 없는 만큼이나, 미심쩍은 투로 그들의 예식을 치워버릴 수는 없을 것이다. 야자수 아래나 분수대 옆에 앉아 있거나, 손쉬운 베르사유나 친밀한 트리아농을 기묘하게 다시 현실로 옮겨놓은 듯한 장소에서 모방할 수 없는 뉴욕의 곡조에 맞춰 마리 앙투아네트의 유령과 교제를 하는 저들은 다 누구인가라는 질문, 다른 사회, 다른 시대라면 흥미로울 그 질문들이 여기에서는 보편적 진리의 웅변에 따르기를 고집했다.

어딜 보나 안정적인 평형 상태를 이루는 사회 질서가 여기 있었다. 그 형태나 매체와 맺는 관계가 사실상 전혀 흔들릴 수 없는 세상이 있었다. 조직화의 귀재인 미국이 패기만만할 때에만 지닐 수 있는 그런 권한으로 조직된 필수적 매체**로서의** 공공성 개념이 여기 있었다. 하지만 되풀이하건대, 내게는 그 전부가 호화로운 금빛의 흐릿한 모습으로 남아 있다. 누가 봐도 미국적인 형체들이 가득 들어찬 천국. 하지만 그것은 보편적인 것과 구체적인 것, 준비된 것과 즉흥적인 것, 아래쪽의 순진한 기쁨이라는 요소와 위쪽의 능숙한 관리라는 요소가 다 함께 녹아들어, 미로 속 모퉁이를 돌 때마다 무엇이 가장 경탄할 만한지 확신할 수 없는 천국이었다. 그나마 단서라도 없었다면 미로라는 사실도 몰랐을 거라는 생각이 들 때면, 모퉁이를 돌 때마다 이것이 가령 연극계에서 여는 자선바자회 한가운데서 물건 파는 입담 좋은 여배우의 공세에 둘러싸인 건지, 혹은 가장 화려한 로코코풍의 극장—길드의 무도회라거나 클럽 술잔치처럼, 돈이 많이 드는 다른 연례행사가 줄줄이 이어져서 필요한 용품들을 즉시 동원해야 하는 장소—을 동양풍 풍요로움과 그들의 낯선 관용구로 가득 채우는 독일 여성 후원자(뭘 후원하는지는 모르지만)의 다과회에 앉아 있는 건지 몰랐을 거라는 생각이 들 때면, 시선을 사로잡는 가장 화려한 볼거리들이 바로 조직화의 귀재가 부리는 재주임을 깨닫는다.

다른 무엇보다 편재하는 이 미국적 힘은 수천 가지 형태로 나타나기에 나로서는 가늠하기 어렵다. 하지만 호텔이라는 미국적 관념이 내리누르는 중에 그 힘이 그때그때 취하는 형태가 생생하게 부득불 눈에 들어올 때가 종종 있다. 이런 맥락에서 마주친 재능의 구현체, 경영의 위인들—그 영향력이 공기 중에, 우리가 들이마시는 비싼 공기 중에 떠도는—이 미국적 특징의 가장 강렬한 본보기로 늘 나와 함께했다. 미국 땅에서조차 아직 최종단계에 이르지 않았을 것이 틀림없지만 적어도 그곳에서 발전이라는 호사를 알아서 누려온 그야말로 흥미로운 최고의 본보기로서 말이다.

직접 마주칠 때면, 개인적인 위대함을 제작하는 훌륭한 불꽃을 얼마간 마음대로 부린다는 인상을 받는다. 그래서 그 작용을 더욱 가까이서 거듭 지켜보고 싶어진다. 하지만 상상력이 뛰어난 관광객이라도 그런 기회를 가질 수 없고, 꿰뚫어볼 수도 없다는 사실을 일용할 양식으로 받아들여야 한다. 그럼에도 귀중한 기억을 떠올리며 지금 다시 그 이미지를 불러내서 다시 빠져들 때마다 내 눈에는, 마치 높은 곳에 자리한 오케스트라 지휘자가 거대한 팔을 활짝 벌리고 마법 지팡이를 흔들면서 모든 악기의 모든 음을 의식하고 전체 음의 크기를 조절하고 지휘하면서 전체적 효과를 유지하며 음악을 만들어내듯이 절대적인 힘에 의해 만사가 완전히 주재되는 모습이 보인다. 말하자면 그 정신이 스스로 어떤 힘을 휘두르는지 이해하고 무한한 미국의 재료를 이해하고 그래서 그야말로 거장처럼 그것을 주무른다는 말이 아니라면 달리 무슨 말을 하겠는가? 그렇게 그 원초적 유연함을 바라보니 꼭두각시 인형놀이와도 무척 닮았다. 정신은 자신의 기술적 상상력이라는 자산에서 배운 무수히 많은 방법대로 인형의 줄을 당기면서도, 언제나 순진한 사지의 움직임을 수단으로 인형 스스로 무척이나 자유롭고 편안하다고 여기게 만들 수 있다는 사실도 알아냈다. 그렇게 완벽한 콘서트와도 같다는 인상이 얼마나 강렬했던지, 우연히 어긋나는 음조로 그것이 망쳐질까 두려워, 난 이후 두 번 다시 그곳에 발을 들이지 않았다.

그렇다고 그저 거리를 걸어 다니기만 해서야 대단한 모험이라고 할 수 없을 것이다. 하지만 삶을 받아들이기로는 보통 그보다 나은 방법이 없다는 사실은 차치하고라도, 별것 아닌 구실로도 관찰자—지금 인상을 기록하는—는 그런 모험에 거부할 수 없이 끌리기 마련이다. 내가 워낙 양심에 거리낌 없이 그런 호소에 따르는 데 익숙한 인물이기도 하고 말이다. 때는 바야흐로 날씨가 누그러지는 시기라 특히 그랬는데, 완연해진 온화한 봄기운이 어렴풋하면서 무심하게, 전혀 부산하거나 떠들썩하지 않은 존재감을 드러냈다. 뉴욕에서는 고함을 지르거나 쿵쾅거리지 않으면서도 확연한 존재감을 드러내는 것은 무엇이든 바로 그 이유로 사실상 절묘하게 도드라진다. 그래서 귀빈이라도 되는 양 나서서 맞이하게 되는데, 내 경험으로 말하자면 정해진 목적지 없이 배회하다가 단편적이나마 5월과 6월의 기운—상대적인 **고요함**이 황홀하도록 가득한—과 친밀한 교감을 나눴던 기억이 있다. 그 영향에 힘입어 지금 두 개의 비밀이 부르르 떨며 모습을 드러냈다. 하나는 뉴욕은 진정 매혹하려고 '작정을 했다'는 취지의 것이다. 다른 하나는, 들썽대는 분석가가 가벼운 설득으로도 추한 모습 대부분을 혹평하지 않고 분석의 대상에서 기꺼이 빼주려는 것을 보면, 뉴욕을 향한 이성을 넘어서는 오랜 충성심을 지니고 있었음이 분명하다는 취지의 것이다.

받아 적고자만 한다면, 대기 속의 목소리가 들려준 말은 이런 식일 듯하다.

"'비판하는' 건 상관없어요. 하지만 당신의 괴팍함이 어떤 근거를 지니든 당신은 분명히 관심이 생기고 그 관심의 희생자예요. 그건 불가피한 일이고, 바로 **그 덕에** 어쩌다 하는 산책이나 그냥 허비한 반 시간이나 되는 대로 지나다닌 길이 모두 모험(아무래도 거슬리고 닳아빠지고 미심쩍은 아름다움과 '뻔뻔하고 못된' 매력을 지닌 모험이긴 하지만)이 되어 결과적으로 인상을 남긴다는 걸 모르겠어요? 무엇이든 무심코 시야로 들어오면 당신 스스로도 어떻게 해야 할지 모를 만큼 많은 인상을 받는 나쁜 습관이 있으니까요. 하지만 모두에게 편리할 그것이 당신의 영원한 불리함이고 그렇다고 당신의 특별한 책임이 가로막혀서는 안 되잖아요. 당신은 이 끔찍한 도시를 **좋아해요**. '흉측하다'고 했던 말도 들었는데, 입 밖에 내지 않았더라도 생각은 그랬겠죠. 아무도 모른다고 여기는 모양이지만, 그래요, 그렇게 흉측해도 좋아하잖아요. 그것이 매혹하자고 작정한 모양이라는 식으로 상상의 나래를 펼치면 바로 그 약점에 의해 그것이 열매가 익어가듯 조만간 정말 그렇게 될 공산이 크다는 은밀한 상상에 끌려 들어가리라는 것은 잘 알겠죠. 당신이 몰래 내세운 조건이란, 그러려면 우선 그것이 자신에게서 벗어나야 한다는 거겠죠. 그러면서도 그런 가정의 장단에 맞춰 춤을 추며 본토까지, 그 사슬의 맨 끝까지 기꺼이 따라갈 거잖아요. 그 천재적 재능과 망신스러움의 면모를 앞에 두고 당신은 내내 속마음으로는 혹시

302

구할 만한 것이 있을지, 있다면 어떤 요소나 어떤 부분일지, 참신한 구현과 더 나은 삶을 위해 갖고 갈 만한 것이 있을지, 반면에 **가장 먼저** 바닷물에 던져지는 오명을 쓸 것은 무엇일지 자문하고 있어요. 그러니 당신의 모험이 그것과 전반적인 관계를 맺고 있는 거예요. 그 괴물을 두고 '뻔뻔하다'고 하는 말은 실제로 들었어요. 워낙 혹독한 겨울 날씨라 그랬겠다고 인정할 수는 있어요. 그때는 그냥 돌아다니기만 해도 개인적 체면이나 품위에 어떤 식으로든 손상이 가고, 모두 깔아뭉개버릴 수 있는 저거넛처럼 강력하고 냉혹한 '전차'가 승승장구하며 활보하고, 석조물 사이의 어둑한 협곡(시내로 들어가는 입구에서는 특히 그곳이 시커먼 쥐들이 사는 구멍, 회오리바람이 몰아치는 거대한 쥐들의 쥐구멍처럼 보이죠)에서 2월의 돌풍은 사이클론처럼 휘몰아치니까요. 한마디로 모든 허세와 면책과 병약함이 무리지어 거센 비바람으로, 교통이라는 존재로, **어떤** 밀집된 움직임에도 알맞게 조정되지 않은 상태로, 그리고 무엇보다 마치 악의적인 도발이나 의식적인 냉소처럼 당신의 신경을 긁어대는 온갖 날카로운 소음으로 당신 얼굴에 냅다 던져진 거죠. 그 소리가 얼마나 난폭하게 울리던지 당신의 다른 고민거리를 비웃는 듯하고, 그래요, 그 흉측한 장소가 어딜 보나 명백한 실패이면서도 여전히 으스대고 고함치는 것이 당신에게는 뻔뻔스럽게 보일 **수도 있겠죠**. 시쳇말로 세간의 이목이 집중된 위대한 도시라면 적절한 형태를 취하든지 그것에 실패하면 적절한 가책이라도 가져야 하지 않나, 그런 생각이 들 수도 있겠죠. 그런데 뉴욕에는 어느 쪽이든 다 모자란단 말이죠. 반대로 못돼먹은 뻔뻔한 아름다움이라는 특성과 비교하자면 모자라는 것이 없다고 말한 것도 그런 까닭일 테고요. 뉴욕의 가장 뻔뻔스러운 허세라면 자신이 언제나 모든 것에 용서받는 존재라는 주장이겠죠. 물론 무슨 근거로 '용서를 받느냐'고 묻겠죠. 하지만 그렇게 묻는 그 순간에도 당신이 이미 용서했다는 사실에 주목하세요. 오, 그럼요, 용서하는 거죠. 그렇게 말한 것이나 다름없잖아요. 앞에 다 있으니 할 수 있는 만큼 정리해봐요. 가련하고 사랑스러운, 뻔뻔하고 못된 아름다움, 뉴욕에는 틀림없이 뭔가 있다고요!"

괜히 어깃장 놓기는 싫으니 그보다 나은 상황에서는 틀림없이 뭔가 **있었다**고 가정해보자. 여하튼 함께 시간을 보내자고 확실히 이끄는 것이 충분히 있었고, 짬이 날 때마다 사색에 잠겨 산책을 즐겼던 일은 그것의 또 다른 이름일 뿐이었다. 그 비유는 사실 딱 들어맞는다. 그런 산책을 거듭하고 그때마다 홀린 듯한 상태였음을 인정하는 일은 평판 나쁜 매력적인 여자를 찾아가는 일을 도대체 그만둘 수 없는 것과 다를 바가 없었기 때문이다. 병적으로 뛰어난 관찰력을 지녔음에도 뉴욕에 관심이 없는 사람이 있다면 뉴욕 거리를 걸어보라고 감히 제안한다. 그러면 거둬들인 기억의 상자 속에서 결국 관심이 최종적 요소임을 받아들여야 할 테니. 그런 목적을 위해서라면 뉴욕이 어떤 맥락에서든 생기발랄하다고 말할 수 있다. 그야말로 서로 다른 경미한 위기마다 마찬가지로 생기발랄하다. 거의 병적일 만큼 예민해진 관찰력을 가졌더라도 정말 생긴 지 얼마 안 된 도시라면 위기는 부득불 경미할 수밖에 없다. 그리고 낭만적 탐구가 언제나 상대해야 했던 것이라고는 고작 도심에 높이 솟은 건물들의 참 특이하게 고집스러운 새로움이었다.

　모르긴 몰라도 새 도시는 세상 여기저기 널렸고, 오래된 도시에도 충분히 새로운 구역이 있다. 멀리 갈 것도 없이, 최근 인정사정없는 개조사업이 있었던 런던과 파리와 로마만 해도 그렇다. 하지만 내 판단으로는 보스턴과도 또 다른 뉴욕의 새로움이란 그것이 절멸시켰을 옛것에 보내는 가련하도록 사소한 관심보다도 자기 자신을 훨씬 더 일시적인 존재로 여기는 인상을 준다는 점이다. 스스로를 믿지 않는다는 것이 바로 그 정력의 표시다. 수백만 달러를 들여봐야 그게 아니라고 설득하지 못한다. 뉴욕의 임무는 결국 일시적인 것에 금박—아무리 두껍게 입혀도 어차피 금박이다—을 입히고는 다시 어깨를 으쓱해 보이는 것이다. 여전히 상대에게 확신을 주지 못했음을 새삼 인식하고는 멋진 냉소를 내보이며 어깨를 한 번 으쓱해 보이고는, 아무리 턱없이 크게 벌린 일이라도 결국 임시방편일 뿐이라며 내던져버리는 것이다.

평판 나쁜 매력적인 인물의 곤란한 점은 확신을 줄 능력을 영원히 지닐 수 없다는 사실이다. 그러니까 자신이 진지하다는, 무엇이 되었든 형식에 대해 진지하다는 확신, 혹은 모든 형식을 갖고 놀면서 그것을 조롱하고 집어삼키는—기진맥진하고 초췌해진 채 이것이 최종적이라는 환상 속에서 잠시나마 휴식을 취하기 위해 엄청난 비용을 들일 수는 있겠지만—한없이 열정적인 금전적 목적이 아닌 다른 것에 진지하다는 확신을 줄 수 없다는 것이다.

5번가를 걸어가다가 어떤 형태나 어떤 터무니없는 건축물이 눈에 띄어 잠깐 걸음을 멈추기만 해도 그런 인식은 점점 자라난다. 다시 말해서 어떤 우아한 주택이 있었고 기억하기로는 당시 최종적으로 여겼던 장대하고 온전한 환상이 있었는데, 지금 보니 무엇이든 더 커다란 이해관계가 쏘삭거리면 단 한 시간도 그에 맞서 생명을 지속하지 못할 것으로 보인다. 당시의 취향을 화려하고도 장엄하게 내보이며 서 있지만, 그 빛은 안타깝게도 대부분 흐려졌다. 당연히 각 건물이 정말 위험에 처했거나 사라지리란 이야기가 아니다. 단지 아직까지는 뉴욕 어디에서든 주어진 효과를 **유지**하는 문제에서 의도치 않게 확신을 주지 못한다는 표시가 눈에 띈다는 뜻이다. 그리고 그것은 전반적인 효과가 진실하지 못하다는, 이미 언급했다시피 심지어 고층건물 역시 그 효과가 진실하지 못하다는 사실로 다시 돌아간다.

결과적으로 뉴욕은 성숙함을 시도하지도 않았고 성숙해질 수도 없다는 인정이 이 모두에서, 그리고 그 어느 곳보다 수백만 달러의 냄새가 나는 곳에서 가장 두드러진다. 내가 보기에 새로운 파리와 새로운 로마는 적어도 유구한 도시가 되고자 한다. 조만간 말이다. 임차인의 입장이라 위엄이라고는 없는 새로운 런던조차 당장은 스스로를 믿는 것으로 보인다. 하지만 내가 잠깐 목격한 그 악덕의 경우, 우리의 눈꼴사나운 예처럼 그것이 피해자의 이마에 나타나면 악이라고 매도하기보다 측은히 여길 이유가 된다. 까마득한 높이의 건물을 보며 거듭 그런 측은함이 들어 걸음을 멈춘다. 조용한 교차로(많은 교차로에 다정함을 불러일으키는 대상과 면모가 있다)를 다정하게 눈으로 오르내리다 보면, 이런저런 집, 혹은 이런저런 구역이 곧 '헐린다'는 사실을 알게 되고, 거기 연루된 요소를 앞에 두니 그런 식으로 지적된 교훈이 얼마나 기이한지 기가 막힌다. 힘센 마부가 휘두르는 채찍처럼 허공을 후려치며 큰 소리로 울리는데, 종국에는 그것이 '저 위의 권력'이라는 가련한 뉴욕 시민의 관념과 연관이 있지 않나 싶기도 하다.

채찍은 이런 곡조에 맞춰 움직인다. "아니, 너희들은 어떤 단계에서도 그대로 있으면 안 되고, 지금까지 내내 알려주었다시피 내 이해관계와 일치하면서 그대로 **있을 수 있는** 형식이라고는 없어. 내가 너희를 세운 건 다시 허물기 위해서일 뿐이야.

특별한 정서나 진지함이 뿌리를 내리게 놔두거나 다정한 연상들이 첩첩이 쌓이게 내버려두면, '오래된 것에 대한 사랑'이 모욕당하지 않고 그냥 지나가게 두면, 채찍을 손에 쥔 **우리는** 어떻게 되겠어, 응? 다행히도 우리는 연상들이 얼씬도 못하게 하는 비법을 배웠지. 아예 시작도 못하게 하는 것이 중요하다는 사실을 배운 거지. 어디서든 시작되기만 하면 우린 끝장이거든. 하지만 그러려면 시간이 좀 걸리니까 우리가 먼저 나서는 거야. 굳이 알아야겠다면 하는 말이지만, 너희들이 예외 없이 오십 층까지 '올라가는' 까닭이 바로 그래서야. 게다가 오십 층까지 올려 흉하게 지어진 그 모양을 숭배하라는 요구도 하지. 수 세대동안 발길에 닳아 신성한 분위기를 띠게 된 낡은 계단은 계속유지하고 싶은 마음이 들 법하잖아. '보기 좋은' 계단이라면 더그럴 테고. 낡은 계단이 근사한 경우는 많으니까. 하지만 낡은승강기라면 그걸 계속 유지해야겠다는 마음이 과연 들겠어? 낡아빠진 버스를 계속 타고 싶은 마음이 들지 않듯이 승강기도 마찬가지잖아. 따라서 오십 층까지 올라간 것을 숭배하기란, 혹시할 수 있을지라도 창피스럽겠지. 그래서 공연히 도덕적으로 괴로워하거나 갈등에 시달리지 말라고 아예 그런 문제가 생기지않게 사전에 없애는 방식으로 건물을 구상하고 짓는 거야. 다네 여린 감수성을 생각해서 그러는 거니까 그건 인정해줘야 해. 게다가 앞으로 헐어버릴 것이 지금 우리가 다 쓸어버리고 있는 실제 과거보다 양적인 면에서 무궁무진하게 더 많아지도록 하고 있지. 그래야 또 우리가 귀중한 실습을 지속할 수 있으니까. 그때의 명령어는 어쩌면 지표 아래쪽으로 파고 내려가며 지으라는 것일 수도 있겠지, 누가 알겠어? 그러면 허무는 일은 '위쪽으로' 이루어질 테고 말이야. 어느 쪽이든 상관없어. 그대로 지속될 수 있다는 미신의 싹만 잘라버린다면 말이지."

하지만 한없는 낭비라는 이런 전망 속에서도, 신선한 젊은 입술이 막 잔에 입을 대는 중에도 풍부한 역사의 맛은 허용되지 않는, 감정 있는 존재로 보이는 의식적인 주택과 늘어선 건물들이나 거리 구석구석의 전망 속에서도, 군데군데 멋들어지게 지어진 것들이 있고 더 풍부한 영속성을 이어가려는 노력이 있어서, 각 특정한 장소가 사람 사는 집으로 시작했듯이 그대로 계속 살아가기를 요구할 뿐이라는, 수 세대를 끌어안고 전통을 모아들이며 성장하여 특유의 성격과 권위를 내보일 수 있기를 요구할 뿐이라는 이야기를 전해주는 듯하다.

최고의 안목으로 지어진 주택은 최고의 재단사가 지은 옷과도 같아서 그 훌륭함이 나타나기까지 충분히 나이를 먹어야 한다. 또한 고층건물의 구역에서도 잘 지어진 개성 있는 건축물을 종종 알아볼 수 있다. 대개의 건축물은 위쪽에서 빽빽하고, 형용할 수 없이 깎아지른 면을 지닌 데다 절묘하기도 한데, 정교함이 깎아지른 면과 늘 함께하니 참 기이한 일이다. 절묘한 어울림이 늘 특징적으로 나타난다고 하면 지나친 말이 되겠지만, 극히 거리낌 없고 터무니없어 보이는 어떤 의도라는 특징은 언제나 나타난다. 도심의 몇몇 본보기에서 이미 마주쳤고 또 칭송했다시피, 상대적으로 두드러진다는 측면에서 터무니없을 만큼 빛을 발하는 행운의 대상도 우연히 만나보게 된다.

한 줌의 수줍은 진짜 세련됨은 뒤죽박죽된 숱한 가짜 세련됨 사이에서 길을 잃다시피 해서 이제는 상대적으로 말해서 값을 매길 수 없이 귀중한 자애로운 훈계(살아남은 시청 건물, 혹은 워싱턴스퀘어와 5번가가 만나는 북서쪽 모퉁이에 자리한, 정원으로 둘러싸인 유쾌한 고택처럼)로 우스꽝스럽게도 동떨어져 있다. 여기서 따로 소개할 여유는 없지만 그것들이야말로 우리를 구원하는 소금 같은 존재이고, 그 섬세함으로 말하자면, 주위에 거대하게 늘어선 다른 흉측한 존재—새로운 종류의 상상력과, 무리를 이루어 그 용량이 두드러지는 새로운 천박함을 구현하는—와 대립하는 상대라는 말로 충분하지 싶다. 그 세련된 정서와 요란한 정서가 다시 떠오르면, 정력과 교양 없는 자유의 모든 작용이나, 벽돌과 돌과 대리석이 반영하는 식으로 어마어마한 높이와 불길한 비틀거림의 대비를 통해 반영되는 숨 가쁜 문명의 모든 움직임의 작용이 떠오를 때면, 도심의 산책이 즐거웠고 특히 공원 동쪽 구역은 관심만 보이면 곧장 사회적 질문이 수백 가지 흥미로운 형태로 눈앞에서 춤을 추었음을 두말할 나위 없이 인정하게 된다.

　인상이 일어나는 대로 따라가는 구경꾼에게 뉴욕의 대기는 꽤나 사회적 질문으로 가득하다. 내가 고층건물이라고 부른 것의 경우에 그 질문은 어쨌든, 까마득한 높이에 자리를 잡았지만 거기서 정확히 무슨 일을 하고 있는 건지 의아한 듯 유감스럽게 주변을 둘러보는 부동산의 한없이 기이한 모양새로 나타난다. 다른 오래된 도시에서도 분명 높이 자리하고 있긴 한데, 그런 곳에서는 그래도 그 질문들이 자기 자리를 좀 더 잘 안다는 인상을 준다. 어떻게 그 자리에 우뚝 서게 되었는지, 어째서 어김없이 그렇게 서 있어야 하는지 알고 있다고 할까. 벽난로 선반 위에 앉힌, 금방이라도 울음을 터뜨릴 듯한 어린아이처럼 주위 공간을 재보며 겁먹은 표정을 보이지는 않는 것이다.

　그렇다고 유구한 사회는 흥미롭고 젊은 사회는 그보다 흥미로울 수 없다는 생각은 결코 아니다. 자신이 설명되기를 순진하게 요구하듯 집단적 표정이 관찰해달라며 얼굴을 내밀고 있으니 말이다. 미국 세상은 거의 어디에서나 자신의 의미를 정의하는 말을, 결정적인 말을 듣고 싶어 한다는 인상을 주지만, 어쩐지 내 눈에는 많은 돈의 소유라는 사실로 이미 적잖이 설명된 바로 그 부분이 가장 갈피를 못 잡고 있는 듯하다. 그것은 전반적으로 개인적 편의성이 무척 발달했다는 사실의 사교적인 측면, 그러니까 고전적 의미의 오만함을 지닐 자격이 있다고 주장할 만큼 부유하고 있는 대로 우쭐대는—꼭 맞는 시쳇말을 빌리자면—수많은 집단의 사교적 측면이다.

사교성은 본질적인 모호함에서 나온다. 반면 진정한 오만함은 스스로에 대해 모호한 법이 없다. 그저 다른 존재에 대해 모호할 뿐이지. 그것이 바로 미국의 거대한 금제 딸랑이에서 울려나오는 인간적인 곡조다. 딸랑이가 울리는 장면이 '사회적' 장이라면 말이다. '사업적' 장은 다른 문제다. '사업적' 장에서도 인간적인 곡조가 들리는지를 결정하는 일(아주 흥미로운 문제라, 된다는 보증만 있다면 한번 해볼 만한 일인데)은 내가 전혀 알지 못하는 분야라는 치명적인 사실로 인해 내게는 가로막힌 탐구 분야다. 여하튼 내 요점이라면, 소유한 모든 것과 결핍된 모든 것의 이름으로 정직하게 무엇을 '도모해야' 할지를 기꺼이 당신에게서, 그리고 가까우면서도 초연한 당신의 존재라는 자원으로부터 배울 마음이 있는 사회는 결국 '매섭게' 대할 수 없다는 것이다.

원문 정보

아주 가느다란 명주실로 짜낸

헨리 제임스 산문선

초판 1쇄 발행 2023년 3월 17일

지은이   헨리 제임스
옮긴이   정소영
펴낸이   박대우
펴낸곳   온다프레스
등록   제434-2017-000001호(2017년 10월 20일)
주소   24756 강원도 고성군 토성면 아야진길 50-3
전화   070-4067-8645
팩스   050-7331-2145
메일   onda.ayajin@gmail.com
인스타그램   @onda_press

ⓒ 정소영 2023
ISBN   979-11-979126-2-7   03840